보표무적
保鏢無敵

보표무적 1
장영훈 新무협 판타지 소설

초판 1쇄 찍은 날 § 2003년 10월 5일
초판 1쇄 펴낸 날 § 2003년 10월 15일

지은이 § 장영훈
펴낸이 § 서경석

편집장 § 문혜영
편집 § 장상수·권민정·유경화
마케팅 § 정필·강양원·이선구·김규진·홍현경

펴낸곳 § 도서출판 청어람
등록번호 § 제1081-1-89호
등록일자 § 1999. 5. 31
어람번호 § 제2-0264호

주소 § 경기도 부천시 원미구 심곡1동 350-1 남성B/D 3F (우) 420-011
전화 § 032-656-4452 팩스 § 032-656-4453
http://www.chungeoram.com
E-mail § eoram99@chollian.net

ⓒ 장영훈, 2003

값 8,000원

ISBN 89-5505-837-3 04810
ISBN 89-5505-836-5 (SET)

※ 파본은 본사나 구입하신 서점에서 교환하여 드립니다.
※ 저자와 협의하여 인지를 붙이지 않습니다.

장영훈 신무협 판타지 소설

保鏢無敵
보표무적

목차

작가의 말 / 6
서장 / 9
❶ 새로운 출발 / 27
❷ 떠나는 자와 남는 자 / 53
❸ 사망곡 / 99
❹ 영춘객잔 / 119
❺ 기습 / 147
❻ 심마 / 171
❼ 폭탄 선언 / 201
❽ 꼼소이 / 233
❾ 달빛제자 / 251
❿ 출맹전야 / 279

작가의 말

아무리 잘된 무협 소설을 읽어도 채워지지 않는 그 무엇이 있습니다.
읽어도 읽어도, 아무리 많은 책을 읽어도 채워지지 않는 갈증.
모두에게는 자신만의 강호가 있기 때문이라고 생각합니다.
제 마음속에도 그런 강호가 있습니다.
가끔 가까운 후배들과의 술자리에서 이런 말을 하곤 합니다.
강호란 게 있어 만약 갈 수 있다면 나는 주저 않고 가겠다고.
그곳에서 주인공이 아니라 한낱 점소이로 삶을 마치게 되더라도 꼭 가보고 싶다고.
참으로 철없고도 우스운 이야기지요.

무엇인가 거창한 이야기를 하려고 시작한 〈보표무적〉은 아니었습니다.
우연히 신춘무협공모전 요강을 보게 되었고 '욱' 하고 치밀어 오르는 무엇인가가 있었습니다.
그러나 시간은 턱없이 부족했고, 마음속의 글 쓰기와 실제 글 쓰기가 얼마나 다른지 뼈 저리게 느낄 수 있었습니다.
그 무식한 도전에 비해 결과는 행운이라 불러야 할 것 같습니다.
하지만 글을 쓰는 기간 동안 무엇인가에 이토록 집중했던 적은 이번이 처음이었습니다.
이렇게 노력한다면 적어도 굶어 죽지는 않겠다는 생각이 들었으니까요.

보표무적을 통해 하고 싶은 이야기들이 있습니다.
가슴 설레는 따뜻함이 있는 강호.
글을 쓰는 내내 두근거렸던 가슴처럼 살아 숨 쉬는 강호.

서른두 살이 되어서도 여전히 하늘을 붕붕 날아다니는 저를 박수를 쳐주며 따뜻하게 격려해 주는 여자 친구가 있습니다.

그녀를 데려가 신나게 놀 수 있는 강호, 그게 바로 제가 꿈꾸는 강호입니다.

제 발끝에 그 시작 선을 그어주신 금강님과 진산님. 그 외 심사위원님들께 진심으로 감사드립니다.

끝으로 이번 공모전을 주최해 주시고 더불어 흔쾌히 연재와 출판을 허락해 주신 〈Go! 무림〉과 〈청어람〉에게도 무한한 발전이 있으시길 기원드립니다.

서장

서장(1)

밤새 내렸던 눈이 따스한 아침 햇살에 살포시 눈물을 머금었다.

하얀 눈이 소복이 덮인 나뭇가지 사이로 날다람쥐 한 마리가 고개를 내밀었다. 여느 날과 다름없이 날다람쥐의 부지런한 움직임은 시작되었고 도토리를 나르는 녀석의 발걸음도 바빠졌다.

아직 겨울이 끝나려면 한참이나 남았다는 것을 알기라도 하는 듯, 아니면 눈여겨봐 둔 암놈을 위해 신행(新行) 준비라도 하는지 녀석은 부지런히 도토리를 날랐다.

그러던 녀석의 행동이 딱 멈춰 섰다.

어디선가 들려오는 낯선 소리.

귀를 쫑긋거리던 녀석의 눈에 저 멀리 한 사내가 달려오고 있는 것이 보였다.

사내는 굉장한 속도로 달려오고 있었다.

녀석이 사내를 보기 시작했을 때 그는 아주 자그마한 점에 불과했지만 찰나의 시간도 지나지 않아 그는 녀석이 살고 있는 보금자리 밑을 지나고 있었다.

사내의 체구는 곰처럼 크고 금강동인(金剛銅人)처럼 단단해 보였다. 각진 얼굴과 두툼한 입술, 그리고 거기에 어울리지 않는 커다란 눈동자는 마치 '내 성격은 이렇다' 라는 것을 온몸으로 말해 주고 있었다.

말하자면 그의 성격은 매사 우직하고 단순하며 불의를 보면 좀처럼 참지 못한다는 것을 그대로 보여준다고 할 수 있었다.

덩치에 비해 사내의 몸놀림은 날렵했다.

단숨에 계단을 올라선 사내는 기다란 담 옆의 작은 쪽문으로 사라졌다.

날다람쥐가 이곳 정도무림맹(正道武林盟) 옆 측백나무에서 보금자리를 마련한 지 벌써 이 년이 넘었지만 저 사내가 이렇게 급하게 달려가는 걸 본 것은 오늘이 처음이었다.

평소의 그는 그 커다란 덩치에 어울리게 어슬렁어슬렁 이곳을 지나 다녔던 것이다.

다람쥐 녀석이 고개를 갸웃거렸다. 마치 '이상한 일이군' 이라고 말하는 것처럼 보였다.

그러나 곧 이 조그만 짐승이 설마 그런 생각을 하겠냐라는 듯 잽싸게 나무 구멍 속으로 사라졌다.

"결정났습니다!"

문이 부서지듯 급하게 들이닥친 사내는 달려오는 내내 머리 속에 맴돌던 말부터 뱉어냈다.

"철무, 우선 숨부터 돌리게."

그의 흥분된 목소리와는 다른 차분하고 나지막한 목소리였다.

철무라고 불린 사내는 그제야 자신이 상관(上官)의 방에 너무 무례하게 들이닥쳤다는 것을 깨달았는지 머리를 긁적였다.

하지만 중년인은 한두 번 겪는 일이 아니었는지 불쾌한 표정을 드러내지 않았다. 오히려 입가에 작은 미소가 걸렸다.

"죄송합니다. 빨리 보고를 드려야 한다는 마음에……."

"괜찮네. 자네 마음 이해하네."

중년인의 말에도 여전히 철무라고 불린 사내는 급해 보였다.

"지금 막 새로운 맹주님께서 선출되셨습니다. 새로 선출되신 분은……."

"혹시 구양(歐陽) 대협이신가?"

"헛, 어찌 아셨습니까? 미리 보고라도 받으신 겁니까?"

철무의 두 눈이 동그랗게 커졌다.

"아니네. 단지 그렇게 되리라 추측하고 있었을 뿐이네."

놀란 눈은 다시 감탄의 눈빛으로 바뀌었다.

"예상대로 강북(江北)의 무림인들은 남궁(南宮) 대협을 지지했고 강남(江南)의 무림인들은 구양 대협을 지지했습니다. 그 외 섬서(陝西), 호북(湖北) 지역은 지지율이 서로 비슷했는데 예상 밖으로 젊은 층에서 대거 구양 대협을 지지하는 바람에 이런 결과가 나왔다고 합니다."

"음……."

깊은 신음성과 함께 중년인은 의자에 깊숙이 몸을 묻었다. 왠지 구부정하다는 느낌을 주는 자세로 두 손을 깍지 낀 채 이마에 갖다 댔다.

철무는 이 자세가 중년인이 바로 무엇인가 깊은 생각에 빠져들 때의 자세라는 것을 알기에 조용히 그의 다음 말을 기다렸다.

팔십 년 전 제일차 정사대전(正邪大戰)을 계기로 무림맹, 즉 정도무림연합결맹(正道武林聯合結盟)이 결성되었다.

당시 삼백여 년 전에 사라졌던 마교의 후예들이 다시 혈마(血魔)를 중심으로 마교 부활(魔敎復活)의 기치(旗幟)를 세웠고 다시 강호에는 피바람이 불어 닥쳤던 것이다.

당시 각파의 이익만을 따지며 서로 연합하기를 꺼리던 구파일방은 그러한 움직임을 소홀히 생각했었다.

오랜 세월 동안 마교는 잊혀진 이름이었고 조부의 조부 때 떠돌던 옛 날이야기와 같이 현실성이 없었기 때문이다.

그러나 혈마의 무공은 상상을 초월했고 그동안 정도무림에 기죽어 지내왔던 모든 사마 세력들이 혈마에게 복종하기 시작했다.

결국 형산파(衡山派)가 몰살되는 대참극을 계기로 뒤늦게 부랴부랴 무림맹 창설이 이뤄졌던 것이다.

이후 구파일방이 중심이 된 무림맹과 혈마를 중심으로 한 현 마교의 전신(前身)인 사마연합(邪魔聯合) 간의 기나긴 싸움이 이어졌고 강호무림은 피로 얼룩진 역사를 그려 나가기 시작했다.

무려 십 년간이나 계속된 싸움은 결국 만안평(萬安平)에서의 마지막 혈전으로 끝이 났다.

소림 삼신승(三神僧)과 무당파 전대 장로들의 합공으로 결국 혈마를 죽일 수 있었던 것이다. 혈마의 죽음으로 마교 천하의 깃발이 꺾이고 강호에는 평화가 찾아왔다.

그러나 승리를 이뤘다고는 하나 강호는 너무나 큰 희생을 치른 후였다.

구파일방은 이미 돌이킬 수 없는 큰 피해를 입은 상태였고 훼손된 강호의 정기(精氣)를 되살리기엔 오랜 시간을 필요로 했다.

자연스럽게 무림맹은 강호의 정의와 평화를 유지하는 가장 중요한 기구로 굳어지게 되었다. 임시 연합체에서 상설(常設) 단체로 그 성격이 바뀌게 된 것이다.

처음에는 구파일방의 추천과 그에 따른 만장일치제로 무림맹주를 추대하였는데 만안평 싸움에 참여하였던 구파일방 중 당시 가장 세력이 강했던 소림과 무당에서 맹주가 교대로 선출되었다.

이후 사대세가(四大世家)의 참여로 인해 각 지역의 대표를 추대하여 투표로써 맹주를 뽑는 제도로 바뀌었지만 어차피 제도만 바뀌었을 뿐 그 당시의 가장 세력이 강한 집단에서 주로 맹주가 추대되었던 것은 변하지 않았다.

그러다가 비무(比武)를 통해 무림맹주를 뽑아야 한다는 주장이 한때 대두되면서 비무로써 맹주를 뽑기도 했다.

그러나 과열된 경쟁으로 인해 숱한 죽음과 사고들이 속출했고 또한 일부 대파(大派) 간의 부정적인 뒷거래 등이 문제되면서 이후 그 제도는 철폐되었다.

결국 오 년 전 지역 무림 대표들이 참여하는 대규모 투표제가 채택되어 실행되었는데 모든 무림인들에게 좋은 반응을 얻었다.

그 결과 십삼대 무림맹주로 검왕(劍王) 석노야가 선출되었다.

그리고 그 임기도 기존에 십 년이었던 것이 오 년으로 줄어들게 되었던 것이다.

그것은 기존의 특정 세력만의 무림맹에서 모든 강호인들의 무림맹으로 바뀌게 되는 크나큰 계기가 되었던 것이다.

바야흐로 무림맹에 새로운 바람이 불어왔던 것이다.

그리고 다시 오 년이 지났다.

오늘이 바로 제십사대 무림맹주가 선출되는 날이었던 것이다. 그리고 지금 보고를 받고 있는 중년인은 바로 무림맹주의 호위를 책임지고 있는 현무단주(玄武團主) 광한검협(廣寒劍俠) 혁월(革越)이었다.

깍지 낀 손가락을 움직여 소리를 내던 혁월이 자리에서 일어나며 힘차게 말했다.

"새로운 맹주님이 선출되셨으니 이제 우리가 바빠지게 되었네. 전 대원들에게 긴급 복귀 명령을 내리도록."

"네, 알겠습니다."

돌아서 나가려던 철무가 쭈뼛 다시 돌아서며 말했다.

"한 가지 여쭤봐도 될까요?"

"뭔가?"

"구양 대협께서 맹주님이 되시면 새로운 강호가 펼쳐지게 될까요?"

철무의 갑작스런 질문에 혁월의 표정이 굳어졌다.

"새로운 강호라?"

무림맹 현무단주 혁월.

그가 무림맹에 몸담은 지도 벌써 십팔 년이 지났다.

그사이 그는 각기 다른 세 명의 맹주를 거쳤다. 배경과 출신, 무공과 인품 등이 각기 다 달랐지만 한 가지 공통점이 있었다.

그들 모두 정의(正義)와 강호평화를 외치며 그 임기를 시작했지만 언제나 결과는 비슷했다는 점이다.

임기 후 부정부패에 연루되거나 혹은 자파나 출신 지역의 편중 인사 등으로 인사의 공정성에 비난을 받기도 했다.

게다가 소신껏 일을 추진해 나가려 해도 구파일방과 사대세가의 알력 다툼과 반대 세력의 방해 공작 등으로 처음의 그 의지를 끝까지 지켜내지 못한 경우가 대부분이었던 것이다.

'과연 이번에는?'

굳이 철무의 질문이 아니더라도 그것은 혁월 자신도 궁금한 점이었다.

이번에 선출된 구양 대협은 젊은 층의 지지에 의해 선출된 재야 무림

무림이라는 거대한 자양분을 받아먹으며 자생적(自生的)으로 살아 숨 쉬는 유기체라는 것을 깨달았다.

거목(巨木)의 뿌리라고 할까?

맹주는 바뀌어도 무림맹은 영원하다라는 것을 느낄 수 있었던 것이다. 그건 노인에게 놀라운 충격이었다.

사실 그때까지도 노인은 무림맹주를 위한 무림맹이라는 생각을 내심 하고 있었던 터였다.

전대 맹주가 말한 놀랄 일은 바로 이런 것들을 말한 것이구나라고 생각했었다.

그러나 오 년이 지나고 이제 떠날 때가 되자 비로소 알게 되었다. 그가 말했던 놀라움이란 그런 것들이 아니었다.

그것은 바로 무림맹 호위 무사 중 한 청년에 대한 것이었으리라.

바로 눈앞의 이 청년.

"우 호위(護衛), 자네 이름이 우이(宇蝓)였었나?"

"네."

"우이라… 집 우(宇) 자에 달팽이 이(蝓)라……. 특이한 이름이구먼."

강호의 그 누구에게도 알려져 있지 않은 이름이다.

"그러고 보니 지난 오 년 동안 자네와 이렇게 차분하게 이야기를 나눈 적이 얼마 없었던 것 같으이."

노인의 표정에서 아쉬움이 묻어 나왔다.

잠시 후 노인이 다시 물었다.

"자넨 왜 보표(保鏢:호위 무사)가 되었나?"

노인의 말에 우이의 표정이 조금 어두워졌다.

그 어떤 물음에도 금방 답이 나왔던 입은 굳게 다물어져 열리지 않았다. 역시 어떤 사연이 있으리라.

그런 우이의 반응에 노인이 분위기를 바꾸려는 듯 한마디 던졌는데 확실히 효과가 있었다.

"우 소협!"

갑작스런 노인의 말에 청년은 깜짝 놀랐다.

"맹주님?"

"하하, 난 이제 오늘로 맹주가 아니네. 맹주로 불려서도 안 되고 자넬 직위로 부를 자격도 없네."

노인의 말에 우이는 무엇인가를 말하려다 다시 입을 닫았다. 노인의 말이 틀리지 않았다는 것을 알고 있지만 갑작스런 태도 변화에 당황하지 않을 수 없었다.

"떠나기 전에 내 자네에게 몇 가지 부탁이 있네. 들어줄 수 있겠는가?"

우이는 노인에게서 새로운 모습을 발견할 수 있었다.

노인의 태도에는 어제까지의 상명하복(上命下服)의 관계가 이미 사라지고 없었다. 노인은 이제 강호의 선배로서 후배인 자신을 보고 있는 것이었다.

사실 우이는 노인의 이런 호쾌한 점을 좋아해 왔던 터였다.

"네, 말씀하십시오. 제가 할 수 있는 일이라면 뭐든지 들어드리겠습니다."

우이의 시원스런 말에 노인은 흡족한 표정이 되었다.

"우선 한 가지 물어볼 것이 있네."

말을 꺼낸 노인이 잠시 뜸을 들였다.

"혹시… 칠 년 전 그곳에 자네도 있었나?"

노인의 질문에 우이의 얼굴이 또다시 굳어졌다.

뜬금없는 질문이었지만 그는 노인이 무엇을 묻고 있는지를 잘 알고 있었다.

석상처럼 꼼짝도 않던 우이의 고개가 살짝 끄덕여졌다. 그 모습에 노인은 예상은 했으되 역시 놀라는 눈치였다.

"설마 했지만 역시 그랬었군."

하지 않아야 할 이야기였지만 우이는 후회하지 않았다. 구태여 노인을 속이고 싶지 않았기 때문이다.

노인에게선 오래전 돌아가신 사부 냄새가 났다.

"고맙네, 솔직히 말해 주어서. 이 일은 결코 입 밖에 내지 않겠네."

사족(蛇足)과도 같은 노인의 말에 우이는 말없이 미소만 지어 보였다.

"두 번째 부탁은 맹(盟)을 위해 계속 일해 달라는 것이네."

노인의 말에 약간 의외의 표정이 된 우이가 물었다.

"알고 계셨습니까?"

"날 너무 눈치없는 늙은이 취급하지 말게. 자네가 떠나고 싶어한다는 것을 이미 알고 있었네."

창문으로 한줄기 따뜻한 빛이 들어왔다. 우이의 시선이 빛을 따라 창밖으로 향하며 새 한 마리가 나뭇가지 사이로 날아오르는 것을 말없이 바라보았다.

"자네 같은 고수가 왜 이곳에서 일개 보표 노릇을 하고 있는지 그 이유는 나도 모르네. 자네에게 사연이 있겠지. 머무는 것도, 떠나는 것도 다 자네의 자유라는 것도 아네. 하나 지금 안팎으로 부는 바람이 심상치 않다네. 아마 자네가 이대로 떠난다면 신임 맹주는 결코 그 임기를 다 채울 수 없을 것이네."

우이는 여전히 말없이 창밖을 응시했다.

노인이 무슨 말을 하고 싶은지 알고 있었다.

더구나 새로운 맹주는 노인과 같은 절대고수가 아니라고 했다. 눈앞의 노인은 강호에서 가장 강하다는 열 명 중의 한 사람이다. 그런 그도 여러

번 고비를 맞이해야만 했다. 하물며…….

우이의 마음이 무거워졌다.

하지만 그는 이제 떠나야 할 때가 왔다는 것을 절실히 느끼고 있던 참이었다.

"그를 지켜주게. 그는 충분히 지켜줄 만한 가치가 있는 사람이네."

말을 마친 그는 두 번째 부탁에 대한 우이의 대답을 듣지 않은 채 세 번째 부탁을 했다.

"세 번째 부탁은 귀찮더라도 손발을 좀 놀려야 할 일이네. 잠시 따라 나오게."

노인이 앞서 걸어나간 곳은 맹주의 집무실 뒷마당의 작은 공터였다. 그가 틈틈이 가꾸어둔 작은 화단의 천리향(千里香)이 신선한 아침 공기 사이로 한껏 기지개를 켜고 있었다.

"세 번째 부탁은… 나와 비무(比武)를 해줄 수 있겠나?"

말의 내용은 살벌했지만 노인의 표정은 밝았다.

딴 이가 들었다면 자신의 귀를 의심할 만한 놀라운 말이었지만 정작 그 대상인 우이는 표정 하나 변하지 않았다.

마치 그것을 예상했다는 듯한 그의 모습에 노인이 문득 물었다.

"그도 역시 부탁했었나?"

그란 아마도 전대 맹주 권왕 설붕을 말하는 것이리라.

우이가 가볍게 고개를 끄덕였다.

노인은 가슴이 뛰기 시작했다.

권왕의 주먹은 결코 호락호락하지 않다. 그 역시 십대고수 중 일 인이자 자신의 무공에 왕(王) 자를 붙일 자격이 있는 몇 안 되는 무인이었던 것이다.

과연 승패가 어떻게 났었을까?

문득 권왕의 공허한 웃음이 떠올랐다. 마치 장강(長江)의 뒷물결에 밀려 떠내려가는 낡고 오래된 것의 안타까움이 담긴 웃음이…….

"그전에 한말씀 드려도 되겠습니까?"

"뭐든지 말하게."

"최선을 다해도 되겠습니까?"

우이의 입가에 미소가 걸렸다.

헤어지는 날 처음으로 우이가 농을 던졌다. 지난 오 년간 자신을 단 한 순간도 쉬지 않고 지켜주던 그였다.

그 한마디에 노인은 기분이 좋아졌다.

진작 이렇게 편한 사이였더라면 하는 아쉬움까지 들었다. 그는 분명 이런 말을 할 자격이 있다.

"예끼, 이 사람아, 그게 검왕(劍王)의 검 앞에서 할 말인가?"

노인이 큰 소리로 웃자 그도 따라 웃었다.

신년 초사흘, 새로운 무림맹주가 탄생되던 날 아침 무림맹의 한적한 뒷마당에서 소리없이 검이 날았다.

❶ 새로운 출발

새로운 출발(1)

담린이 낙양제일루(洛陽第一樓)에 들른 것은 해가 뉘엿뉘엿 넘어가던 오후, 그러니까 정도무림맹 담벼락 옆 측백나무의 날다람쥐가 도토리를 한 스무 개쯤 모았던 그 즈음이었다.

평소의 그라면 목적지를 눈앞에 두고 객잔에 들른다는 것이 왠지 내키지 않았겠지만 서둘러 길을 나선 통에 약속보다 반나절 먼저 도착하게 된 것이다. 어차피 하루는 어디서든 숙박을 해야 할 처지였기에 주저 않고 발걸음을 옮겼다.

아직 이른 시간임에도 불구하고 객잔 안은 사람들로 북적였다.

자리를 찾아 주위를 둘러보는 그를 향해 이제는 늙어 은퇴를 고려해봄 직한 염소수염의 점소이가 보기와는 다르게 잽싸게 달려왔다.

"어서 옵서!"

"무슨 일이라도 있습니까? 왜 이리 사람들이 많나요?"

담린의 공손한 말투에 염소수염은 살며시 기분이 좋아졌다.

칼 찬 작자들의 무례함에 질릴 만큼 질린 그였다. 어린 놈이고 늙은 놈이고 간에 점소이에겐 반말부터 하고 보는 게 무림인들이었다.

"새로운 무림맹주님께서 선출되셨네."

염소수염의 굽혀진 허리가 펴지고 말투는 '어서 옵셔'에서 '되셨네'로 바뀌었다.

"며칠 후에 취임식이 개최된다네. 모두들 새 무림맹주께 새해 인사 겸 축하를 드리려고 이곳으로 모여들고 있지."

"아, 그렇군요."

그러고 보니 주점 안의 손님들은 대부분 무림인들이었다.

"게다가 신년(新年)을 맞아 무림맹에서 새로 무사들을 뽑았다네. 지금 이 넓은 낙양 땅이 무인들로 터져 나갈 것만 같으이."

신기한 표정으로 주점 안을 둘러보는 담린을 보며 염소수염은 한 가지 결론을 내릴 수 있었다.

그가 올해가 새 무림맹주를 뽑는 해이며 바로 이곳 낙양이 무림맹의 본 맹이 위치해 있는 것도 모르는 촌뜨기 시골 무사가 틀림없다는 결론이었다.

그러고 보니 딴에는 잔뜩 멋을 부렸지만 처음 꺼내 입은 것 같은 빳빳한 새 경장이며 등에 단정히 꽂힌 검 손잡이가 반질반질 손질이 되어 있는 것이 여지없는 촌뜨기였다.

하지만 이목구비가 뚜렷하고 이마가 넓은 게 제법 심지가 굳어 보였는데 염소수염은 그 순간 자신도 모르게 '아' 하는 짤막한 탄식을 내질렀다.

'의기만개(義氣滿開) 강호초출(江湖初出).'

눈앞의 사내를 단 여덟 자로 표현한 염소수염.

바로 이 경우야말로 강호에서 가장 죽기 쉬운 세 가지 경우 중 첫 번째가 아닌가?

 정의감만 가득한 강호 초출행이 그 첫 번째요, 멋을 부린다고 원수의 아들을 살려 보내며 다음에 찾아오라고 하는 허풍이 두 번째요, 장보도(藏寶圖)를 얻은 후 친우(親友)에게 알리는 어리석음이 그 세 번째였다.

 게다가 그 첫 번째 비극의 배경은 대부분 주점이 아니었던가?

 염소수염이 지난 삼십 년간의 점소이 생활을 통한 그 비극적인 경우들을 일일이 회상하고 있을 때 담린은 혼자 성큼성큼 걸어서 구석 자리로 걸어가고 있었다.

 염소수염이 정신을 차리고 그를 보았을 때 그는 이미 구석진 자리에서 홀로 술을 마시던 여인에게 무엇인가 수작을 부리고 있는 중이었다.

 '헉! 위험해!'

 염소수염은 다급하게 달려갔다. 이제 곧 여인의 검집에서 검이 뽑히겠지?

 '강호 초출에 주루에서 여협객과의 낭만을 꿈꾸던 철부지 무사, 단칼에 개죽음당하다.'

 이것이 그 짧은 순간에 염소수염이 생각한 한 젊은이의 인생에 대한 결말이자 내일 인근 장터에 잠시 떠돌 소문의 내용이었다.

 그러나 염소수염은 자신의 과장된 상상과는 전혀 다른 소리를 듣게 되었다.

 "오랜만이군요."

 담린의 반가운 목소리에도 불구하고 고개를 든 여인의 표정은 차가웠다. 게다가 누구인지도 모르겠다는 표정.

 "일차 시험 때 감독관이셨죠? 봉황비도(鳳凰飛刀) 소향님."

 담린의 말을 듣고 그제야 여인의 굳은 표정이 풀렸다.

 "아, 기억나는군요. 성함이?"

"담린입니다."

여인은 목소리는 시원했다.

"일차라면 십팔반 병기에 대해서였었죠?"

"네, 제 기초가 탄탄해 보인다고 칭찬해 주기도 하셨습니다."

"호호, 그랬었나요? 근데 낙양에는 무슨 일로?"

"저, 합격했습니다."

담린이 머리를 긁적이며 말했다.

"네?"

"이번 무림맹 현무단 호위 무사 채용 시험에 합격했습니다."

소향이 자리에서 벌떡 일어났다.

그녀의 표정은 변해 있었다.

그녀는 다짜고짜 당황한 담린의 어깨를 짝 소리가 나도록 쳤다. 그리고는 엄지손가락을 치켜세우며 말했다.

"축하해."

갑작스런 소향의 태도 변화에 담린은 놀라지 않을 수 없었다.

"어서 앉아. 합격했다고 진작 말했어야지. 심심하던 차에 잘됐다. 이봐, 여기 술 가져와!"

옆에서 눈치만 보던 염소수염은 그때서야 끼어들 틈을 찾았다는 듯이 냉큼 말했다.

"저기, 그럼 합석하실 겁니까?"

염소수염의 말에 소향이 웃으며 말했다.

"당연하지. 이제부터 한 식군데. 여기 술이랑 안주랑 최고급으로 듬뿍 가져와."

"네, 그럽죠."

돌아서는 염소수염은 시체를 치우지 않아도 된다는 안도감보단 왠지 정초부터 자신의 예감이 틀린 것에 대해 약간 속상해하고 있었다. 그게 바로 염소수염의 한계이자 자신을 삼십 년간 점소이 생활로 이끈 주범인 줄도 모르고 그는 투덜거리며 주방을 향해 종종거렸다.

"올해 몇 살이지?"

"올해로 열여덟이 됩니다."

"야, 좋을 때다."

가까이 다가서기 어려운 차가운 여협객에서 갑자기 한 십오 년 봐온 옆집 푼수 누나처럼 돌변한 소향을 보며 담린은 실소하지 않을 수 없었다.

어쨌든 그녀는 다짜고짜 반말을 하기 시작했지만 조금도 기분이 나쁘지 않았다. 도리어 따뜻하고 친밀한 느낌이랄까?

게다가 그녀는 강호십대여협(江湖十大女俠) 중 비도술(飛刀術)로 유명한 바로 그 봉황비도 소향이 아니던가?

그런 그녀와 이렇게 마주 앉아 이야기를 나눈다는 것은 불과 며칠 전만 해도 상상도 할 수 없던 일이었다.

"아, 그러고 보니 내일이던가, 신입 대원 입맹식(入盟式)이?"

"네, 그렇습니다."

"이번에 몇 명이나 뽑혔지?"

"저를 제외하고 여섯 명이 더 있다고 들었습니다."

"고생은 이제부터야. 신입 대원 실전 훈련(實戰訓練)을 마쳐야 하니까. 거기서 떨어지는 애들도 꽤 되지."

담린은 가슴이 뿌듯해졌다. 이제 마지막 고비만 넘기면 된다는 생각에 가슴이 벅차올랐다.

무림맹 무사가 된다는 것.

그것은 강호에 몸담은 수많은 강호인들의 꿈이 아닌가?

물론 배경이 탄탄한 구파일방의 제자들이나 사대세가 출신들은 무림맹의 무사가 되는 것을 하찮게 여길지도 모르겠지만 자신이 자라온 고향에서는 그 의미가 달랐다.

복건성(福建省) 끝자락의 한 조그마한 어촌 마을이 그의 고향이었는데 그곳에서는 무림맹에 들어가는 것을 가장 큰 출세 중의 하나로 생각했다.

어설프게 강호에 들어섰다가 병신이 되거나 타지(他地)에서 쓸쓸히 죽어가는 경우를 숱하게 보아온 늙은 부모들에게 하나의 새로운 기준이 생겨났다.

기왕 자식이 강호에 나가겠다면 뜨내기 낭인 무사가 되는 것보단 든든한 배경에 기대는 것이 낫다고 생각하게 된 것이다.

사실 그것은 올바른 판단이었다.

무림맹 출신의 무사들은 정말로 쉽게 죽지 않았다. 아무리 하급 무사라 할지라도 일단 무림맹 소속이라면 대부분 상대방이 양보하기 마련이었고 쓸데없는 싸움이 일어날 확률이 다른 문파에 비해 확연히 적었다.

물론 마교와의 전면전이 벌어지게 된다면 가장 먼저 죽어 나갈 신세겠지만 양패구상(兩敗俱傷)이라는 최악의 결과를 낳았던 정도무림맹과 마교연합(魔敎聯合) 사이의 삼 년간의 기나긴 제이차 정사대전(正邪大戰)이 끝난 것이 불과 칠 년 전이었다.

당시 무림맹주였던 권왕(拳王) 설붕 대협이 마교 교주 천마(天魔)에게 치명상을 입히지 못했다면 아마 지금의 강호는 마교 통치 하의 암흑 시대였을 것이다.

물론 근래의 고요함을 혹자들은 폭풍 전야(暴風前夜)라는 표현을 쓰기도 하지만 그 끔찍한 싸움이 끝난 지 채 십 년도 지나지 않아 새로운 전쟁이 일어날 것이라고는 아무도 생각하지 않았다.

어쨌든 당금 무림은 평화기였고 그런 상황에서 무림맹에 들어가는 것은 크나큰 출세였던 것이다.

아들이 무림맹에 들어가게 되었다는 소식에 어머니가 얼마나 기뻐하셨던가?

담린은 눈시울이 붉어졌다.

일찍이 아버지가 돌아가시고 어머니의 고충은 이루 말할 수 없었다.

다행히 윗대부터 내려온 가전무공(家傳武功)을 어려서부터 착실히 익혀온 데다 무공이 한계점에 다다랐을 무렵 우연히 만나게 된 노승으로부터 몇 수 가르침을 받으면서 담린의 무공은 크게 증진되었다.

덕분에 그 어렵다던 무림맹 호위 무사 선발 시험에 당당히 합격할 수도 있었던 것이다.

이런저런 생각에 담린은 가슴이 격동되는 것을 느꼈다. 그런 마음을 짐작이라도 하는지 그를 바라보는 소향의 얼굴에 미소가 매달렸다.

"왜 현무단에 응시했나?"

담린은 무슨 의도의 질문인지 모르겠다는 표정이 되었다.

"요즘 젊은 애들은 청룡단이나 백호단을 선호하잖아? 우리보다 화려하고 대우도 좋고. 더 알아주고."

"솔직히 말씀드리자면 누군가를 지켜준다는 것이 멋져 보였습니다."

"호호호!"

소향이 깔깔거렸다.

"멋있어 보여서라고?"

담린은 약간 무안해져 머리를 긁적이며 말했다.

"죄송합니다."

"죄송하긴, 솔직하고 좋네 뭐. 네 나이에 뭐 무림 평화가 어쩌구 사명감이 저쩌구 하면 도리어 밥맛없지."

소향의 말에 힘을 얻은 담린이 되물었다.

"선배님은 왜 이 일을 하시는 겁니까?"

소향은 이번에도 웃었다.

그러나 그 웃음에는 어딘지 모르게 아쉬움과 서글픔이 담겨 있었다.

담린은 괜한 것을 물었다는 생각에 무엇인가 화제를 돌리려고 머리를 굴렸다.

"돈 벌려고."

짤막한 소향의 말에 담린은 깜짝 놀랐다.

'돈을 벌기 위해서'라는 말이 나올 줄은 상상도 하지 못했기 때문이다.

담린의 놀란 표정을 보며 소향이 무심히 말을 이었다.

"사실 이만큼 녹봉이 후한 곳도 없지. 기본급만 해도 보통 사람들이 반년은 벌어야 할 돈이야. 거기다 위험 수당에 특별 수당, 야근 수당에 출장 수당까지 나오거든. 초봉이 만리표국(萬里鏢局)의 표두(鏢頭)급만큼 되지."

만리표국은 낙양의 가장 큰 표국이었다.

"하지만……."

자신을 놀리려는 것인가? 그러나 소향의 표정은 진지해 보였다.

"무림인도 먹고 살아야지. 아무리 무공이 높아도 굶고는 못 살잖아?"

물론 틀린 말은 아니다.

그걸 누가 모르겠는가?

하지만 강호십대여협 중의 한 명이자 한 자루의 비도를 던져 열 개의 목숨을 취한다는 일도탈십명(一刀奪十命) 봉황비도의 말치고는 너무 현실적이었다.

그래서 도리어 실감이 나지 않았다.

담린의 표정 속에 담긴 마음을 읽기라도 한 듯 소향이 말했다.

"그럼 내가 이 나이에 기루(妓樓)에라도 나가야 한단 말이냐? 아님 밤에 월장(越牆)이라도 해? 돈 벌기 위해 일하는 건 당연한 거야."

"하지만 피땀을 흘리며 수련한 것이……."
"음, 수련한 것이?"
무슨 대답이 나올지 이미 알고 있다는 소향의 표정이었다.
그래도 담린은 꿋꿋하게 대답했다.
해야만 했다. 그것은 자신의 신념과도 관계된 일이기 때문이었다.
"고작 먹고 살기 위해서라는 것 전 인정할 수 없습니다."
소향의 얼굴에 살짝 그늘이 졌다.
"무인의 자존심 같은 것?"
"…비슷합니다."
"넌 우리가 무인이라고 생각하니?"
소향의 말에 담린은 어리둥절해졌다.
그때 주점 문이 열렸다.
차가운 바깥 바람을 몰고 곰 같은 사내 철무가 들어섰다.
철무는 들어서자마자 망설이지 않고 담린과 소향이 있는 자리로 성큼성큼 걸어왔다.
마치 소향이 그곳에 있다는 것을 미리 알고 온 사람 같았다.
말없이 소향과 담린의 자리로 온 철무는 의자를 당겨 앉았다.
그리고는 탁자의 술을 병째 들이켰다.
이러한 행동들이 얼마나 자연스러웠으면 마치 같은 일행이 잠시 자리를 비웠다가 돌아온 듯한 착각을 일으키게 했다.
"크앗! 시원하다!"
주점이 떠나갈 듯한 쩌렁쩌렁한 철무의 목소리에 담린은 문득 무림맹 호위 무사 중 단순(單純), 무식(無識), 과격(過激)으로 유명한 한 사내를 떠올릴 수 있었다.
"혹시 철권(鐵拳) 철 대협이신가요?"

정중히 포권을 하며 담린이 물었다.
"그렇소. 내가 바로 그 철무요."
누구인가 하는 표정이 역력한 철무였다.
"만나뵙게 돼서 반갑습니다. 전 이번에 현무단 호위 무사 시험에 합격한 담린이라고 합니다."
딱!
덩치가 크면 느리고 미련하다고 누가 그랬던가?
철무가 번개처럼 담린의 머리에 꿀밤을 날렸는데 놀라고 당황한 담린이 속수무책으로 자신의 머리통을 내주고 말았던 것이다.
순식간에 담린의 머리통에 커다란 혹이 생겼다.
"이놈아, 그럼 진작 말을 했어야지."
언제 진작 말할 기회가 있었단 말인가?
그러나 불이라도 나올 것 같은 우락부락한 철무의 눈을 보니 담린의 억울한 마음이 쏙 들어갔다.
"게다가 하늘 같은 선배랑 같은 자리에서 술을 마셔? 이거 안 되겠군. 차렷!"
담린의 신형이 번개처럼 벌떡 일어났다.
"동작이 이렇게 느려서 어떻게 대무림맹 현무단의 호위 무사가 되겠다는 건가?"
담린의 이마에 식은땀이 흘러내렸다. 시작부터 꼬이는 것이 아닌가 하는 걱정에 눈앞이 캄캄해졌다.
그런 그를 구해준 것은 바로 소향이었다.
"장난 그만 해. 사실 엄밀히 따지면 아직 우리 후배가 아니지. 내일 입맹식이 끝나야 정식으로 우리 후배가 되는 거지."
소향의 말에 철무가 말했다.

"오호, 그렇군요. 아직 담 소협이시군요."

말끝에는 가시가 한 뭉치나 삐져 나와 있었다.

철무의 말이 채 끝나기도 전에 주점이 떠나갈 듯한 담린의 대답이 터져 나왔다.

"아닙니다, 선배님!"

그 모습에 소향과 철무의 입가에 미소가 매달렸다.

"참, 근데 넌 여긴 왜 온 거야?"

소향의 말에 철무는 화들짝 놀라 말을 꺼냈다.

"아, 전 대원 긴급 복귀 명령입니다."

"이제 바빠지겠군."

"올해는 특히 더 바쁠 겁니다. 새 맹주님을 맞는 해이니까요."

"그래……."

새 맹주님이란 말에 주눅이 들어 있던 담린의 마음이 다시 두근거리기 시작했다.

그러나 그 세차게 뛰던 심장이 한순간에 얼어붙은 것은 소향을 따라 주점을 나서며 던진 철무의 마지막 말 때문이었다.

"어이, 신참! 훈련 때 보자! 기대해도 좋아!"

그들이 나가자 아직 맹에 입문조차 하지 않은 예비 무사 담린은 한바탕 폭풍이라도 지나간 듯 얼떨떨해하며 털썩 의자에 주저앉았다.

어쨌든 그들이 그렇게 가버리는 바람에 그날 하루 종일 소향이 마셔댔던 술값은 담린이 계산해야 했다.

계산을 하면서 담린은 소향이 '돈을 벌기 위해' 이 일을 한다는 말이 자꾸 떠올랐다.

그래도 설마 하는 순진한 담린이었다.

새로운 출발(2)

드디어 담린이 밤잠을 설쳐 가며 기다리던 무림맹 입관식의 날이 밝았다.

객잔을 나서는 담린의 표정이 밝았다.

그는 짙은 청색 경장을 입고 있었는데 왼쪽 가슴 부위에 '맹(盟)' 이라는 글자가 새겨져 있었다.

합격자들에게 미리 인편(人便)을 통해 지급된 무림맹의 기본 복식이었던 것이다.

그 얼마나 입고 싶었던 옷이던가?

다시 한 번 자신의 모습을 내려다보던 담린의 입이 찢어질 듯이 벌어졌다.

저 멀리 무림맹 건물이 보일 때까지 담린의 발걸음은 날듯이 가벼웠다.

무림맹 본단은 낙양성에서 오 리 정도 떨어진 외곽에 위치하고 있었다.

난공불락(難攻不落)의 거대한 성을 기대했던 담린은 무림맹의 작은 규모에 약간 실망했다.

거기다가 무림맹의 담장은 어른 키보다 조금 더 높았고 경공을 모르는 사람도 마음만 먹으면 넘을 수 있는 높이였다.

담장을 따라 걷던 담린이 무엇인가 깨달았다는 듯 손뼉을 쳤다.

길게 늘어진 야트막한 담장이 오히려 높게 둘러쳐진 것보다 더 위협적으로 느껴졌던 것이다.

'자신있는 자, 넘어보라' 라는 도도한 기세랄까?

꿈보다 해몽이 좋았지만 지금의 담린에게는 부서진 담벼락조차 유구한 역사의 흔적으로 보였다.

드디어 무림맹 정문이 보였다.

자신과 같은 복장의 젊은이들이 하나둘 그곳으로 들어서고 있었다.

담린은 크게 심호흡을 했다.

이제 바야흐로 새로운 세계에 첫발을 떼어놓는 순간인 것이다.

그에 비해 정문을 지키고 있던 두 명의 무사들은 이제 곧 자신들의 후배가 될 젊은이들을 가벼운 마음으로 지켜보고 있었다.

제각각의 부서로 갈라지겠지만 저들 중에는 자신들의 직속 후배가 될 젊은이들도 있을 것이다.

그 옆으로는 한 사내가 책상에 앉아 들어서는 젊은이들의 이름과 소속을 확인하고 있었다.

"이름?"

"담린입니다."

"소속?"

"현무단 소속입니다."

담린의 말에 고개를 숙이며 서류를 뒤적이던 사내의 고개가 들려졌다. 그리고 약간 이채롭다는 눈빛을 지었다.

"담린, 18세, 복건(福建) 출신, 맞습니까?"

말투가 바뀌었다.

일반 무사들에 비해 현무단과 그 외 몇 부서의 무사들의 직위가 한 단계 높다고 들었는데 그게 맞는 모양이었다.

담린은 어색한 듯 머리를 긁적이며 대답했다.

"네."

"들어가셔서 오른쪽 길을 따라 쭉 가십시오. 조금만 가시면 집합하는 장소가 나올 것입니다."

담린을 쳐다보는 정문 무사들의 눈빛에 잠깐 부러움이 스쳤다.

담린의 가슴이 활짝 펴졌다.

반 각(半刻) 정도 걷자 작은 건물이 하나 보였다.

그리고 그 앞으로 작은 공터가 하나 있었는데 이미 몇 명의 사람들이 서 있었다.

그들은 모두 삼남일녀(三男一女)였는데 담린과 같은 복장으로 다소 어색하게 서 있는 모양새가 이번에 함께 뽑힌 신입 무사라는 것을 한눈에 알 수 있었다.

그리고 그들 중 둘은 낯이 익은 것이 시험장에서 이미 만났던 이들 같았다.

담린이 다가가자 그들의 시선이 담린에게로 모아졌다.

왠지 어색했지만 담린이 가볍게 포권하자 그들 역시 포권으로 인사를 받았다.

잠시 침묵의 시간이 흘렀다.

초면(初面)에 딱히 무슨 말들을 하겠는가? 목표를 잃은 어색한 시선만이 부끄럽게 오갔다.

그때 '그 몸으로 용케 합격했구나' 라는 생각이 들 정도의 푸짐한 살집의 사내가 과장된 손짓으로 말했다.

"앞으로 목숨을 함께할 동료들이 될 텐데 우리 서로 소개나 합시다."

모두들 비슷한 어색함을 느끼고 있던 차였던지라 그의 말은 반가울 수밖에 없었다.

"먼저 내 소개부터 하리다. 난 감숙성(甘肅省)에서 온 하윤덕(河潤德)이라고 하오. 나이가 좀 들어 보여도 실제로는 어리니 편하게 대해주시오."

그 말을 듣고 보니 그의 나이는 이십 대 중반을 훨씬 넘어 보였다. 두 눈에 가득한 장난기가 아니었다면 실제로는 어리다는 그의 말은 쉽게 믿기 어려울 정도였다.

다음은 다른 사람들보다 머리통이 하나 더 달린 것처럼 보이는 키 큰 사내의 차례였다.

"저는 오가장(誤家莊)의 오령입니다. 앞으로 잘 부탁드립니다."

오가장이라면 강남(江南) 일대에 막강한 영향력을 행사하는 명가(名家)였다.

그러나 오령은 명가의 자제답지 않게 부끄러움이 많고 소심한 성격일 것 같은 사내였다.

오령 옆의 냉막한 인상을 풍기는 사내는 짤막하게 자신을 심한진이라고만 소개했다. 마치 잘 손질된 한 자루 칼 같은 느낌의 사내였지만 칼집 속에 뭐가 들어 있을지는 아직 모를 일이었다.

담린의 소개를 끝으로 남자들의 인사가 모두 끝났다.

남은 사람은 아담한 체구에 귀여운 인상의 홍의(紅衣)여인뿐이었다.

그녀는 부끄러운 듯 나지막이 말했다.

"산, 산, 산동(山東) 출신의 냉하연이라고 합니다."

부끄러워서인지 원래부터 말투가 그런지 그녀는 말을 더듬었다.

그럼에도 사내들의 얼굴이 밝아졌다.

기왕이면 투박하고 거친 남자들보다 저렇게 귀여운 여자 동료가 더 낫

새로운 출발 43

지 않겠는가?

"이번에 뽑힌 사람들은 모두 일곱이지 않소?"

하윤덕이 고개를 갸웃거리며 말했다.

"그렇다고 들었습니다. 아직 두 명이 도착하지 않은 것 같습니다."

담린이 자신이 걸어 들어왔던 곳을 향하여 고개를 돌리며 대답했다.

마치 그 순간을 기다렸다는 듯 때마침 두 사람이 이곳을 향해 걸어오고 있었다.

일남일녀(一男一女)였는데 자신들과 같은 무복을 입은 것으로 보아 이제야 도착하는 이들로 보였다.

두 사람이 천천히 걸어오자 모두의 시선은 자연스럽게 여인에게로 집중되었다.

갸름한 얼굴이 가까워질수록 담린의 심장이 점점 빠르게 뛰기 시작했다.

그녀는 정말로 보기 드문 미녀였던 것이다.

게다가 호리호리한 몸매는 그녀의 아름답고 시원스러운 얼굴과 잘 어울려 가히 절세미녀라 불릴 만하였다.

냉하연도 미녀라고는 할 수 있었지만 지금의 여인에 비하니 상당히 손색이 있었다.

그녀의 모습에 여자인 냉하연조차 감탄의 눈빛이 되었다.

"제갈혜(諸葛慧)라고 합니다."

그녀의 말에 모두의 입에서 '아' 하는 탄식이 터져 나왔다.

무림사미(武林四美) 중 강남제일화(江南第一花)라 불리는 제갈혜가 바로 이 여인이었던 것이다.

"저는 남궁소천(南宮少天)이라고 합니다."

다정히 걸어 들어왔던 사내가 자신을 소개했다.

무림사미의 일 인이자 제갈가의 천금인 제갈혜, 그리고 남궁가의 장남 남궁소천.

모두의 기를 죽이기에 충분했다.

담린은 사대세가 중 두 가문의 자제들이 자신과 동료가 된다는 든든함이나 뿌듯함보다는 그들이 왜 이곳에 지원했을까 하는 의문이 먼저 들었다.

덜컥!

그때 공터 앞 별관의 문이 열리며 두 사람이 걸어나왔다.

담린은 그 두 사람의 모습을 보자 가슴이 철렁 내려앉는 것을 느꼈다.

두 사람 중 한 사람이 바로 철무였던 것이다.

처음 말을 꺼낸 사람은 철무와 함께 나온 중년인이었다.

"제군들의 무림맹 입맹을 축하한다. 더구나 무림맹 내에서도 최고의 기재들만이 모인다는 이곳 현무단 호위 무사로 들어온 것에 대해 환영하는 바이다. 나는 현무단을 맡고 있는 혁월이다."

모두의 눈이 반짝였다.

혁월의 명성은 익히 들어서 알고 있는 바였다.

무림맹 현무단을 강호 최고의 호위 무사 집단으로 만든 가히 전설적인 인물이 아니던가?

"하지만 아직 제군들은 하나의 관문이 남았다. 이미 들어서 알겠지만 신입 대원 실전 훈련이 남아 있다. 애석한 일이지만 그 과정을 통과하지 못한 사람은 다시 고향으로 돌아가야 한다."

담린은 그것만은 결코 있어서는 안 될 일이라고 생각했다.

문득 자신을 보낼 때의 어머니의 모습이 떠올랐다.

떠나는 자식에게 눈물을 보이지 않으시려고 애써 참으시던 어머니셨다. 아마 오늘도 자식에 대한 기원으로 새벽을 밝히셨을 것이다.

하루 빨리 자리를 잡아 이곳 낙양으로 모셔올 생각이었다.

"나머지는 여기 자네들의 선배이자 매화조 삼조장(三組長)인 철 호위가 자세히 설명해 줄 것이다. 그럼 모든 훈련이 끝난 후 다시 보기로 하자. 모두의 얼굴을 다시 보게 되길 바란다."

간단히 인사를 마친 혁월은 자신이 나왔던 별관 건물로 들어가 버렸고 그 자리를 철무가 대신했다.

일행들을 둘러보던 철무와 담린의 눈이 마주쳤다.

담린은 고개를 숙여 그 눈길을 피했다.

"모두들 만나서 반갑다. 난 매화조 제삼 조장을 맡고 있는 철무다."

모두의 표정이 일순 긴장되었다.

철무의 명성 또한 혁월 못지않았다.

물론 혁월이 좋은 쪽으로의 명성이라면 철무는 그 반대인 악명(惡名)인 것이 문제였지만.

인심철담(人心鐵膽) 철무. 단순 무식의 대명사이며 이성과 상식이 통하지 않는 철한이 바로 그였다.

"반가운 얼굴도 보이는군."

철무의 말에 담린의 등줄기가 서늘해졌다. 고개를 숙여 그 시선을 피하려 했지만 그것은 고작 일곱 명 속에서 숨을 곳을 찾는 담린의 애처로운 노력에 불과했다.

"음, 게다가 올해는 여자가 두 명이나 붙었군. 소향 누님 이후론 처음인데 둘씩이나 붙다니……."

제갈혜와 냉하연을 보며 철무가 혼잣말처럼 말했지만 모두 들을 수 있었다. 한마디 한마디가 쩌렁쩌렁 울리는 철무에게 혼잣말은 애초부터 불가능했다.

그 말에 제갈혜의 미간이 살짝 찌푸려졌다. 여자가 붙은 것이 놀랍다는 듯한 말투가 그녀의 귀에 거슬렸던 것이다.

그러한 그녀의 표정은 아랑곳 않고 철무가 냉하연 앞에 섰다.

"잘할 수 있겠나?"

철무의 갑작스런 질문에 냉하연은 당황해서 말을 더듬었다. 그리고 기어들어 가는 한마디.

"…네."

"목소리가 그게 뭔가? 잘할 수 있겠나!"

다시 냉하연이 낼 수 있는 가장 큰 목소리가 터져 나왔지만 철무의 얼굴은 전혀 만족스럽지 않았다.

혀를 차며 이번에는 제갈혜의 앞으로 온 철무가 그녀의 얼굴을 보며 멈칫 놀랐다.

강호사미 중 일 인이 붙었다는 소식은 들었지만 이렇게 아름다울 줄 몰랐던 것이다. 그러나 철무에게 있어 미(美)란 뼈와 살가죽이 유별난 정도에 불과했다.

"잘할 수 있겠나?"

제갈혜를 향해 똑같은 질문이 떨어졌지만 대답은 다르게 나왔다.

"무슨 의미시죠?"

차분한 목소리였다.

그 말에 철무의 인상이 살짝 굳어졌다.

"잘할 수 있겠느냐고 물었다."

"혹시 그 말씀은 저희들이 여자들이라서 걱정이라도 된다는 뜻인가요?"

제갈혜의 당돌한 말에 철무는 도리어 당황스러웠다.

"그렇다면?"

"저는 무림인입니다. 무림인이 된 이상 남녀의 구분 따윈 무의미하다고 생각합니다."

그 말에 철무는 굳은 표정으로 말없이 제갈혜를 응시했다.

무엇인가 터질 것 같은 긴장감이 흘렀다.

담린이 마른침을 삼켰다.

첫날부터 선배와 동료 간의 갈등은 그다지 모양새가 좋지 않았다.

잠시 후 철무의 입에서 담린의 걱정을 깨끗이 날려 버리는 큰 웃음이 터져 나왔다.

"크하하! 좋아! 네 말이 옳다. 무림인이라면 남녀 사이의 구분 따윈 중요치 않지. 내 실수를 인정한다."

철무가 호쾌하게 말했는데 그 말속에는 어떠한 악의(惡意)나 후환(後患)도 들어 있지 않았다.

모두들 안도의 한숨을 내쉬었다.

소문대로 철무는 단순 과격한 사람이지만 반면에 호탕한 사람일지도 모르겠다는 생각이 들었다.

"죄송합니다, 선배님."

제갈혜가 정중히 말했다.

그녀는 철무가 이렇게 순순히 자신의 잘못을 인정하고 나올 줄 몰랐다. 만약에 철무가 자신의 말을 빌미로 모두에게 웃통을 벗으라고 해도 벗을 각오를 하고 있었다.

그러나 철무는 호쾌한 사나이였다. 제갈혜는 그런 그에게 약간 감동을 받았다.

사실 철무가 순순히 물러선 것에는 다 이유가 있었다. 그녀에게서 강호에 대한 동경과 강한 자부심을 느낄 수 있었던 것이다. 그것은 바로 십 년 전 자신이 강호로 뛰어들면서 가졌던 그 마음과 같은 것이었다.

자신만이 꿈꾸는 강호, 모든 무림인들에게는 자신만의 강호가 있을 것이다. 무식하고 단순한 철무였지만 그것만은 분명히 있다고 믿었다.

그것이 없다고 생각하는 사람들은 그것을 잃어버린 사람일 뿐이다.

제갈가의 천금(千金)과 강호사미라는 자리에도 불구하고 일반 무사로

서 이곳에 입맹한 그녀의 결심에는 그러한 것들이 크게 작용했을 것이다.

어떤 이유에서든 그녀의 입맹은 대단한 것이었다.

철무는 그런 그녀의 마음을 높이 샀던 것이다.

그러나 그녀가 모르는 것이 있었다.

그것은 무림인들 사이에도 엄연한 남녀의 구분은 존재한다는 것이다.

그것도 일반인들의 차이보다 더 넘기 힘든 벽이 있음을 언젠가 그녀도 느끼게 되리라.

하지만 철무는 첫날부터 그것을 깨뜨리고 싶지는 않았다. 언젠가 그녀 스스로 알게 될 것이다.

"사흘 후에 실전 훈련이 시작된다! 그전까지는 푹 쉬도록! 알겠나?"

이제 마지막 고비만을 남긴 일곱 청춘의 목소리가 하나로 모아져 빈 공터를 가득 채웠다.

*   *   *

"예상치 못했던 결과입니다."

황의인(黃衣人)이 침울하게 말했다.

그 말은 다섯 평 남짓한 작은 회의실을 음울하게 울렸고 자그마한 탁자에 둘러앉은 나머지 셋의 표정까지 침울하게 만들었다.

"모두들 신진회(新進會)라고 들어본 적이 있을 것이오. 강남의 젊은 애들이 주축이 돼서 만든 조직인데 이번 결과에 크게 영향을 미쳤소. 젊은 애들의 치기(稚氣) 정도라 여겨 소홀히 생각했었는데 그게 실수였소. 오늘의 실패 원인은 바로 거기에 있소."

적의인(赤衣人)의 말에 모두 고개를 끄덕였다.

"구양호가 취임하게 되면 맹 내에 큰 물갈이가 있을 것으로 보입니다.

그동안 상대적인 푸대접을 받았던 강남무림인들이 대거 기용되겠지요."

"원로원(元老院)의 반응은 어떻소?"

"아직 이렇다 할 반응은 없습니다. 그들도 이리저리 주사위를 굴려보고 있겠지요. 털었을 때 가장 많은 먼지가 날 자들은 그들이니까요."

"현재 맹 내 요직(要職)의 팔 할이 강북 지역의 인사로 구성되어 있습니다. 편중인사(偏重人事)를 하지 않겠다던 전대 맹주가 결국 공약(公約)을 지키지 못한 셈이지요."

황의인의 말에 다시 적의인이 말을 받았다.

"그건 원로원의 압력이 워낙 강하기도 했고 또 자신을 밀어준 강북무림인들에 대해 등을 돌릴 수 없었기 때문이지요. 맹주 직을 마치면 그가 돌아갈 곳은 결국 고향이니까요."

"그것보다 문제는……."

적의인이 신중하게 입을 열었다.

"이번에 맹주가 된 구양호가 순수한 무골(武骨) 출신이 아니라는 점입니다. 오히려 문사(文士)라고 보는 게 더 맞을 겁니다. 그런 그가 무림맹주의 자리에까지 올랐다는 것이 무엇을 의미하겠습니까?"

"그는……."

황의인과 적의인의 대화를 말없이 지켜보던 금포인이 비로소 입을 열었다.

그는 다른 이들의 두 배는 됨 직한 육중한 체구를 가지고 있었는데 단단하기보다는 비대하다는 인상을 주었다.

밀실 내부가 좁게 느껴졌던지 땀을 흘리며 육중한 몸을 연신 들썩였다.

"그는 야망이 큰 사람입니다. 그리고 그것을 아무도 모르게 키워온 효웅(梟雄)이라고 할 수 있지요. 문제는 진취적이고 깨끗한 이미지를 위해서 큰 출혈(出血)을 감수하고서라도 대폭적인 개혁(改革)을 단행할지도 모른다는 거지요. 과연 그 개혁의 대상이 누구겠습니까?"

금포인의 말에 또다시 모두의 안색이 어두워졌다.

"하지만 원로원이나 강북무림 인사들이 그대로 당하고 있지만은 않겠지요."

"물론 그렇겠습니다만 결국 칼자루를 쥔 쪽은 맹주 쪽, 과연 신임 맹주가 어떤 생각을 가지고 있는지가 중요하겠지요."

모두의 시선이 줄곧 아무 말도 않은 채 대화를 듣고 있던 노인에게 집중되었다.

그들의 불안한 안색에 비해 노인의 표정에는 별다른 변화가 없었다. 반쯤 감고 있던 노인의 눈이 서서히 떠졌다.

"강호는 힘의 논리에 따라 움직이는 곳이지 정의니 어쩌니 해서 인기를 좀 끌었다고 한낱 문사 나부랭이가 주인이 될 수는 없는 법이지."

나지막한 노인의 말에 모두들 머리를 조아렸다.

노인은 충분히 그런 말을 할 자격이 있었으며 그에 걸맞는 힘도 있었다.

그때 금포인이 다시 조심스럽게 입을 열었다.

"구양호에게는 분명 숨겨진 무엇인가가 있을 겁니다. 그게 무공이든 아니면 다른 무엇이든. 그렇지 않았다면 여기까지 올 수 없었겠죠."

"그렇겠지. 누구나 비장의 한 수는 숨겨두기 마련, 그도 분명 마지막 한 수가 있겠지."

노인은 말에 모두들 고개를 숙여 수긍했다.

이번 결과는 노인의 예상 밖이었다.

그는 암중(暗中)으로 이번에 구양호와 맹주 자리를 다툰 남궁단백(南宮蛋白)을 지원했었다.

남궁단백은 강호사대세가(江湖四大世家) 중 하나인 남궁가의 현 가주(家主)인 남궁혁련(南宮赫堜)의 둘째 동생이었다.

손잡을 만한 가치가 있는 사람이었고 패배하리라는 생각은 추호도 하지 않았었다.

거기다가 강북무림 전체의 지지가 더해졌다.

그러나 결과는 참패였다.

"한번 시험해 볼 필요가 있겠어."

노인이 나지막이 말했다.

그가 말하는 시험이 무엇을 의미하는지는 모두들 알고 있었다.

"타초경사(打草驚蛇)의 우를 범할까 두렵습니다."

금포인의 조심스런 말이었다.

상대는 신임 맹주, 함부로 대할 상대가 결코 아니었다.

"하지만 사람을 물려는 뱀을 그냥 둘 수는 없는 법, 사망곡(死亡谷)에 기별을 넣게."

"죄송한 말씀입니다만……."

금포인이 노인의 심기를 거슬리는 줄 알았지만 하던 말을 계속 이었다.

"그들은 쉽게 움직이지 않을 것입니다."

말을 마친 금포인이 해서는 안 될 말이라도 한 사람처럼 고개를 조아렸다.

"그렇겠지. 하지만 어떤 식으로든 움직일 수밖에 없을 걸세. 그 정도만 해주어도 충분해."

말을 마친 노인은 할 말을 다 했다는 듯이 눈을 감아버렸다.

더 이상 노인에게 다른 이견(異見)을 제시하는 것은 죽음을 각오해야 했다.

모두들 앞으로 일어날 폭풍을 예감이라도 하는 듯 불안한 표정을 감추지 못했다.

❷ 떠나는 자와 남는 자

그렇다면……?

도대체 저 혼자서 살아 움직이는 검은 무엇이란 말인가?

혹시 검끝에 줄이 매어진 것이 아닐까 하고 장이는 가뜩이나 작은 눈을 더욱 가늘게 떴다.

장이의 그러한 노력에도 불구하고 한 편의 웅장한 그림을 완성한 검은 사내는 등 뒤의 제 집으로 사라져 버렸다.

장이는 지금 자신이 죽기 전에 한 번 볼까 말까 한 이기어검술(以氣 馭 劍術)의 경지를 넘어 심검(心劍)의 초입 단계로 들어서려는 무공의 경지를 보고 있다는 것을 알지 못했다.

검기가 그려내던 그림이 사라졌지만 여전히 어안이 벙벙한 장이의 뒤로 누군가 다가섰다.

장이가 돌아보니 현무단주 혁월이 마치 '자네 여기서 뭐 하나?' 라는 표정으로 자신을 보고 있었다.

장이는 멍한 표정으로 자신의 상관에게 인사를 하는 것조차 잊었다.

대신 천천히 손을 들어 연무장을 향해 손가락을 폈다.

입에서는 인사 대신 '어, 어' 라는 말만 튀어나오고 있었다.

장이의 손짓에 혁월이 연무장을 바라보았다.

"무슨 일인가?"

혁월은 무슨 말인지 모르겠다는 표정이었다.

장이는 마치 조금 전에 본 것이 무엇이었는가를 물어볼 사람이 생겼다는 반가움에 연무장을 향해 고개를 돌리며 무엇인가 말하려고 했다.

그러나 장이는 그의 궁금증을 풀어줄 물음 대신 마치 귀신이라도 본 사람처럼 안색이 하얗게 질렸다.

방금 전에 그곳에 서 있던 사내가 정말 귀신처럼 사라져 버린 것이다.

"방금 전에 저곳에… 그러니까… 검이 마치 살아 있는 것처럼……."

마치 무서운 누명이라도 쓴 사람처럼 횡설수설하는 장이를 보며 혁월의 인상이 굳어졌다.

"무엇인가 헛것을 본 게로군. 이만 가보게."

혁월의 차가운 시선에 대충 허겁지겁 인사를 하고 물러서던 장이는 다시 연무장을 쳐다보았다. 정말로 그 넓은 연무장은 자신이 거짓말이라도 한 것처럼 텅 비어 있었다.

장이는 덜컥 겁이 났다.

'정말 귀신이라도 본 게 아닐까?'

장이의 발걸음이 절로 빨라졌다.

그러다 문득 아까 그 연무장의 사내가 어디서 많이 본 사내였다는 것을 생각해 냈지만 왠지 무서운 것을 보았다는 기분 때문에 그가 누구였는지 통 떠오르지 않았다.

정초부터 재수가 없으려니 별 헛것이 다 보인다는 생각에 장이는 연신 침을 뱉었다.

그러나 장이는 자신에게 불쾌한 시선을 쏘아붙였던 혁월이 그 빈 연무장을 향해 서서히 발걸음을 옮긴 것을 알지 못했다.

그리고 연무장 구석의 나무 위에서 한 사내가 뛰어내린 것도 영원히 알지 못할 것이다.

"진작 개인 연공실을 마련해 주었어야 하는데……."

혁월이 미안한 기색으로 말했다.

"아닙니다. 제가 경솔했습니다. 맹 내에서는 되도록 조심했어야 하는데……."

나무에서 뛰어내린 사내는 바로 우이였다.

"갑자기 생각나는 바가 있어서 잠시 검을 놀려본다는 것이 그만… 죄송합니다."

무인이 자신의 무공을 연마하는 게 어찌 미안한 일이겠는가?

다만 현재 우이의 무공 수위는 맹 내에서도 단지 몇 명만이 알고 있는 극비 사항이었고 그렇기에 일개 조장에게 개인 연공실을 제공한다는 것은 현실적으로 쉬운 일이 아니었다.

우이를 위해 혁월이 자신의 개인 연공실을 쓰도록 배려해 주었지만 우이는 정중히 사양했다.

대신 그는 매일 새벽 산에 올랐다.

"자네에게는 여러모로 미안하네."

사실 장이가 두 눈이 휘둥그레 넋이 빠져 있을 때 혁월 역시 우이의 모습을 지켜보고 있었다.

그의 무공 수위가 이기어검(以氣馭劍)의 단계까지 들어섰을 것이라 단지 짐작은 했었지만 막상 직접 보고 나니 혁월 역시 놀라지 않을 수 없었다.

게다가 그 경지가 완숙함을 넘어서고 있었다.

단지 검(劍)을 조종하는 단계를 넘어서 어검술을 이용해서 새로운 초식을 만들어내는 경지에 이르고 있었던 것이다.

물론 그 경지에 이르지 못한 혁월로서는 단지 짐작에 불과할 뿐이어서 정확히 우이가 어느 정도의 경지인지 알 수 없었다.

한 가지 분명한 것은 우이의 무공은 현재 최절정(最絶頂)에 이르렀다는 것이었다.

당금 무림의 가장 뛰어난 검의 명가인 무당(武當)과 화산(華山)의 장문인들이 과연 어검술을 구사할 수 있을까?

무당오검(武當五劍)이나 화산삼수(華山三秀)들 중 그 누구도 어검술을 사용했다는 소리를 단 한 번도 들은 적이 없었다. 아마도 심검합일(心劍

合一)의 경지에서 검기상인(劍氣傷人)의 경지 정도가 아닐까?

사실 그 정도만 해도 재능있는 이가 좋은 스승 아래서 평생을 부단히 연마했을 때 비로소 중년을 지나야 얻을 수 있는 경지였다.

그러한 점을 미루어볼 때 우이는 특별한 경우라고 볼 수 있었다.

어떠한 일이든지 특별히 두각을 나타내는 사람이 있듯이 우이 역시 무공에 관한 한 천재(天才)의 범주에 들어가는 것이라고 볼 수 있었다.

하지만 일개 보표의 무공치고는 너무 넘쳤다.

그에게는 어떤 과거가 있는 것일까?

십 년을 함께해 온 그였지만 자신의 과거에 대해서는 아직 한 번도 언급하지 않았던 그다.

두 사람은 연무장 뒤편으로 난 오솔길을 말없이 걸었다.

무심코 바라본 우이의 옆모습에 혁월은 마음이 아파왔다.

곧은 이마와 강직해 보이는 턱 선 사이로 오랜 시간 쌓여온 피곤함이 곳곳에 배어 있었던 것이다.

지난 십 년간 그는 두 명의 맹주를 호위했고 한 번의 커다란 전쟁을 치렀다.

그 혼란의 와중에 그는 자신의 임무를 훌륭하게 완수해 냈다.

극악한 난세의 시기였음에도 불구하고 두 맹주는 살아서 임기를 마쳤던 것이다.

십 년 전, 스무 살의 우이가 혁월을 처음 만난 자리에서 말했다.

"제 검은 사람을 살리는 검이 되고 싶습니다."

그 환한 미소의 청년이 이제 서른이 되었다.

그사이 그는 자신의 신념을 지키기 위해 얼마나 많은 피를 자신의 검에 묻혀야만 했던가?

그는 항상 그것을 괴로워했다.

더 이상 강호에 상대가 없을 것 같은 그가 하루도 빠짐없이 수련하는 것도 혹시 더 이상 자신의 검에 피를 묻히지 않기 위해서가 아닐까?

두 사람의 발걸음이 자연스럽게 멈췄다.

"드릴 말씀이 있습니다."

무슨 말을 하려는지 혁월은 짐작할 수 있었다.

혁월이 저 멀리 보이는 주점을 보며 말했다.

"한잔할까?"

떠나는 자와 남는 자(2)

담린과 신입 무사들은 세 개의 방을 배정받았다.

제갈혜와 냉하연이 한 조가 되었고 담린과 남궁소천, 하윤덕이 한 방에서 지내게 되었다.

나머지 방에는 물론 오령과 심한진이 배정되었다.

여러모로 서먹했지만 그나마 넉살 좋은 하윤덕 덕분에 적어도 담린은 심심하지는 않았다.

하윤덕은 덩치가 크면 말수가 적을 것이라는 일반적인 선입견을 정면으로 깨는 존재였다.

그는 올해 스물둘이라고 했고 이곳에 오기 전 강호 이곳저곳 많은 곳을 돌아다녔다고 한다.

많은 말만큼이나 아는 것도 많았는데 특히 각 지방마다의 고유 음식에 대한 지식이 풍부했다.

"항주(杭州)의 초리척(炒里脊)은 요리가 너무나 맛있던 나머지 자신의 혀까지 다 씹어 먹었다는 일화가 전해 내려오다네. 광주(廣州)의 백운저수(白雲猪手)는 고승의 계율(戒律)을 깰 정도로 맛이 있다고 전해지지. 광동성(廣東省)의 노파병(老婆餠)은 그야말로 껍질이 쫄깃쫄깃해서……."

그에 비해 남궁소천은 정말로 말수가 적었다.

담린은 남궁소천이 해야 할 말을 혹시 하윤덕이 대신 다 해버려서 그가 말을 못하는 게 아닐까 하는 생각마저 들었다.

간혹 자신의 능력보다는 배경만 믿고 까불어대는 천방지축(天方地軸)들이 있다.

물론 그것도 아무나 천방지축일 수는 없다.

그러한 자들의 필수 조건은 믿을 만한 배경과 적당한 과잉 보호, 그로 인해 생성된 빗나간 특권 의식과 어설픈 자만심 등이었다.

다행히 남궁소천은 그러한 부류에 속하지는 않았다.

하지만 그가 의도했든 의도하지 않았든 그는 자신의 가문에 대한 자존심이 대단한 사내였다.

그러한 점들은 담린이 그에게 쉽게 다가서지 못하는 가장 큰 이유로 작용했다.

담린은 몰락한 변두리 무가(武家) 출신이고 설령 자신의 가문이 번창했다 하더라도 남궁 가문과의 비교는 애초부터 말이 안 되는 것이었다.

자격지심(自激之心)이랄까? 어쨌든 담린은 남궁소천에게 쉽게 다가서지 못하고 있었다.

빈둥거리다 보니 이틀이 지나갔다.

담린은 마지막 휴가일지도 모를 시간들을 이대로 보내는 것이 아까웠다.

여자 대원들의 방 앞을 하릴없이 기웃거리는 하윤덕과 말없이 책만 들여다보고 있는 남궁소천을 뒤로하고 담린은 맹을 나섰다.

그러나 막상 외출은 했지만 갈 데가 없었다.

발걸음은 자연스럽게 처음 소향을 만났던 주점으로 향했다.

낙양에 온 것이 이번이 처음이라 이곳저곳 돌아볼까도 생각했지만 내일의 훈련을 앞두고 한가하게 유람이나 다닐 처지도 아니었다.

간단히 술이나 한잔하자는 생각에 주점 안으로 들어선 담린은 혼자 술을 마시고 있는 심한진을 볼 수 있었다.

이제 겨우 얼굴이나 익힌 사이였지만 그렇다고 딴 자리에서 술을 마시기도 뭣해서 담린은 그의 자리로 다가갔다.

"앉아도 될까?"

잠시 담린을 응시하던 그는 말없이 고개를 끄덕였다.

'이봐, 나도 별로 내키지는 않는다구.'

둘은 말없이 몇 잔의 술을 마셨다.

어색하기만 할 것 같았던 술자리는 생각 밖으로 흥취가 있었다.

말없이 술잔을 비우는 것도 심한진과 같은 사내와라면 제법 어울렸던 것이다.

"자네는 왜 이곳에 지원했나?"

대답은 기대하지 않았지만 담린은 궁금했다.

그가 보기에는 심한진은 그다지 조직 생활에 어울리는 성격이 아니었다. 떠돌이 낭인의 느낌이랄까?

세상을 살다 보면 때론 기대하지 않은 일도 일어나는 법이다.

"난 살수(殺手)가 싫어."

대답을 마친 심한진은 마치 해서는 안 되는 말이라도 한 사람처럼 연속으로 두 잔의 술을 들이켰다.

살수가 싫어서라고?
너무나 의외의 대답이라서 담린은 잠시 자신이 무엇을 물어보았는지 혼란스러웠다.
'내가 싫어하는 것이 무엇인가를 물어보았던가?'
잠시 혼란스런 표정의 담린에 보충 설명이라도 해주려는 듯 심한진이 말했다.
"이곳이라면 살수들을 가장 쉽게 만날 수 있을 것이라고 생각했지."
그 말에 담린은 더욱 혼란스러워졌다.
'혹시 그 살수들을 마음껏 해치우기 위해 호위 무사에 지원했다는 말은 아니겠지? 헉! 설마?'
갑자기 술이 확 깨는 담린이었다.
"자네는?"
술기운 탓인지 평소와는 달리 심한진은 말을 아끼지 않았다.
그런 심한진의 모습이 새롭게 느껴졌다.
'이 사내의 약점은 술인가?'
머리 속에 다른 생각을 하면서도 대답은 자연스럽게 나왔다. 담린에게 있어 이 물음만큼에는 언제나 변하지 않는 대답이 있었다.
"난 어려서부터 호위 무사가 되는 것이 꿈이었어."
"자넨 꿈을 이루었군."
그 말에 담린은 멋쩍게 웃었다.
"그런 셈이지. 하지만 내일부터 시작되는 마지막 관문이 남았잖은가. 그걸 넘어야 되니까."
그때 심한진의 시선이 주점의 입구 쪽으로 향했다.
담린이 그의 시선을 따라 그곳으로 돌아보았다.
두 여인이 들어서고 있었는데 바로 제갈혜와 냉하연이었다.

그녀들과 시선이 마주쳤다.

담린이 가볍게 인사를 건네자 그녀들도 가볍게 인사했다.

술기운 때문이었을까?

담린이 일어서서 말을 건넸다.

"한잔하러 오신 거면 합석하시는 게 어떨까요?"

평소의 그라면 불가능한 일이었다.

말을 하고 나서 담린은 순간적으로 정신이 번쩍 들었다.

'헛! 내가 지금 무슨 짓을 한 거지? 거절당하면 어쩌려고……'

담린의 소심한 걱정은 잠시 머뭇거리던 냉하연과 제갈혜가 그들이 앉은 자리로 발걸음을 옮기면서 해결되었다.

두 여인은 그사이 많이 친해진 것 같아 보였다.

주점 안에 있던 모든 남자들의 시선이 제갈혜와 냉하연에게로 집중되었다.

두 미녀는 모든 남자들의 시선을 사로잡을 만해 그런 그녀들과 합석하는 담린은 우쭐해졌다.

이 순간 누군가 박수라도 친다면 손을 흔들어주고 싶다는 생각이 들었다.

그에 비해 심한진의 표정은 여전히 변함이 없었다.

그는 정말로 목석 같은 사내였고 담린은 그런 모습이 멋있게 느껴졌다.

'나는 어떠한가?'

그녀들이 다가오니 심장부터 두근거렸다.

그녀들은 앞으로 자신과 동료가 될 사람이다. 그런 그녀들에게 이런 마음을 가진다는 게 사내답지 못하다는 생각이 들었다.

담린의 의지는 그러하였지만 심장 박동은 더욱 빨라졌다.

"제, 제가 주점에 놀러 가자고 혜 언니를 졸랐어요. 전, 전 한 번도 이런 곳에 술을 마시러 와본 적이 없거든요."

냉하연은 부끄러운 듯 고개를 숙였다.

그 모습이 얼마나 귀여웠던지 냉막한 심한진조차 미소를 지었다.

"앞으로는 자주 오게 될 겁니다."

담린의 근거없는 말에 냉하연이 젓가락을 하나 들어 보이며 말했다.

"전, 전 이런 주점에 꼭 와보고 싶었어요. 고수들이 이런 젓가락을 날려 악당들을 물리치는 그런 모습을 볼 수 있을 것 같은 기분이 들었거든요."

그녀의 말에 모두들 웃음을 터뜨렸다.

웃기려고 한 이야기가 아니었겠지만 결과적으로 어색한 분위기를 바꾸는 데 큰 역할을 했다.

"냉 소저께서는 왜 이곳에 지원하셨나요?"

담린에게 정작 궁금한 것은 제갈혜 쪽이었지만 질문은 냉하연에게 했다.

"아, 아버지께서 이곳을 추천해 주셨답니다. 제 성격이 너무 소심해서… 자주 말을 더, 더듬거든요. 그것을 고쳐야 한다면서……."

"그렇게 심해 보이진 않습니다만?"

담린의 말에 다시 냉하연의 얼굴이 붉어졌다.

"아는 사람 앞에선 그나마 괜찮아요. 그런데 모르는 사람 앞이거나 긴장하면 온몸의 힘이 빠지고 눈앞이 캄캄해진답니다. 사실 이번 시험에서도 검을 놓쳐서 떨어질 뻔했답니다."

호위 무사 시험에 합격할 정도의 무공을 가졌음에도 그렇게까지 긴장한다는 것이 이해하기 어려웠다.

특이한 경우인 것 같았다.

하지만 그런 치명적인 약점에도 불구하고 합격했다는 것은 그녀의 무공이 자신이나 다른 동기(同期)들보다 더 뛰어날 수도 있다는 뜻이기도 했다.

담린이 제갈혜를 쳐다보자 제갈혜가 살짝 웃었다.

마치 '무엇이 그렇게 궁금하냐' 라는 표정이었다. 자신의 속내를 들킨 것 같아 담린의 볼이 붉어졌다.

그때였다.

"오, 이번에 새로 들어오신 현무단 무사님들이신가?"

술에 잔뜩 취한 목소리였다.

어느 틈에 그들의 주위에는 십여 명의 사내들이 다가와 있었고 그사이에 그냥 작다고 하기엔 너무 땅딸한 사내가 서 있었다.

앞서의 말은 바로 그 사내가 이죽거린 것이었다.

그들 역시 담린 등과 같은 복장을 하였는데 왼쪽 가슴의 맹(盟) 자 아래에 용 문양이 그려져 있는 것으로 보아 청룡단 무사들인 것 같았다.

이들은 다른 자리에서 진탕 마시고 돌아가려던 참에 담린 일행을 본 모양이었다.

여러 사람들이 모이다 보면 꼭 다른 이의 행사(行事)에 침을 뱉고 싶어 하는 이도 있는 법, 바로 이 작달막한 사내가 그러했다.

"미인들과 술을 마시니 좋겠습니다, 후배님들."

주위의 사내들이 이죽거리며 웃었다.

반면 담린 일행의 표정은 일그러졌다. 특히 심한진의 눈에서는 불꽃이 일었다.

그 모습에 담린은 내심 불안해졌다.

누군가 사고라도 친다면 이 자리에 있는 모두가 책임을 져야 할 것이다. 내일 최종 훈련을 남겨둔 상태에서 그것은 결코 바람직한 일이 아니었다.
거기에 생각이 미치자 담린은 벌떡 일어났다.
"어느 소속이신지요?"
담린 딴에는 최대한 예의 바르게 묻는다고 물은 것이었다.
"그건 알아서 뭐 하게요, 후배님?"
그는 후배님이란 말에 힘을 꽉꽉 주었다.
주위 사내들이 다시 웃음을 터뜨렸다.
담린은 오로지 사고를 일으켜서는 안 된다는 생각뿐이었다.
어머니의 주름진 얼굴이 스쳐 지나갔다.
"우린 남자 후배님들에게는 관심없다네. 단지 여기 계신 미녀 후배님들과 술 한잔하고자 하는 바람일 뿐이지."
칼을 뽑아 상대의 입을 찢을 수 없다면 일단 참아야 했다.
사내가 의자를 끌고 와 그들 사이에 끼어 앉았다.
그리고 술잔을 제갈혜에게 내밀며 말했다.
"선배에게 한잔 따라주시지?"
당황한 냉하연의 얼굴이 하얗게 질린 반면 제갈혜는 별다른 표정의 변화가 없었다.
오히려 옆에 앉은 심한진의 표정이 착 가라앉은 것이 검이라도 뽑아 그자의 손을 베기라도 하면 어쩌나 하는 걱정이 들었다.
그때 제갈혜의 입꼬리가 위로 올라갔다.
"병신."
아름다운 그녀의 얼굴과는 전혀 어울리지 않는 말이었다.
오죽하면 그 말이 정녕 그녀의 저 아름다운 입술 사이에서 출발한 것인가 하는 의심이 들 정도였다.
어쨌든 모두들 놀랐다.

그녀가 저렇게 노골적으로 욕을 할 줄 누가 알았겠는가?

꽈당!

사내가 의자를 뒤로 집어 던지며 벌떡 일어났다.

사내의 얼굴이 얼마나 붉어졌으면 담린은 순간적으로 홍면소견(紅面小犬)이란 별호가 떠올랐다.

정말로 지금의 저 사내에게 잘 어울린다고 생각했지만 차마 그 말을 그에게 하지는 못했다.

사내가 도끼눈을 뜨고 제갈혜를 노려보자 그래도 동료랍시고 뒤쪽에서 있던 사내들이 앞으로 한발 나섰다.

동시에 담린 일행들도 다 같이 일어나 서로 대치 상태에 돌입했다.

'젠장, 결국 일이 터지는군.'

담린은 머리 속이 복잡해졌다.

그나마 다행인 것은 아직 아무도 무기를 뽑아 들지 않았다는 점이었다.

아무리 술에 취한 상태였다 해도 같은 무림맹 내의 무사들끼리 칼부림을 벌인다면 그 결과나 처벌은 끔찍할 것이다.

양쪽 다 그것을 알고 있었지만 그렇다고 쉽게 해결될 상황도 아니었다.

상대는 열 명.

청룡단 무사들이라면 현무단 무사들과는 거의 무공 수위가 동급이라고 볼 수 있었다.

심한진이나 제갈혜에게 분명 숨겨진 한 수가 있어 보였지만 하얗게 질린 채 벌벌 떨고 있는 냉하연을 제외하면 십 대 삼.

결코 유리한 상황이 아니었다.

그때 청룡단원들의 뒤쪽에서 짤막한 한마디가 들렸다.

"비겁한 놈들."

그 말에 고개를 돌리던 맨 뒤쪽의 청룡단원이 퍽 하는 소리와 함께 탁자를 부수며 날아갔다.

말이 채 끝나기도 전에 주먹을 날린 것이었다.

바로 남궁소천이었다.

그 뒤로 하윤덕과 오령의 모습도 보였다.

어떻게 알고 왔는지는 몰라도 든든한 원군이 도착했다. 하지만 좋은 점은 그것뿐이었다.

대화로 풀 수 있는 마지막 기회가 사라져 버린 것이었다.

청룡단원이 쓰러지는 것과 동시에 신형들을 날리며 주먹질이 시작되었다.

주점 안은 곧 난장판이 되었다.

떠나는 자와 남는 자(3)

　낙양성의 가장 큰 표국인 만리표국(萬里鏢局)을 나서는 소향은 발걸음이 가벼웠다.
　그곳의 표두(鏢頭)이자 소향과는 친구인 유성검(流星劍) 사마령(司馬寧)이 입구까지 따라 나왔다.
　"도대체 해마다 어디로 보내는 거야? 이제 말해 줄 때도 됐잖아?"
　사마령의 말에 소향은 그저 웃기만 했다.
　"일 년에 은자 이백 냥이면 결코 적은 돈이 아닌데, 집으로 보내는 것 같지는 않고……."
　사마령의 집요한 추궁에 소향이 툭 쏘아붙였다.
　"표사면 물건이나 날라주면 되지 뭔 궁금증이 그리 많아?"
　"표사라니? 표사라니? 내가 표두가 된 지 벌써 이 년째야. 자꾸 표사라고 부를래?"
　"넌 내게 언제나 표사야. 물건 잃어버리고 돌아와 질질 짜던 그 귀여운 표사."

소향의 한마디에 사마령은 고개를 들지 못했다.

소향과 사마령이 만난 지도 벌써 육 년이 지났다.

공교롭게도 소향이 처음 무림맹에 입맹했을 때 사마령도 만리표국의 표사로 뽑혔다.

낙양 땅의 몇 안 되는 큰 조직들이었기에 자연 무림맹과 만리표국은 서로 많은 교분이 오고 갔다.

무림맹의 물자 수송은 수송대(輸送隊) 담당이지만 간혹 만리표국에 일을 맡기기도 했던 것이다.

그리고 우연한 기회에 알게 된 그들은 서로 친구가 되었다.

소향은 예나 지금이나 여자치곤 시원한 성격이었고 사마령은 그런 소향에게 매력을 느꼈다.

그러던 중 사마령이 참여했던 표행에서 운송하던 표물이 녹림(綠林)에게 몽땅 털리는 사건이 발생했다.

대부분 통과세(通過稅) 명목으로 표물 가치의 일 할 정도의 돈을 받고 표국의 체면을 세워주는 게 상례(常禮)였는데 당시 구화채(九樺寨)의 채주 상통달(相通澾)이 더럭 표물에 욕심을 내버렸던 것이다.

물건 잃고 죽을 고비를 넘기고 돌아온 사마령은 오자마자 울음을 터뜨렸다.

때마침 그 모습을 소향이 보게 되었고 그 이후로 그는 소향에게 눈물 질질 짜는 애송이 표사로 남게 된 것이다.

"그건 오해야. 그때 마침 눈에 뭐가 들어가서 눈물이 난 거였다고."

"오호, 그래서?"

소향의 눈이 가늘어졌다. 이때야말로 그녀의 심술이 본격적으로 발동되려는 때라는 것을 잘 아는 사마령은 재빨리 말을 돌리려 애썼다.

"알았어. 인정해, 인정한다구. 제길, 그때 일만 생각하면 아직도 이가 갈려."

"뭐, 그땐 어렸으니까."

"그러고 보니 세월이 꽤 흘렀구나."

사마령이 고개를 들어 하늘을 올려다보았다.

"아직도 그를 사랑하니?"

무심히 말을 꺼낸 사마령의 시선은 엉뚱한 곳을 향해 있었다. 마치 묻지 않아야 될 말을 물은 사람처럼.

소향은 말없이 바위에 걸터앉았다.

양 떼 모양의 구름이 하늘 가득 서서히 지나가고 있었다.

"미안해."

한참이 지난 후에 힘겹게 소향이 말했다.

사마령의 입가에 슬픈 미소가 매달렸다.

그는 처음 소향을 보았을 때부터 사랑을 느꼈다. 하지만 소향은 당시 일에 미쳐 있었고 자신 역시 이제 막 출발한 풋내기 표사였다.

그들에게는 서로 사랑할 시간이 없었다.

사마령은 그 후 몇 년간 자신의 마음을 내색하지 않고 친구로 지내왔다.

이 년 전 표두가 되던 그 감격스러운 날 용기를 내어 그녀에게 자신의 마음을 고백했다.

그러나 그녀는 이미 다른 사랑을 시작한 상태였다.

어색한 몇 개월이 지난 후 그들은 다시 친구 사이로 돌아왔지만 소향을 향한 사마령의 마음은 조금도 변하지 않았다.

단지 내색하지 않을 뿐이었다.

소향 역시 모를 리 없었다. 하지만 그녀의 마음은 이미 다른 사람으로 가득 채워져 있었다.
"미안하기는, 친구 사인데 무슨 말이 그래?"
사마령이 웃으며 말했다.
"고백 아직 못했지?"
소향의 고개가 살짝 끄덕여졌다.
"바보. 내가 이럴 줄 알았다니까. 똑똑한 척은 혼자 다 해도 결국 이렇다니까."
사마령이 과장스럽게 팔을 이리저리 휘둘렀다.
"사실 그가 날 거부할까 두려워."
"널 거부하다니, 세상에 어떤 남자가 널 거부할 수 있겠어?"
소향이 배시시 웃었다.
여전히 아름다운 소향이었다.
"그건 네 생각이지."
"바보. 자신감을 가져. 넌 충분히 그래도 되는 여자야."
사마령은 가슴 한구석이 아려오기 시작했다.
서로 마주 보지 못하고 한 방향만 보고 있는 사랑들이다.
사마령은 소향이 누구를 마음속으로 사랑하고 있는지 짐작하고 있었다.
일 년 전쯤 속으로만 애를 태우고 있는 소향이 하도 답답해서 그를 찾아가려고 한 적이 있었다.
만나서 모든 이야기를 다 하려고 했다.
그러나 그것은 자신의 이기심일 뿐 소향의 사랑을 위해 도움이 되지 않는다는 것을 그는 잘 알았다.
결국 자신이 풀어야 할 일이었다.
그때 저 멀리서 누군가 달려오고 있었다. 매화조 대원인 정달이었다.

"가봐야 될 것 같네. 잠시도 쉴 틈을 안 주는군."
소향이 사마령을 보며 말했다.
"혹시 그가 거절하면… 가지고 있는 거 다 던져 버려."
"뭘 던져?"
"그거 있잖아."
"뭐?"
궁금한 건 못 참는 소향이었다.
"비도(飛刀) 말야. 가지고 다니며 폼만 잡지 말고 다 날려 버려."
사마령이 비도를 던지는 흉내를 과장되게 내며 말했다.
소향이 소리 내어 웃었다.
비도에 마음을 실을 수만 있다면 벌써 그랬을 것이다.
"잘 있어."
"그래, 잘 가. 힘내고. 참, 부탁한 일은 내게 맡겨."
사마령의 든든한 눈빛에 소향이 고개를 끄덕였다.
그사이 한달음에 달려온 정달이 바쁘게 입을 열었다.
"문제가 생겼습니다!"

소향이 달려갔을 때에는 이미 상황이 끝나 있었다.
오는 도중에 신입 대원들이 패싸움을 벌였다는 정달의 말에 소향은 웃음부터 나왔다.
옛날 추억이 떠올랐던 것이다.
그녀 역시 싸움을 벌였었고 그 상대는 바로 자신이 속한 현무단 매화조 선배들이었다.
그들은 후배들에게 마음에도 없는 기강(紀綱)을 세우려다 미친년처럼 달려든 소향에게 톡톡히 당했던 것이다.

도착하고 보니 객잔은 난장판이었다.

스무 명 가까이 되는 인원들이 뒹굴었으니.

신입 대원들은 한 옆에 일렬로 서서 아직도 분이 안 풀리는지 씩씩거리고 있었다.

옷은 찢어지고 군데군데 피가 묻어 있었다.

청룡단원들 역시 비슷한 상황이었다.

그러나 현무단 신입 대원들에 비해 청룡단원들의 얼굴은 더 엉망이었다. 대부분 시퍼렇게 멍이 들었거나 코피를 흘리는 이도 있었다.

'어쨌거나 이겼나 본데?'

피식 웃음이 나왔지만 내색하지는 않았다.

"무기를 사용한 자가 있나?"

소향의 말에 모두 고개를 저었다. 다행히도 싸우기는 했으되 칼부림을 일으키진 않은 듯했다.

"어떻게 된 일인가?"

누군가 황급히 들어오며 말했다..

청룡단 제이 조장 군백(珺白)이었다.

그도 급하게 연락을 받고 달려온 모양이었다.

소향과 가볍게 인사를 건넨 군백은 자신의 조원들을 보며 인상을 찡그렸다.

누가 보아도 깨진 쪽은 청룡단이었다. 입소문이라도 나면 잘잘못을 떠나 사기에 문제가 될 만한 일이었다.

"이 상황에 대해 설명해 줄 사람?"

홍면소견이 나섰다.

"저들이 먼저 기습을 가했습니다."

"기습?"

군백의 두 눈이 번쩍 뜨였다.

"그게 사실인가?"

군백이 신입 대원들을 향해 고함을 질렀다.

"먼저 공격한 것은 사실입니다만 기습은 아니었습니다."

남궁소천이 억울한 표정이 되었다.

"그게 그거지!"

어쨌거나 모든 책임을 현무단 쪽으로 몰아가려는 가련한 노력의 군백이었다.

그때 소향이 혼잣말처럼 중얼거렸다.

중얼거림이었지만 모두가 들을 수 있었다.

"이제 갓 들어온 현무단 신입 무사들이 청룡단 선배들을 이유없이 기습하다? 멋지군. 그럼 우린 머리가 돌아버린 녀석들을 뽑은 것이겠군."

그 말에 군백의 기세등등한 목소리가 잦아들었다.

"어떻게 된 일이지?"

소향이 차분하게 묻자 냉하연이 울먹이며 앞으로 나섰다.

그녀가 울먹이며 조금 전의 상황에 대해 설명하기 시작했고 더듬거리긴 했지만 못 알아들을 정도는 아니었다.

오히려 그런 그녀의 모습은 가련함과 애처로움을 불러일으켰고 두 명의 청룡단원의 코뼈를 내려 앉힌 그녀를 완벽한 피해자로 만들어주었다. 얻어터진 청룡단원들마저 그녀를 동정할 정도였다.

끝으로 말을 마친 그녀는 이제 울음까지 터뜨렸다.

완벽했다.

잠자코 냉하연의 이야기를 듣고 난 소향의 인상이 굳어졌다.

"한마디로 선배란 것을 빌미로 여자 후배들을 희롱하려 했다 이거네?"

소향이 땅달보를 향해 성큼성큼 걸어갔다.

"사실이냐?"

차가운 소향의 시선에 땅달보는 오한이 저려오는 것을 느꼈다.

그녀의 살기(殺氣)에 놀란 군백이 막아섰다.

"잠깐, 소 호위."

군백이 황급히 뱉은 말에 소향의 눈에 불이 붙었다.

"소 호위? 너, 나보다 일 년 늦게 들어왔지? 그런데 선배님이라고 안 부르고 소 호위라고?"

소향의 막말에 군백의 인상이 굳어졌다.

"현무단과 청룡단은 엄연히 다른 조직인데 굳이 선후배를 따질 수야……."

군백이 갑자기 말을 딱 멈추었다.

방금 전 자신의 말이 곧 부하들이 저지른 잘못을 인정하는 말이라는 것을 깨달은 때문이었다.

소향은 그것을 유도하기 위해 이런 식으로 말하였던 것이다.

처음부터 선배랍시고 신입 무사들에게 시비를 건 청룡단원들에게 잘못이 있는 것이었다.

보통 무림맹의 각 조직들은 서로 다른 조직에 관해서는 선후배를 따지지 않는 것이 원칙이었다.

물론 시간이 지나 서로 친해지다 보면 나이나 입맹 년도에 따라 서로 선후배, 형 동생이 되었지만 그건 어디까지나 서로 친해진 다음의 개인적인 문제였다.

군백은 기세 싸움에서 졌고 어느 쪽이 잘못인가는 이미 결정이 나버렸다.

"따끔하게 제가 교육시키겠습니다. 대신……."

소향을 향해 군백이 말끝을 줄였다.

책임은 이쪽에서 지겠으니 되도록 입소문이 나지 않게 부탁하는 것이리라.

하긴 그가 무슨 잘못이 있겠는가?

소향이 알았다는 표정으로 가볍게 고개를 끄덕이자 군백은 힘없이 돌아서 나갔다. 그 뒤를 청룡단원들이 줄줄이 따라나섰는데 패잔병들의 그것과도 같았다.

그들의 고생은 이제부터가 될 것이다.

그들이 나가자 소향은 일행들을 향해 눈을 부라렸다.

누가 잘못을 했든 간에 같은 무림맹 무사들끼리 싸움을 벌였다는 것은 그냥 넘어갈 문제가 아니었다. 그것도 이제 막 입맹한 신입 무사들이 겁도 없이 싸움을 일으킨 경우는 이번이 처음이었다.

자신의 경우를 제외하고는.

"모두 제 잘못입니다. 혜 소저와 연 소저에게 제가 먼저 합석하자고 하는 바람에……."

담린이 비장한 표정으로 말했다.

"아니에요. 제가 혜 언니를 졸라 여기에 오자고만 안 했어도 이런 일은 없었을 거예요."

냉하연이 자신의 잘못을 인정하고 나섰다.

"제가 먼저 주먹을 날렸습니다."

이번엔 남궁소천이었다.

모두들 나름대로의 이유를 들이대면서 자신이 잘못했다고 나섰다. 별달리 이유를 댈 게 없었던 하윤덕은 자신이 뚱뚱해서 이런 일이 일어났다며 한숨을 쉬었다.

서먹하던 관계가 이번 일로 많이 가까워진 것을 느낄 수 있었다.

그 모습을 보고 있자니 그녀는 자신이 입맹할 때의 동기들이 생각났다. 모두 저러했었다. 서로 보살펴 주고 지켜주려 했다.

형제보다 더 친했던 그들이다.

그러나 지금은 아무도 남아 있지 않았다.

대부분 죽거나 떠났기 때문이다.

금방이라도 흘러내릴 것 같은 눈물을 감추려는 듯 소향이 밖으로 나가며 말했다.

"모두 연무장으로 집합!"

떠나는 자와 남는 자(4)

"올해는 대단한 녀석들이 들어왔군요."
"젊다는 건 역시 좋은 일이지."
우이가 주점 밖으로 황급히 달려나가는 신입 대원들을 내려다보며 말하자 혁월이 빈 잔에 술을 따르며 대답했다.
사실 그들은 신입 대원들과 청룡단원들 간의 싸움을 처음부터 지켜보고 있었다.
그들은 삼층에서 술을 마시고 있었던 것이다.
사태가 심각하게 진행되었다면 진작 나섰겠지만 젊은 애들의 투닥거림 정도로 생각되어 그냥 지켜보고만 있었다.
예상대로 싸움은 작은 소동으로 마무리되었고 둘은 그 눈요기를 안주 삼아 술을 마실 수 있었다.
밖으로 걸어나가는 소향을 보며 혁월이 말했다.
"어서 제 짝을 만나야 할 텐데……."

자신을 염두에 두고 하는 소리란 걸 우이는 알고 있었다.

그도 소향이 싫지는 않았다.

그러나 한 번도 혼인을 생각해 본 적은 없었다.

소향이라서가 아니라 그 누구와도 혼인이라는 것을 해야겠다는 생각을 한 적이 없었던 것이다.

그만큼 바빴던 지난 십 년이기도 했고 그다지 필요성을 느끼지 못했던 시기이기도 했다.

다시 주점 안은 평온을 되찾았고 점소이들은 부서진 집기들을 정리하기 시작했다.

둘은 한참 동안 말없이 그 모습을 지켜보았다.

"요즘 들어 이런 객잔을 열고 싶다는 생각을 가끔 합니다."

의외의 말이었다.

"북적대는 사람들 속에서 강호의 모험담을 들으며 한잔 술을 마실 수 있는 그냥 그런 평화롭고 평범한 삶, 제가 바라는 것은 그것입니다."

혁월이 고개를 끄덕였다.

우이가 바라는 삶이 어떤 것인지 이해할 수 있었기 때문이다.

보표의 삶이란 언제나 긴장의 연속이다.

일반 무사들은 호위 무사들을 무시하는 경향이 있었다. 자신들이 전투의 선봉에서 싸울 때 그들은 뒤에서 쉬고 있다는 생각을 하는 것이다.

그러나 그것은 그들의 착각이었다.

호위 무사가 그들보다 훨씬 더 힘들다는 것을 모르고 하는 소리였다.

일반 무사들은 싸울 때와 쉴 때가 구분되어 있었다.

전투가 벌어지면 그때 화끈하게 싸우면 그만인 것이다. 그러나 호위 무사들은 달랐다.

겉으론 평온해 보였지만 언제나 긴장의 연속이었다.

게다가 내가 죽으면 또 다른 누군가도 죽는다라는 부담감까지 있었다. 일반 무사가 죽으면 영웅이 되지만 호위 무사가 죽으면 죄인이 되었다.

그 극도의 긴장감이 사람의 피를 말렸다.

우이는 십 년간, 그것도 무림맹주 호위라는 가장 중요한 자리에서 자신의 피를 말려야 했다.

자연 그가 바라는 행복은 소박할 수밖에 없었다.

"왜 떠나지 않았나? 자네에게는 떠날 수 있는 기회가 몇 번 있었지 않았나?"

혁월이 진작부터 궁금했던 점이다.

우이가 쓸쓸히 술잔을 기울였다.

"떠나는 것은 비겁한 행동이라 생각했습니다. 떠나는 순간 현실 도피자라는 손가락질을 받게 될까 봐 두려웠습니다."

"그랬었군."

우이는 다시 술을 들이켰다.

문득 들여다본 술잔 속에 아버지가 웃고 있었다.

우이가 호위 무사가 된 것은 아버지 때문이었다.

아버지는 인근 마을 부호(富戶)의 개인 보표(保鏢)였다.

아버지는 평생을 자신의 일에 자부심을 갖고 살아왔다. 그런 아버지를 보며 우이도 아버지와 같은 훌륭한 보표가 되겠다는 꿈을 키워 나갔다.

그러나 아버지는 시골 촌구석 졸부(猝富)의 구린 뒤나 막아주는 삼류 보표였다.

자신이 지켜주던 사람이 얼마나 악랄하고 탐욕스런 위인인지 구분하는 눈도 가지지 못했다.

어머니가 병으로 죽어갈 때 아버지는 기녀(妓女)와 나뒹구는 그자의 침실 앞을 지키고 있었다.

우이가 열두 살이 되던 해 결국 아버지도 죽었다.

아버지는 지켜줄 한 푼의 가치도 없는 그를 위해 실수가 던진 암기를 온몸에 고스란히 맞고 대신 죽었던 것이다.

그렇게 자신의 모든 것을 희생하며 지켜줬던 그 부호는 정작 아비가 죽자 우이에게 돈 몇 푼을 던져 주곤 곧장 자기 대신 죽어줄 새 보표를 구했다.

그게 아버지의 삶이었다.

하지만 아버지는 죽는 순간까지 행복했을 것이다. 자신이 지켜줘야 할 사람을 대신해서 죽어갔으니까. 아버지는 언제나 보표의 가장 명예로운 죽음이 그러하다고 말했다.

아비를 묻고 혼자 살아갈 자신이 없어 무덤 옆에서 목을 매려다 그곳에서 사부를 만났다.

그리고 팔 년간 무공을 배웠다.

사부는 우화등선(羽化登仙)하면서까지도 자신의 이름을 알려주지 않고 떠났다.

산을 내려온 우이는 그 길로 혁월을 찾았는데 그때가 스무 살 때였다.

그리고 십 년이 지났다.

사부가 그에게 남겨주고 간 무공은 천하에 다시없는 절기(絶技)였다.

사부가 끝내 자신의 이름을 알려주지 않은 것은 그 이름이 너무나 커서 도리어 어린 제자에게 해(害)가 될 것을 염려했기 때문이라는 것을 뒤늦게 알 수 있었다.

결국 그는 최고의 보표가 되었다.

물론 극소수의 사람들만이 그의 진면목을 알았지만 그가 최고라는 것을 부정하는 사람은 아무도 없었다.

강호에서 가장 귀중한 사람을 지킨다는 자부심도 생겨났다.

그러나 그가 최고가 되면 될수록 마음속에는 하나의 애증(愛憎)이 자라났다.

그것은 두 개의 상반된 감정으로 우이를 괴롭혔다.

애정(愛情)은 최고가 되고자 하는 허영심을 부추겼고 증오(憎惡)는 아버지와 같은 삶을 살게 될지도 모른다는 두려움을 불러왔다.

그런 시간들이 지나 오늘에 이르렀다.

두 사람은 말없이 술만 마셨다.

"제 검은 사람을 지켜주는 검이 되고 싶습니다."

십 년 전 새파란 젊은이가 던진 말이 십 년이 지난 후까지 혁월의 마음을 떠나지 않고 있었다.

"떠나고 싶은가?"

혁월이 물었다.

우이는 부지런히 움직이며 청소를 하고 있는 점소이들을 멍하게 지켜보고 있었다.

"솔직히 말씀드린다면 그렇습니다. 하지만……."

"하지만?"

"이대로 떠나면 홀가분해질 수 있을까요?"

"무엇으로부터 말인가?"

"……"

우이는 과연 자신이 무엇으로부터 홀가분해지기를 바라는지 생각해 보았다.

무엇으로부터 이렇게 도망가고 싶은 것일까?

"세상으로부터 자유로워지긴 정말로 쉽지 않지. 하지만 진실로 노력한다면 불가능한 것은 아니라고 생각하네. 신(神)에 기대어서, 혹은 깊은 산속에 홀로 들어가 세속과 인연을 끊을 수도 있겠지. 하지만 무인이 강호로부터 자유로워지는 건 불가능하다고 생각하네. 한번 발을 내디딘 이상 빠져나갈 수 없는 곳. 벗어나는 방법은 단 한 가지, 죽었을 때지. 강호는 바로 그런 곳이라네."

혁월은 우이에게가 아니라 자신에게 말하고 있다고 생각했다.

어쩌면 모든 것을 버리고 떠나고 싶은 것은 바로 자신이 아닐까?

그의 마음을 아는지 모르는지 우이가 말했다.

"언젠가부터 사람을 죽여도 별다른 가책이 느껴지지 않았습니다. 죽이러 온 자나 지키려는 저나 서로 칼밥을 먹고 사는 처지이고 각자 명분이 다를 뿐이라고 생각했죠. 그가 한 가정의 아버지일 수도, 남편일 수도, 형이나 동생일 수도 있다는 생각 따윈 하지 않는 거죠. 드디어 완벽하게 살인에 대한 면역이 생긴 겁니다."

우이는 열병(熱病)을 앓고 있었다.

보통 무인들이 첫 살인을 한 열댓 살 무렵에 하는 고민을 서른이 된 지금에서야 시작한 것이다.

아마 그의 무공이 새로운 경지에 다다르면서 세상을 보는 시각이 달라지기 시작했으리라.

그 무공의 경지를 그의 삶이 쫓아가지 못하고 있는 것이 아닐까?

연줄이 끊어져 저 멀리 연이 날아가는 것을 보며 울고 서 있는 꼬마 아이처럼.

그의 무공은 끊어진 연처럼 높아만 가는데 아직 그의 삶은 울고 있는 꼬마 아이. 그 불균형(不均衡)이 드디어 부작용을 일으키기 시작한 것이라고 혁월은 생각했다.

술이 거의 한계에 온 듯 보였지만 우이는 서슴없이 잔을 비웠다.

"전 불의(不義)한 폭력으로부터 선(善)이라 불리는 모든 것들을 지켜주는 사람이 되려 했습니다. 하나 지금의 제 검은 살인검(殺人劍)에 불과합니다."

우이의 감정이 격해지며 혀가 꼬였다.

"하지만 자네가 지켜줌으로써 누군가는 목숨을 구할 수 있었네. 잃은 만큼 얻지 않았나?"

혁월은 우이의 감정이 가라앉기를 바랐다. 하지만 그의 감정은 더욱 격해져 갔다.

"만약 그 선의 기준이 잘못된 것이라면 어쩌죠? 만약 제가 지금까지 선이라고 생각하고 지켜왔던 것이 더 이상 선이 아니었을 때는요? 제가 그 불분명한 명분 아래 수없이 죽여온 그 악(惡)이 사실은 악이 아니었다면 어쩌죠? 세상에는 원래 선이나 악이란 것 자체가 없었다면 어떡하죠?"

이 역시 모든 무인들이 젊은 시절 한 번쯤 겪는 갈등일 것이다.

늦게 시작한 만큼 오래갈지도 모른다는 생각이 들었다.

"세상에 죽어야 할 만큼의 악이란 게 존재할까요?"

쿵!

꼬부라진 혀로 억지로 말을 마친 우이의 머리가 탁자로 떨어졌다. 더 이상의 취기를 견디지 못하고 결국 쓰러진 것이다.

혁월은 홀로 몇 잔의 술을 더 마신 다음 우이를 업고 주점을 나섰다.

주점을 걸어나오면서 혁월은 울고 있는 꼬마에게 잃어버린 연을 찾으러 보낼 때가 왔다는 것을 느낄 수 있었다.

그와의 이별은 원하지 않는 일이다.

하지만 때론 원하지 않아도 해야 할 일들이 있다.

그게 바로 어른이 해주어야 할 책임이기도 했다.

떠나는 자와 남는 자(5)

지난밤에 연무장을 서른 바퀴나 달린 신입 대원들은 아침 늦게까지 늦잠을 잤다. 물론 내공을 사용하지 않고 기본 체력만으로 달려야 했기에 모두들 녹초가 되어 곯아떨어졌다.

하지만 아침에 눈을 뜬 그들은 어제의 그들이 아니었다. 서로를 보는 눈빛이 예전보다 가깝게 느껴졌고 놀랍게도 동료애마저 느낄 수 있었다.

사람 사이의 친함에 있어 시간에 의존하는 것은 너무나 수동적인 태도이다.

담린은 작은 계기가 긴 시간을 넘어설 수도 있다는 것을 새삼 느낄 수 있었다.

어쨌든 드디어 신입 대원들의 실전 훈련의 날은 밝았다.

그들은 처음 모였던 공터에 다시 집합했다.

모두들 긴장된 표정이었다.

담린은 제갈혜를 슬쩍 훔쳐보았다.

긴 머리를 뒤로 질끈 묶은 그녀는 또 다른 매력을 풍기고 있었다.

쳐다보지 말아야지 하면서도 자신도 모르게 담린의 눈길은 자꾸 그녀에게로 향하고 있었다.

'다른 남자들도 혹시 이런 마음일까?'

담린은 다른 동료들을 슬며시 둘러보았다.

심한진은 여전히 냉막한 표정으로 말없이 앉아 있었고 남궁소천 역시 차분한 표정이었다.

하윤덕은 냉하연과 무슨 얘긴지 속닥이며 연신 웃고 있었고 그 옆에서 큰 키의 오령은 싱거운 표정으로 머쓱하게 서 있었다.

'역시 신경 쓰는 건 나뿐인가?'

담린은 자신만이 여자에게 흔들리는 것 같아 자존심이 상했다. 의지력이 약하게 느껴졌고 부끄러워졌다.

그러나 그럴수록 더욱 그녀에게 눈길이 갔다.

담린은 그것이 바로 사랑의 시작이라는 사실을 깨닫지 못하고 있었다.

경험하지 못한 것에 대해 인간은 무기력할 따름이었다.

담린이 그렇게 사랑에 빠져들고 있을 때 제갈혜는 떠나기 전 아버지가 자신에게 해준 말을 떠올리고 있었다.

"네게 인연이 닿는다면 그곳에서 기연(奇緣)을 얻을 수도 있을 것이다. 그 모든 게 네 복일 테니 운명에 맡기는 수밖에."

분명 무엇인가를 알고 계신 눈치였다.

그러나 천하제일지(天下第一智)라 불리는 그녀의 아버지였건만 더 이상의 말은 해주지 않았다.

제갈혜는 아버지의 혜안(慧眼)을 믿었다.

그녀는 자신의 아버지가 모르면 세상의 그 누구도 알지 못한다는 자부심을 가지고 있었다.

'아버지가 모르는 일은 오직 하늘만이 알 뿐이다. 분명 아버지는 이곳 무림맹에서 천기(天氣)의 변화를 읽으신 것이다. 나와 가문의 운명을, 나아가 강호의 운명을 바꾸어놓을 그 무엇인가를……'

그녀는 문득 아버지가 보고 싶다는 생각이 들었다.

'지금쯤 무엇을 하고 계실까?'

제갈혜가 아버지 생각에 눈시울이 붉어질 무렵 오령은 하윤덕에 대한 부러움으로 마른침을 삼키고 있었다.

대부분 사람들은 무엇인가 부족함에서 불행을 느낀다.

키가 작아 고민, 돈이 없어 고민, 사랑하는 사람이 없어 고민…….

늙은이는 이(齒)가 없어 음식도 못 씹는다.

그러나 오령은 그 반대의 고민으로 지난 이십 년간을 살아왔다.

문제는 그의 큰 키였다.

어딜 가나 그의 머리통은 불쑥 솟아 나왔다.

그래서 어려서부터 놀림을 많이 받고 자랐다.

그 때문인지 오령은 여자 앞에만 서면 말을 더듬었다. 말을 더듬는 정도가 아니라 거의 고양이 앞의 쥐가 되었다.

이래저래 그는 소심한 성격으로 성장해 왔고 그나마 전통 무가(傳統武家)인 강남오가장(江南吳家莊)이라는 그의 배경이 그를 이만큼이나마 세상으로 이끌어낼 수 있었던 것이다.

그런 그였기에 냉하연에게 스스럼없이 농담을 던지며 이야기를 나누는 하윤덕이 부럽게 느껴졌던 것이다.

오령에겐 상대의 심장에 칼을 찔러 넣을 용기는 있었지만 여인에게 한마디 말을 던질 용기는 없었던 것이다.

반면 남궁소천은 마음이 착잡했다.

그는 지금 심각한 고민 중이었다.

이번 맹주 선거에서 떨어진 남궁단백은 바로 자신의 숙부였던 것이다.

그럼에도 불구하고 자신이 무림맹에 들어온 것은 바로 아버지에 대한 반항심 때문이었다.

독단적이고 권위적인 아버지와 자유분방한 그는 어렸을 때부터 항상 충돌해 왔다.

은밀히 말하자면 충돌이 아니었다.

그것은 반항이었다.

동생이 아버지의 마음에 꼭 드는 모습으로 클수록 그들의 갈등은 더욱 심해졌다.

그 역시도 아버지의 사랑을 간절히 바랐지만 한번 빗나간 저울추는 다시 균형을 잡기 어려웠다.

결국 그는 집을 나오게 되었다.

석 달을 기루에서 술만 마시며 될 대로 되라는 심정으로 지냈다.

돈은 벌써 떨어졌지만 기루에서는 그를 내쫓지 않았다.

자신이 남궁가의 자식이라 그러려니 했었다.

그러나 어머니가 몰래 기루에 돈을 대주셨다는 사실을 뒤늦게 알고 그는 눈물을 흘렸다. 그리고 다음날 그곳을 나왔다.

어렸을 때부터 친구로 자란 제갈혜가 무림맹 시험에 응시한다는 소리를 듣고는 같이 응시해 버렸다.

남들은 강호사미니 강남제일화니 하면서 그녀의 미모를 칭송하지만 그에게는 어린 시절 소꿉장난하던 친구일 뿐이었다.

그런 점이 둘의 우정을 오랫동안 유지시켜 주었던 것이기도 했다.

문제는 그가 무림맹 호위 무사 시험에 합격했다는 소식을 들었을 때

동시에 숙부의 탈락 소식을 들은 것이었다.

집안의 일에는 이제 신경 쓰지 않겠다고 마음먹은 그였지만 이번 일은 그렇지가 않았다.

분명 자신에 대해 어떤 식으로든 집에서 알고 있을 텐데도 누구 하나 연락해 오는 이가 없다.

'포기해 버린 걸까?'

각오한 일이었지만 막상 버림받았을지도 모른다는 생각이 들자 분노보다는 서글픔이 앞섰다.

그 무렵 냉하연은 귀로는 하윤덕의 수다를 듣고 있었지만 신경은 온통 등 뒤쪽으로 가 있었다.

고개를 돌려보고 싶어지는 마음, 누군가에 대한 관심이 그녀에게 생겨나기 시작했던 것이다.

볼수록 끌리는 사내, 하지만 왠지 다가서기 어려운 사내……

바로 그녀의 등 뒤쪽에는 심한진이 있었다.

젊은 청춘들의 마음이 이리저리 흔들리고 있던 그 시간, 혁월의 집무실에서는 소향의 언성이 한껏 높아지고 있었다.

"그게 무슨 말씀이세요?"

소향이 자리에서 벌떡 일어났다.

"맹주님의 호위 책임자는 이제부터 철 호위라고 했네."

"도대체 그게 무슨 말씀이냐구요?"

마치 항의라도 하는 듯한 격앙된 말투였다.

혁월은 소향을 말없이 응시했다.

그녀의 우이에 대한 감정은 이미 눈치 채고 있었다.

말없이 자신을 바라보고 있는 혁월을 보던 그녀의 머리 속에 무엇인가 번쩍 스쳐 지나갔다.
"혹시… 그가 떠나겠다고 했나요?"
소향의 목소리가 심하게 떨렸다.
"그에게 휴가를 주었네."
"휴가라니요? 기한은요?"
혁월은 자리에서 일어나 말없이 창밖을 응시했다. 잠시 후 그는 다시 입을 열었다.
"무기한이네. 그가 돌아오고 싶을 때 돌아오겠지."
"…언제 떠나나요?"
"그는 이미 떠났네."
다리에 힘이 풀리는 것을 느끼며 소향은 털썩 의자에 주저앉았다.
말이 휴가지 영영 돌아오지 않을 수도 있다는 소리였다.
"말도 안 돼."
그녀가 허탈하게 말했다.
"언제까지나 그에게 의지할 수만은 없지 않겠나?"
변명할 필요가 없는 일이었지만 혁월은 애써 변명 같은 위로를 하고 있었다.
그녀만큼이나 혁월의 마음도 답답했다.
그러나 소향의 귀에 혁월의 소리는 더 이상 들리지 않았다.
우이가 떠난다는 생각은 단 한 번도 해본 적이 없었다.
육 년이다.
지난 육 년간 그만을 바라보며 살아왔다.
올해는 그에게 자신의 마음을 보여주리라 마음도 먹었다.
그런 그녀를 두고 그가 떠났단다.
"인사도 없이 가버리다니……"

그녀의 두 눈에 눈물이 고였다.

단 한 번도 다른 사람 앞에서 보인 적이 없는 귀한 눈물이었다.

"아무 말도 없이……."

그녀는 넋이 나간 사람처럼 그 말만 반복했다.

그런 소향이 혁월은 마음 아팠다.

소향의 마음을 알았을 때 그가 직접 나서서 둘을 연결해 줬어야 했다. 둘 다 사랑에는 너무나 미숙한 젊음들이었다.

그러나 그런 마음이 들 때면 혁월은 십오 년 전에 집을 나간 아내가 떠올랐다.

그가 일에 미쳐 있을 때, 지금은 버리고 싶어도 버릴 수도 없는 이 허무한 현무단주라는 자리를 얻기 위해 미쳐 있을 때 아내는 어디론가 사라져 버렸다.

도망을 간 것인지 실종된 것인지조차 알 수 없었다.

사실 그때는 제대로 찾지도 않았다.

손가락질받아 마땅한 생각이겠지만 오히려 홀가분하다는 기분까지 들었었다.

그리고 이제 그녀가 그리워졌다.

하지만 그는 그녀에 대해서는 아무것도 할 수 없는 사람이 되었다. 아니, 해서는 안 되는 사람이었다.

'이제 와서 그녀를 찾겠다니?'

그런 그였기에 다른 사람들의 애정에 관여할 자격이 없다는 열등감이 그의 마음 깊은 곳에 자리 잡고 있었다.

"다시 돌아올까요?"

넋이 나간 목소리로 소향이 물었다.

"그러길 바래야지."

그때 문이 열리고 철무가 들어왔다.
"부르셨습니까?"
"잘 왔네. 명령서, 받았지?"
철무는 다소 긴장한 표정이었다.
"네. 하지만 잘못 내려진 것 같습니다."
"아니네. 제대로 간 것이네."
무슨 말인지 모르겠다는 듯 철무가 두 눈을 껌벅였다.
"앞으로 당분간 자네가 신임 맹주님을 책임져 줘야겠네."
"네? 그럼 우이 형은?"
"당분간 휴가를 주기로 했네."
그제야 놀란 철무가 안도의 한숨을 내쉬었다.
"아, 그렇다면 다행이군요."
말은 그렇게 했지만 소향의 넋 나간 표정을 보며 철무는 내심 무슨 일이 일어난 것이 아닐까 하는 걱정이 들었다.
지난 십 년간 단 한 차례도 쉬지 않은 우이였다. 그런 그가 갑작스럽게 휴가를 얻어 쉰다는 것은 분명 예사롭지 않은 일이었다.
"우이 형은 언제 복귀하나요?"
꼭 우이 형이라 부르는 철무였다.
철무에게 우이는 형이었고 선배였으며 그리고 자신이 본받아야 할 스승이었다.
"시간이 좀 걸릴 거야. 기왕 쉬게 해주는 거 푹 쉬게 해주자구."
혁월의 말에 철무는 고개를 끄덕였다.
요즘 우이의 어두운 얼굴을 보며 그도 걱정을 많이 하던 차였다.
"지금 신임 맹주님은 신진회 고수들의 호위를 받으며 이곳으로 오고 계시네. 하남성(河南省)에 들어서게 되면 그때부터는 우리 책임이네. 철무 자네는 신입 대원을 제외한 매화조 전 대원들을 이끌고 오늘 당장 출발하게나. 맹주님은 이틀 후에 정주(鄭州)에 도착하실 예정이네. 거기서 맹주님 호위를 인수받고 무사히 모셔오도록. 중간에 어떠한 일이 생겨도 취임식 전까지는 돌아와야 하네."

"네!"

이유야 어쨌든 처음 맡는 큰 임무였다.

철무는 각오를 새로이 다졌다.

이때까지 맹주 호위는 우이가 전담했고 철무는 맹주의 자식들을 주로 호위해 왔었던 것이다.

이제 그런 그에게 자신의 실력을 발휘할 기회가 찾아온 것이다.

철무의 두 주먹에 힘이 들어갔다.

반면에 소향의 불안감은 커져만 갔다. 왠지 우이가 이대로 영영 떠나가 버릴지도 모른다는 생각이 자꾸 들었다.

"소 호위는 이번 신입 대원들의 훈련을 맡아주게."

잠시라도 소향을 쉬게 해주려는 혁월의 배려였다.

아무래도 일선(一線)에서의 업무보다는 그것이 편할 것이다. 또 천방지축인 신입 대원들과 함께 있다 보면 기분이 한결 나아질 것이다.

"네, 알겠습니다."

소향은 힘없이 대답하고 돌아섰다.

그런 그녀의 등 뒤로 혁월이 말했다.

"그는 반드시 돌아올 것이네."

나가려던 소향의 발걸음이 멈춰졌다.

"그리고 그는 지금보다 더욱 성장해서 돌아올 것이야."

혁월의 말은 희망적이었지만 창밖은 여전히 겨울이었다.

❸ 사망곡

사망곡(1)

강호만큼 복잡한 은원(恩怨) 관계가 존재하는 곳은 없을 것이다.

은혜를 주고받는 것이야 주위의 부러움과 세간(世間)의 좋은 모범이 되어 그것이 설사 천 리 밖 주정뱅이들의 입에 오르내린다 해도 나쁜 일이 아니겠지만 어디 강호란 곳이 그러한가?

친구보다는 원수가 많은 곳이 강호이고 제 손으로 그 한을 다 풀지 못하는 사람들이 있다 보니 자연히 생겨날 수밖에 없는 것이 바로 살수 집단(殺手集團)이었다.

무림(武林)이라는 말이 생긴 이래로 살수를 바라보는 시선은 정사(正邪)를 불문하고 어느 시대, 어디에서도 곱지 않았다.

무림의 본질인 협(俠)과 의(義)는 고사하고 제대로 된 비무조차 존재하지 않는 살인의 세계, 그것이 바로 살수의 세계가 아닌가?

기습에 의한 살인, 그것이 제아무리 예술과 같은 살인술(殺人術)로 천하제일인(天下第一人)이 아니라 고금제일인(古今第一人)을 죽이는 데 성공하였다고 해도 아무도 그에 대해 의미를 부여해 주지 않았다.

그것은 기존의 무인들이 보기에는 비겁한 짓에 불과할 뿐이었다.

그러나 저주받은 천형(天刑)의 운명이 살수라지만 그런 그들 중에도 타고난 천부적인 재능을 가진 이들이 있었다.

그들은 불꽃처럼 짧은 생(生)을 살다 갔지만 그 짧은 생은 무림인들에게 살수의 무서움을 알리기에 충분한 시간이었다.

사람 사이의 갈등이 완전히 사라지지 않는 한 살수의 존재는 사라지지 않을 것이다.

결국 그 숨겨진 칼날의 무서움을 이겨내는 방법은 그 칼날을 밝은 빛 아래로 끌어내는 것이었다. 그것은 구파일방을 위시한 강호 대파(江湖大派)들의 토벌단 구성으로 해결되었다.

수많은 살수 조직들이 혈배(血杯)를 마시는 순간 벌 떼처럼 달려드는 토벌대에게 도륙당해야만 했다.

그러나 그 와중에도 살수 조직은 끊임없이 생겨났다.

강호에 존재하는 그 어떤 이권 단체(便權團體)들보다 가장 큰 이익을 낼 수 있다는 유혹은 죽음의 공포보다도 강렬했던 것이다.

날이 갈수록 살수 문파들의 활동은 은밀하고 신중해졌다. 반면 토벌 활동은 몇 년에 걸쳐 쉬지 않고 계속되기 어려웠고 여러 문파의 연합체라는 성격상 결국 중단될 수밖에 없었다.

어쩔 수 없이 구파일방은 그들이 자신의 영역을 침범하지 않는 한도 내에서 살수 조직들을 눈감아주게 되었던 것이다.

그리고 지금,

우는 아이도 뚝 그치게 할 수 있다는 당금의 가장 무서운 살수 조직 중 하나인 사망곡(死亡谷)에 한 통의 밀서(密書)가 날아들었다.

죽음을 관장하는 신이라 불리는 사망곡주(死亡谷主)였지만 그는 그 한

장의 밀서 때문에 머리를 싸매며 고심하고 있었다.

그 옆으로 사망삼살(死亡三殺)이 어두운 표정으로 서 있었다.

"도무지 이해할 수가 없군."

가뜩이나 창백한 곡주의 안색이 더욱 하얗게 변했다.

"거절해야 합니다."

일살(一殺)이 단호하게 말했다.

일살은 누가 보아도 살수처럼 보이지 않았다.

학식과 덕망이 가득한 중년 문사의 모습이었다. 그래서 일살은 가장 뛰어난 살수가 될 수 있었다.

그리고 그는 안과 밖이 하나같기가 힘들다는 세상의 이치를 완벽하게 깬 인물이었다.

그는 겉만 문사 같았던 것이 아니라 실제로 해박한 지식과 앞을 내다보는 뛰어난 식견을 가지고 있었던 것이다.

사망곡이 강호의 가장 무서운 살수 문파로 성장하게 된 배경에는 바로 일살의 그러한 재능이 있기 때문이었다.

"둘째 형님 말씀이 옳습니다."

"너무 위험합니다."

이살(二殺)과 삼살(三殺)의 말은 달랐지만 뜻은 하나였다.

곡주 역시 그 말에 동의한다는 듯 가볍게 고개를 끄덕였다.

"취임도 하지 않은 무림맹주를 암살했다가는 비록 성공한다 하더라도 무림 공적(武林公敵)으로 몰리게 될 게 뻔합니다."

일살의 말은 백 번 생각해도 옳은 말이었다.

지금 강호의 모든 시선이 새로운 맹주에게 향해 있지 않은가?

이 시점에 암살 시도라니?

이건 애초부터 거론할 필요가 없는 문제였다.

그러나 문제는 바로 이 한 통의 밀서였다.

일언지하에 거절해야 할 단순한 사안이었지만 밀서를 보낸 쪽은 이러한 것을 미리 염두에라도 두었는지 자신들의 정체를 당당히 밝혀놓고 있었다. 게다가 그 의뢰인의 이름은 결코 신임 맹주에 비해 가벼운 이름이 아니었다.

"하지 않아도 우린 위험에 빠지게 될 것이네."

모두의 안색이 침울해졌다.

해도 위험하고 안 해도 위험한 상황이었다.

그러한 것을 모르는 바 아니었지만 일살의 의지는 단호했다.

"비록 우리가 성공한다 해도 그들은 약속을 지키지 않을 것입니다. 아마 토벌대의 선두에서 우리를 공격하겠지요."

토사구팽(兎死狗烹)의 신세를 이야기함이리라.

하지만 문제는 말을 듣지 않는 개를 사냥꾼이 바로 잡아먹을 수도 있다는 것이다.

"잊으셨습니까, 그곳엔 그가 있다는 것을? 아직도 그가 그곳에 있다면……."

그 말에 모두의 표정이 창백해졌다.

일살이 말한 그곳이 어디인지, 그란 누구를 의미하는 것인지 알기 때문이었다.

그랬다. 그를 잊고 있었다.

그러나 그 일을 어찌 잊으랴? 잊혀지길 바랬던 것뿐이다.

십 년 전의 악몽 같은 일들이 떠올랐다.

사망칠살(死亡七殺)을 사망삼살(死亡三殺)로 만들어 버린 사내.

당시의 사망칠살은 강호의 가장 뛰어난 살수들이었다.

그들은 살인(殺人)을 위해 태어난 사람들처럼 천재적인 능력을 발휘했고 실패를 모르는 무적의 살수들이었다.

 그들은 언제나 혼자 행동했음에도 그들의 살수행은 언제나 성공적이었다.

 그들은 타인에게 죽음을 선사하는 사신(死神)이었다.

 그러나 그들도 자신에게 내려지는 죽음만은 피해갈 수 없었다.

 막내 칠살(七殺)이 살수행(殺手行)에 실패하고 죽임을 당했을 때 모두들 눈물을 흘렸다.

 너무나 위험한 임무였다는 것을 모두들 알고 있었다.

 그러나 거절할 수 없는 의뢰였다.

 의뢰자가 바로 마교였던 것이다.

 모두가 함께 갔어야 했지만 그들은 원칙을 깨지 않았다.

 그것은 그들을 손가락질하는 무인들을 향한 그들만의 마지막 자존심이었던 것이다.

 어쩌면 성공할지도 모른다는 기대를 내심 하고 있었는지도 몰랐다.

 그러나 칠살이 죽었다.

 언젠가는 모두들 그렇게 될 운명임을 예감하고 있었지만 가장 어린 막내가 먼저 간 것이 안타까웠다.

 유난히 막내와 가까웠던 오살(五殺)이 다음날 사라졌다.

 그러나 복수를 하기는커녕 남은 형제들에게 슬픔과 증오의 크기만을 더하며 싸늘한 시체가 되어 돌아왔다.

 또다시 살수행을 실패한 것이다.

 이번에는 아무도 울지 않았다.

 그러나 그들에게는 살수행의 성공이나 복수의 기쁨은 끝내 주어지지 않았다.

 처음으로 원칙을 깨고 합공을 시도했지만 사살(四殺)과 육살(六殺)의 죽음만 더한 채 그들은 그곳을 빠져나와야만 했던 것이다.
그리고 십 년이 지난 것이다.
그동안 아무도 그 일을 이야기한 사람은 없었다.
모두들 약속이나 한 것처럼 복수를 하고자 하는 생각도 버렸고 슬픔도, 분노도 모두 잊었다.
의뢰를 실패한 것에 대한 마교의 보복도 없었다.
그저 그렇게 잊어버렸다고 생각된 과거였던 것이다.
그러나 오늘 그 악몽이 다시 살아났다.
"그가 지키고 있는 한……."
일살은 말을 잇지 못했다.
이살은 두 눈을 질끈 감았고 삼살은 어금니를 꽉 깨물었다.
"차라리……."
잠시의 침묵을 깨고 일살이 다시 입을 열었다.
일살의 말에 모두들 침을 삼켰다.
사망곡이 위기에 빠졌을 때마다 일살은 언제나 해결책을 찾아냈다.
다행히 사망곡주는 옹졸하지 않은 사람이었고 자신보다 뛰어난 수하를 경계하거나 질투하지 않았다.
덕분에 사망곡은 숱한 위기를 무사히 넘겨올 수 있었던 것이다.
분명 지금도 일살은 사망곡을 수렁에서 건져 내줄 해결책을 찾아냈을 것이다.
일살이 마치 손자에게 옛날이야기라도 들려주는 노인처럼 차근차근 이야기를 시작했는데 그가 이야기를 마칠 때쯤에는 모두의 고개가 저절로 끄덕여지고 있었다.
그로부터 반 시진 후 이살이 이끄는 서른 명의 정예 살수들이 소리없이 사망곡을 빠져나갔다.

*   *   *

　무림맹 주작단(朱雀團) 은영대(隱影隊) 제삼 조장 허정(許程)의 발걸음이 그의 급한 마음만큼이나 빨라졌다.

　그의 손에 들린 한 통의 전서에는 맹 내의 일급 상황에만 사용된다는 자주색 매듭이 묶여 있었다.

　지난해 초삼월에 있었던 강남 풍화장(風火莊)과 강북의 혈옥(血獄)과의 무력 충돌 이후 근 일 년 만에 처음으로 사용된 것이었다.

　게다가 곧 있을 맹주 취임식을 앞두고 주작단원 전원에게 비상이 내려진 지금 이 자주색 매듭의 의미는 무척이나 컸다.

　무림맹 최고의 무력 단체라 불리며 맹 외의 일을 담당하는 청룡단(靑龍團), 맹 내의 수비를 담당하는 백호단(白虎團), 맹주와 그 가족들의 호위를 담당하는 현무단(玄武團)과 함께 무림맹 중심 사단의 하나인 주작단은 강호의 모든 정보를 수집, 관리하는 일종의 첩보 기관이었다.

　어두운 밤임에도 불구하고 허정의 발걸음은 거칠 것이 없었다. 오히려 그는 은영대 조장들에게만 특별히 전수된다는 강호팔대보법(江湖八大步法)의 하나인 은영보(隱影步)를 자신이 구사할 수 있는 최고 경지까지 끌어올렸다.

　그가 그토록 급하게 달려가는 것은 정보를 다루는 자들이 가장 중요하게 여기는 것을 살리기 위해서였다.

　그것은 바로 시간이었다.

　때론 촌각(寸刻)의 차이가 백년대계(百年大計)의 성쇠에 결정적인 영향을 미친다는 것을 잘 알고 있는 그였다.

　바람처럼 달려오던 그의 신형이 서서히 속도를 줄였다.

　그리고 그가 멈춰 선 곳은 지금껏 달려왔던 풍경들과는 사뭇 다른 곳이었다.

온갖 종류의 꽃과 나무들이 싱그러운 향기를 내뿜으며 그의 눈앞에 펼쳐졌던 것이다.

무릉도원(武陵桃源)이 있다면 이러하지 않을까?

처음 이곳을 찾은 이들이 가지는 공통적인 생각이었다.

이곳이 바로 무림맹 내에서 가장 신비롭고 은밀한 조화림(彫花林)의 입구였던 것이다.

세외선경(世外仙境)의 아름다움 앞에서 허정의 행동은 보다 신중해졌다.

그도 아름다운 것을 좋아하는 평범한 사람이었지만 그렇다고 그것에 취해 목숨을 내주고 싶은 마음은 없었던 것이다.

조화림은 인공적으로 만들어진 숲으로 오묘한 기문진식이 설치되어 있어 함부로 발을 들였다가는 목숨을 잃을 수도 있는 위험한 곳이었던 것이다.

이곳에 이토록 무서운 절진이 설치되어 있는 것은 바로 주작단주 사연랑(司蓮琅)의 거처가 그곳에 있기 때문이었다.

그냥 보아선 단순한 꽃밭에 불과하지만 이것은 바로 오행(五行)과 사상팔괘(四象八卦)가 역(逆)으로 혼합되어 만들어졌다는 무극오행진(無極五行陣)이었다.

허정의 이마에서 땀방울이 뚝뚝 흘러내렸다.

삼 일에 한 번씩 생문(生門)과 사문(死門)의 위치가 바뀌었고 그것은 이곳을 출입할 수 있는 이들에게 은밀하게 전달되었다.

그가 한 발짝만 헛딛는다면 오늘 아침에도 잔소리를 해댔던 그의 아내는 이 밤이 가기 전에 무림맹으로부터 남편의 죽음에 대한 위로금(慰勞金)을 받게 될 것이다.

조화림을 빠져나온 허정이 사연랑이 거처하는 작은 모옥으로 빠르게 달려갔다.

"무슨 일인가요?"

허정을 맞이하는 사연랑의 목소리는 차분했다.

언제나 평정심을 잃지 않는 그녀였지만 허정의 손에 들린 자주색 매듭을 보고는 가볍게 두 눈이 흔들렸다.

허정은 전서를 사연랑에게 공손히 건네면서 말했다.

"특급(特級) 상황입니다."

사연랑이 전서를 빠르게 읽어 내려갔다.

"사망곡?"

"네, 그들이 움직였다는 소식입니다."

"그런데?"

"문제는 일급(一級)으로 분류된 살수(殺手)가 서른 명이나 함께 움직였다는 겁니다. 게다가……"

"일급 살수가 서른 명씩이나?"

사연랑은 놀랍다는 듯한 표정을 지었다.

"그들의 지휘자가 바로 이살이라고 합니다."

그 말에 사연랑의 기다란 눈썹이 살짝 꿈틀거렸다.

"그자는 이미 일선에서 은퇴한 걸로 아는데?"

말을 하면서도 그녀는 머리 속에 들어 있는 사망곡과 관련된 모든 정보들을 기억해 내기 시작했다.

"이살이 일급 살수 서른 명을 데리고 나왔다? 전쟁이라도 하려는 것인가?"

"문제는 그들이 향한 행선지가 바로……"

"설마?"

사연랑의 입에서 짧은 탄식이 터져 나왔다.

"네, 바로 정주(鄭州)입니다."

사연랑의 얼굴이 굳어졌다.

"지난 칠 년간 단 한 번도 살수행을 나서지 않았던 이살이 함께 움직인 것과 그 행선지가 바로 정주라는 점이 아무래도 마음에 걸립니다. 아마 일선에서도 이 점을 주목해서 특급 정보로 분류한 것 같습니다."

불혹(不惑)의 나이임에도 불구하고 아직 이십 대 후반의 나이 정도로 보이는 사연랑이었다.

언제 보아도 시원해 보이는 그녀의 이마가 살짝 찡그러졌다.

십 년 전 사망칠살은 가히 전설적인 살수들이었다.

그런 그들이 후배 살수들을 모아놓고 단체로 금분세수라도 한 것처럼 하루아침에 모두 사라져 버렸다.

그에 대해 모두들 의견이 분분했지만 내막을 정확히 아는 사람은 드물었다.

사연랑이 바로 그 드문 사람 중의 하나였다.

그녀는 그들이 왜 은퇴를 했는지 알고 있었다.

이후 그들은 일선에서 물러나 자신들이 몸담았던 사망곡을 강호 최고의 살수 집단으로 만드는 일에만 주력했다.

주작단에서는 그들이 사망곡에 은거한 채 살수 양성에만 힘쓰고 있는 것을 이미 알고 있었고 계속해서 주시해 오고 있던 터였다.

'그런 그들이 왜 갑자기 다시 움직인 것일까?'

분명 뭔가 냄새가 났다.

하지만 행선지가 정주라는 점만으로 신임 맹주와 연관시키기에는 억지스러운 면이 없지 않았다.

어쨌든 그들의 움직임은 포착된 상태고 미리 밝혀진 이상 어떻게 대처

하느냐만이 남았다.

"현재 맹주 쪽에는 누가 나갔나?"

"철무 호위가 나간 것으로 알고 있습니다."

"우 호위는? 원래 맹주 호위는 그의 담당이잖아?"

사연랑이 자리에서 벌떡 일어났다.

"휴가 중이랍니다."

"이런!"

사연랑은 황급히 초옥 밖으로 달려 나갔다.

사망곡의 이 위험스러운 움직임에도 내심 여유로울 수 있었던 유일한 이유가 놀러 갔단다.

'도대체 이런 시기에? 무슨 생각으로?'

사연랑은 우이의 진면목을 아는 몇 안 되는 사람 중의 하나였던 것이다.

혁월의 집무실로 향하는 그녀의 발걸음이 빨라졌고 그 뒤를 영문을 모르겠다는 표정의 허정이 바짝 뒤따랐다.

사망목(2)

"호위 무사란……."

사흘 동안 술독에만 빠져 있던 소향이 부스스한 얼굴로 첫 교육을 시작하였다.

그들이 이곳 개봉(開封) 인근의 훈련소에 도착한 것은 사흘 전의 일이었다.

산 중턱에 마련된 이곳은 겉으로 보기에는 평범한 장원에 불과했지만 실제로는 무림맹 무사들의 훈련을 위해 마련된 비밀 훈련장이었던 것이다.

도착하자마자 혹독한 훈련이 시작되리라 상상했던 담린 일행은 의외의 상황에 부딪치게 되었다.

도착하자마자 이런저런 말도 없이 소향이 술을 마셔대기 시작했던 것이다.

얼마나 힘든 훈련이길래 가르치려는 자가 저렇듯 술을 마셔댈까?

모두에게 공포가 엄습하기 시작했다.

술을 마시던 소향이 쓰러져 잠이 들고 난 후에도 그들은 꼼짝할 수가 없었다.

그렇게 첫날이 지나갔다. 그러나 둘째 날에도 역시 소향은 술을 마셔 대기 시작했다.

모두들 혹시 소향이 술을 마셔야만 그 위력을 발휘한다는 전설 속의 취권(醉拳) 고수가 아닐까 하는 추측을 했다.

그러나 그녀는 취권 고수가 아니었다.

하루 종일 술타령을 하던 그녀가 결국 술병을 물고 잠들어 버린 것이 었다.

사흘째 되는 날 비로소 일행은 소향이 왜 술을 마셔댔는지에 대한 이유를 짐작할 수 있었다.

드디어 그녀의 입에서 '나쁜 놈'이란 단어가 등장했고 그 나쁜 놈에게 생전 들어보지도 못한 저주를 퍼부으며 눈물을 흘렸기 때문이다.

하지만 이유를 알았다고 해서 그녀에게 '그깟 남자는 잊으세요'라든 가 '훈련은 언제부터 시작되나요?'라고 말할 간 큰 사람은 없었다.

미친 여자처럼 술만 마셔대던 그녀는 사흘이 지난, 그러니까 바로 오늘 아침이 되어서야 비로소 정신을 차렸다.

그리고는 '내가 언제 술을 마셨냐'라는 듯한 태연하고 뻔뻔한 표정으로 첫 수업을 시작했던 것이다.

"호위 무사란 가장 적극적인 형태의 무사이다."

술 냄새가 가시지 않은, 다소 피곤함이 살짝 깃든 그녀의 얼굴은 오히려 청초한 느낌을 주었다.

'이 여인이 정말로 그 봉황비도란 말인가?'

모두의 공통된 생각이었다.

그리고 또 하나의 소향에 대한 공감대가 형성되었는데 그건 바로 '멋있다' 였다.

강하기만 할 것 같은 사람에게서 어느 날 문득 인간적인 약점을 보았을 때 그가 더욱 멋있어 보이는, 뭐, 그런 종류였다.

술 먹고 난장을 피운 대가치곤 훌륭한 결과였다.

그걸 아는지 모르는지 소향의 수업은 계속되었다.

"청룡단이나 백호단 무사들의 명령권은 맹주님이 가지고 계신다. 하지만 우리의 명령권자는 바로 단주님이시다. 아, 물론 우리 단주님은 맹주님의 명령에 따라야 하지."

그 말에 모두들 고개를 갸웃했다.

알 듯 모를 듯한 말이었다.

맹주님의 명령은 절대적인 것이라고 생각해 왔던 그들이다.

그런 그들의 의문을 해결해 준 것은 소향의 다음 말이었다.

"음, 쉽게 말하면 이런 거지. 청룡단이나 백호단은 맹주님의 명령이 최우선이지. 어딜 공격하라면 하고 누굴 잡아오라면 잡아오고. 뭐, 특별한 경우를 제외하곤 무조건 명령을 받아들여야 하지. 하지만 우린 달라. 그들이 수동적인 데 반해서 우린 능동적으로 움직여야 해. 이게 무슨 말인가 하면 우린 맹주님의 명령을 받고자 존재하는 사람들이 아니라 맹주님을 지켜 드리려고 존재한다는 거야."

제갈혜와 남궁소천이 고개를 끄덕였다.

그러나 하윤덕과 오령은 여전히 납득이 되지 않는 듯한 얼굴이었다.

"고수들의 생리(生理)가 그렇듯이 자신의 주변을 적극적으로 방어하려는 그런 마음은 별로 없거든. 오히려 '오면 상대해 주마' 하는 자존심 같은 게 있지. 그건 고수일수록 더 심하고. 그러한 방심이 실수를 부르지. 우리의 임무는 그걸 막는 거지."

그제야 모두들 고개를 끄덕였다.

소향이 담린을 보며 말했다.

"전에 네가 그랬지, 무인의 자존심을 지키고 싶다고."

소향의 말에 담린이 고개를 끄덕였다.

"선배님께서는 '우리가 무인이라고 생각하냐?'라고 되물으셨습니다."

소향이 고개를 끄덕였다.

"그랬지. 무슨 뜻으로 한 소린지 알겠나?"

담린은 고개를 저었다.

"아직 잘 모르겠습니다."

"물론 너희들은 무인이다. 다른 누군가를 위해 자신의 목숨까지 내건 훌륭한 무인들이지. 그걸 부정하려는 게 아냐."

그녀의 눈빛이 반짝였다.

더 이상 피곤한 모습의 소향이 아니었다.

"하지만 이 길을 선택한 이상 우리에게는 포기해야 할 많은 것들이 있다. 비무(比武)? 우리에게는 정말 사치스러운 일이지. 우리의 적은 도전장(挑戰狀)을 내밀며 정문으로 들어오는 무인이 아니라 언제 어디서 칼을 들이밀지 모르는 살수들이다."

살수란 말에 순간 모두의 얼굴에 긴장감이 감돌았다.

특히 심한진의 냉막한 표정에는 얼음장 같은 한기가 내려앉았다.

"살수는 자신의 목숨을 걸고 살수행을 나선다. 그런 자를 보통의 마음으로 막을 수 있을까? 그건 불가능해. 결국 우리도 목숨을 걸어야 한다는 소리지."

소향이 하고자 하는 말이 무엇인가 알 것 같기도 했다.

무인이면서도 무인이 아닌 그 미묘한 차이를.

사망곡 115

"정작 원한 관계는 살수를 고용한 사람과 우리를 고용한 사람 사이에 있는데 피를 흘리는 것은 우리들이지. 우리와 살수 사이에는 아무런 원한이 없는데 말야. 솔직히 말하면 더러운 일이지."

모두들 침묵했다.

막연히 호위 무사가 되고자 온 이들이었지만 그들을 기다리는 것은 아름다운 환상(幻想)이 아니라 녹록치 않은 현실이었다.

"그렇다고 너무 기들 죽지 마. 누군가의 목숨을 지켜준다는 것은 세상의 어떤 가치보다 귀중한 일이니까. 게다가 너희들은 무림맹 현무단의 자랑스러운 호위 무사들이니까."

소향의 말에 모두의 안색이 조금 밝아졌다.

"자, 이제 본격적인 질문을 몇 가지 해볼까? 호위 무사에게 가장 중요한 것은 무엇일까?"

모두들 눈치만 살필 뿐 아무도 대답하지 않았다.

"이건 정답이 있는 게 아니니까 소신껏 대답해."

소향의 말에 담린이 용기를 내었다.

"무공이라고 생각합니다. 약하면 지켜줄 수 없을 테니까요."

이번에는 제갈혜가 말했다.

"감각이 뛰어나야 한다고 생각해요. 언제 어디서 공격해 올지 모르는 살기를 파악해 내는 감각, 그게 더 중요하다고 생각합니다."

그들의 말에 수긍한다는 듯 고개를 끄덕이던 남궁소천이 입을 열었다.

"지켜줘야 할 사람에 대한 철저한 사전 조사도 필요할 겁니다. 그의 가족과 친구 관계, 습관, 취미, 재산 상태, 원한 관계 등 모든 것을 숙지해야 한다고 생각합니다."

구체적이고 세부적인 남궁소천의 의견이었다.

담린은 저 남궁소천이 실제로 호위를 맡게 되면 틀림없이 저렇게 할 것이라는 생각이 들었다.

남은 사람들도 돌아가면서 자신의 의견을 말했지만 앞서의 이야기들과 크게 다르지 않았다.

그들의 이야기를 말없이 듣기만 하던 소향이 첫 번째 질문에 대한 답을 말해 주지 않은 채 다시 두 번째 질문을 던졌다.

"만약 자신이 호위를 맡은 인물이 인면수심(人面獸心)의 이중인격자(二重人格者)라는 게 밝혀졌다. 그래도 그를 지켜주어야 할까?"

이번에는 의견이 분분했다.

딱 부러지는 성격의 제갈혜는 지켜줄 필요가 없다고 했고 남궁소천은 이미 맡은 임무는 수행해야 한다고 말했다.

그런 인물이라면 도리어 죽여 버려야 한다고 심한진이 과격한 발언을 했고 냉하연은 자신의 마음과는 전혀 달랐지만 홍당무처럼 붉어진 얼굴로 심한진의 의견에 동조했다.

소향은 그저 그 의견들을 듣기만 했다.

다시 소향이 질문을 던졌다.

"그럼 자신이 지켜주어야 할 대상을 포기한다면 대신 열 명의 무고한 생명을 구할 수 있다. 이럴 땐 어쩔래?"

이 질문에는 모두들 신중한 태도를 보였다.

'무고한'이란 부분에서 다들 갈등하고 있는 것 같았다.

소향은 잠시 하늘을 올려다보았다.

진회색 구름 사이로 힘겹게 고개를 내밀려는 해가 보였다.

손을 내밀어 구름을 치워주고 싶었다.

하지만 구름도 해도 그녀에게서 너무 멀리 있었다.

하늘을 올려다본 상태에서 소향이 담담히 말했다.

"우리가 지켜주어야 할 대상이 인면수심이라도 우린 목숨을 걸고 지켜주어야 한다. 열 명의 무고한 목숨이 아니라 모든 강호인의 목숨이 걸려 있다 해도 우린 맹주님의 목숨부터 살려야 한다. 그것이 바로 우리 호위 무사들의 사명이다."

소향은 해답을 내렸다.

그러나 누구도 쉽게 그 의견에 동조하지 않았다.

그렇다고 누구도 부정하지도 않았다.

결국 그들에게 닥쳐온 것은 혼란이었다.

'정말 그러한 경우가 닥친다면?'

오늘 소향의 물음과 이야기들은 신선한 충격이었다. 막상 호위 무사를 하겠다고 생각해 왔으면서 한 번도 생각해 보지 못했던 점들이었다.

'사람마다 그 목숨의 가치는 다른가?'

'상식을 넘어서야 할 만큼 신념은 중요한 것인가?'

'정의가 우선인가, 약속이 우선인가?'

이런 생각들이 그들의 머리 속을 헤집고 돌아다녔다.

"그리고 호위 무사에게 가장 중요한 것은……."

무엇인가 말하려던 소향의 표정이 우울해졌다.

그리고는 말을 마저 끝내지 않은 채 건물 안으로 들어가 버렸다.

그러나 모두들 그녀의 뒷말이 '좋은 동료를 가지는 것이다. 나쁜 놈'이라는 것을 알아들었다.

❹ 영춘객잔

영춘객잔(1)

 매서운 새벽 바람은 사람들의 부지런함까지도 꽁꽁 얼려 버렸는지 태호(太湖)의 중심가는 아직 잠들어 있었다.
 하긴 아무도 다니지 않는데 누가 가게 문을 열 것이며 가게 문이 열리지 않았는데 뭣 하러 나다니겠는가?
 태호 사람들 모두 약속이나 한 것처럼 한겨울 아랫목에서 새벽잠을 즐기고 있는 시각, 한 사내가 가게 문을 열고 나섰다.
 오십 대 중반의 인상 좋은 사내는 크게 심호흡을 하며 새벽 공기를 들이마셨다.
 맑고 차가운 기운이 그의 폐를 통해 온몸으로 퍼져 나갔다.
 오감(五感)이 살아나는 느낌. 이것만으로도 이 추운 새벽을 여는 충분한 보람이 있는 것이다.
 바로 이 사람이 지난 이십 년간 단 한 번도 문을 닫은 적이 없다는 영춘객잔(暎春客棧)의 주인 조영춘(曹暎春)이었다.

그의 아비 조철중(曹哲重)이 마흔이 넘어 본 막둥이 영춘을 얼마나 애지중지했던지 증조부 때부터 내려오던 선향루(仙香樓)란 이름을 하루아침에 영춘객잔으로 바꿔 버렸다.

아들에 대한 정성이 하늘에 닿았는지 다행히 영춘은 아무 탈 없이 영춘객잔을 물려받을 수 있었다.

그는 부지런하기로 강소성(江蘇省) 인근에 소문이 자자했다.

비가 오나 눈이 오나 같은 시간에 객잔 문이 열렸고 손님이 있을 리가 없는 이런 겨울 날에도 예외는 아니었다.

객잔 입구에 걸린 주(酒) 자 등(燈)에 불을 밝히던 그는 저 멀리 한 사내가 걸어오는 것을 보았다.

사내는 객잔의 등을 보며 반가운 걸음을 옮기고 있었고 영춘은 자신의 부지런함을 모처럼 보람있게 만든 새벽 손님을 향해 반갑게 인사를 건넸다.

"추우니 어서 안으로 들어가시게."

"감사합니다. 어찌나 추운지 얼어 죽는 줄 알았습니다."

말은 그렇게 하였지만 사내가 입은 옷은 얇은 솜을 댄 가벼운 경장 차림이었다.

"우선 따뜻한 차 한잔 마시게."

"참으로 부지런하십니다."

객잔 안으로 들어선 사내가 말했다.

"자네 같은 손님이 간혹 있다네. 이렇게 새벽 추위를 피해 들어오면 다음에도 꼭 다시 들르게 되지."

후덕한 인상에 어울리지 않는 꼼꼼함이었다.

장사는 부지런한 사람만이 성공할 수 있다는 진리를 느끼게 하는 대목이기도 했다.

"이곳에는 처음인가?"

"오래전에 한 번 들르고는 이번이 처음입니다."

"혹 무림인인가?"

조심스럽게 묻는 영춘이었다.

"그렇게 보였습니까?"

사내가 머쓱한 표정을 지으며 살짝 미소를 지었다.

"우리야 눈칫밥으로 먹고 사는 사람들 아닌가?"

"간단한 호신술 정도입니다. 대단한 것은 아닙니다."

"그래, 요즘같이 험한 세상에 그 정도는 할 줄 아는 것도 좋겠지. 참, 간단히 아침 식사랑 술도 한잔할 텐가?"

"네. 새벽부터 귀찮게 해서 죄송합니다."

"뭘, 우리야 다 돈 받고 하는 일인데. 어차피 이 시간에는 간단한 것밖에 안 되네."

영춘은 주방으로 들어갔다.

사내는 그제야 언 몸이 풀리는지 크게 기지개를 켰다. 그리고 자신이 들고 들어 왔던 작은 보따리를 풀었다.

그 속에는 옷 몇 가지와 소도 하나, 그리고 천 냥짜리 전표 일곱 장, 그리고 몇 가지 잡다한 물건들이 들어 있었다.

십 년을 살았던 곳을 떠났는데 막상 챙겨보니 짐은 이것밖에 없었다.

사내는 바로 우이였다.

혁월에게 간단히 인사만 하고 낙양을 떠난 게 벌써 일주일 전이다. 혁월은 우이를 붙잡지 않았다.

만약 그가 만류했다면 결국 떠났다 해도 마음이 더 무거웠을 것이다. 그런 혁월의 배려가 너무나 고맙게 느껴졌다.

떠나는 그의 등에다 혁월이 말했다.

"꼭 다시 돌아오게."

우이는 아무 대답도 하지 않았다.
돌아보지도 않았다.
혁월은 세상 구경을 하고 돌아오라지만 과연 돌아갈 수 있을까 하는 생각이 들었다.
조용히 맹을 빠져나오는 그의 시선이 한곳에 머물렀다.
바로 불 꺼진 동료들의 숙소였다.
잠시 들러 인사를 하고 떠날까 했지만 그러지 않았다.
떠나는 자는 말없이 떠나야 한다.
그게 남은 사람들을 진정으로 위하는 마음이다.
소향과 철무의 얼굴이 떠올랐지만 애써 발걸음을 옮겼다.
그리고 며칠간을 쉬지 않고 길을 재촉했다.
조금이라도 더 멀리 벗어나려는 마음은 그를 낙양에서 이곳 태호(太湖)까지 오게 했던 것이다.
그동안 두 개의 산을 넘었고 대부분 야영으로 잠자리와 음식을 해결했다.
오늘에서야 자신이 마음에 두었던 이곳 태호에 도착할 수 있었고 마침 운 좋게 영춘객잔에 들어오게 된 것이다.
몸이 따뜻해지니 긴장이 풀렸다. 긴장이 풀리면서 그간 며칠 일부러 피했던 상념들이 다시 그의 마음을 뒤숭숭하게 만들었다.
'이대로 떠나온 것이 과연 잘한 일일까? 신임 맹주 호위는 무사히 마칠 수 있을까? 향매가 무척 섭섭해했을 텐데……'
생각하면 끝이 없었다.

하지만 소향에 대한 미안함만은 어쩔 수 없었다.

그녀가 자신에 대해 특별한 감정을 가지고 있다는 것을 그도 알고 있었다.

그가 남녀 관계에 있어 숙맥이라면 소향 역시 마찬가지였다.

그녀 딴에는 속내를 안 들키려 애썼지만 표현하는 것만큼이나 숨기는 것도 어설픈 그녀였다.

그도 그녀가 싫지는 않았다.

그들의 문제는 표현을 잘하느냐 못하느냐의 문제가 아니라 서로가 혼인에 대한 절실함이 없다는 데 있었다.

우이는 한 번도 진지하게 혼인에 대해 생각해 보지 않았다. 사실 생각해 보지 않은 것이 아니라 생각해 볼 여유가 없었던 것이다.

그건 소향 역시 마찬가지였다.

현무단 호위 무사들 대부분이 미혼 상태였고 어찌했다손 치더라도 그 가정생활은 원만하지 못했다.

그도 그럴 것이, 하루가 멀다 하고 밤을 새며 한 달에 한두 번 얼굴 보기조차 어려운데 어찌 원만함을 바랄 수 있겠는가?

그들의 일은 결코 가정과 양립(兩立)할 수 없는 일이었다.

한때 우이도 그에 대해 진지하게 생각해 본 적이 있었다.

그가 정작 두려웠던 것은 가정에 충실하지 못할까 하는 걱정이 아니었다.

지켜야 할 무엇인가가 새로 생긴다는 것에 대한 두려움이었다.

어머니의 쓸쓸한 죽음이 잊혀지지 않는 그였다.

그때 영춘이 음식을 가지고 나왔다.

몇 가지 야채와 볶은 닭 요리였다. 거기다 따끈하게 데운 술도 한 병 가지고 나왔다. 기대 이상의 식사였다.

요 며칠 동안 먹거리가 부실했던 우이가 허겁지겁 닭다리를 뜯기 시작하자 영춘은 그 모습을 흐뭇하게 바라보았다.

우이가 대충 허기를 채웠을 즈음 문득 영춘이 물었다.

"여긴 무슨 볼일로 왔나?"

기름기가 잔뜩 묻은 입을 대충 닦으며 우이가 씩 웃으며 대답했다.

"일자리를 구해볼까 해서 왔습니다."

우이의 말에 영춘의 큰 두 귀가 솔깃해졌다.

"일자리? 이전에는 무슨 일을 했는가?"

잠시 뜸을 들인 우이가 말했다.

"그냥 보표 노릇 좀 했습니다."

"오호?"

영춘이 의외라는 표정으로 우이의 몸을 힐끔 살폈다.

그런 영춘을 보고 우이가 한마디 덧붙였다.

"그냥 시골 영감들 산책이나 시키는 정도였습니다."

권왕과 검왕에게는 미안한 이야기였지만 할 수 없는 노릇이었다.

영춘이 보아하니 시골 졸부(猝富)의 보표 노릇을 하던 젊은이가 틀림없었다.

"음, 그럼 이곳에 눌러앉을 생각인가?"

영춘의 관심은 계속되었다.

"태호가 살기 좋다는 소리를 많이 들었습니다."

그 말은 곧 여차하면 눌러 살 수도 있다는 소리였다.

우이의 말에 영춘은 내심 욕심이 생겼다.

영춘이 이렇게 우이에게 관심을 가지는 것은 마침 객잔에 일손이 하나 비기 때문이었다. 지난 오 년간 객잔의 뒷일을 맡아오던 충삼이가 혼인과 함께 일을 그만두었던 것이다.

몸도 다부지고 예의도 바른 것이 볼수록 끌리는 젊은이였다.
"혹시 생각해 둔 일이라도 있나? 아니면 특별한 기술이라도?"
"없습니다. 그냥 몸으로 할 수 있는 일이라면 뭐든지 할 생각입니다."
"음, 그럼 자네 혹시 여기서 일해볼 생각은 없나?"
"네?"
뜻밖의 말에 우이가 약간 놀란 눈으로 영춘을 바라보자 영춘은 본격적으로 이야기를 꺼낼 요량으로 아예 맞은편에 자리를 잡았다.
그리고 우이에게 술을 따르며 말했다.
"직업에 귀천(貴賤)이 어디 있겠냐만 그렇다고 내 허드렛일이나 점소이 일을 하라는 것은 아니네. 자네를 보니 나이도 꽤 된 것 같은데……."
"그럼 무슨 일입니까?"
우이도 관심을 보였다.
"본디 술장사를 하다 보면 하루에도 몇 번씩 주정꾼들을 상대해야 하지. 정말 귀찮은 일이야."
그제야 우이는 영춘의 말뜻을 이해할 수 있었다.
그러니까 주정꾼들을 적당히 어르고 달래는 일종의 객잔의 주먹 노릇을 해달라는 것이었다.
흔히들 객잔의 뒷일이라 부르는 일이었다.
우이는 웃음이 나왔다.
이래서 천직(天職)이란 말이 생겨난 것인가?
보표(保鏢) 노릇이 싫어 도망쳐 왔건만 또 보표 노릇을 해야 할 판이다.
갑작스런 제안에 거절의 말을 꺼내려던 우이는 잠시 고민에 빠졌다.
어쩌면 잘된 일인지도 모르겠다는 생각이 들었다.
어차피 어디선가 일은 해야 했고 적어도 이곳에서 피를 볼 일은 없을 것이다.

그가 지난 십 년간 모은 돈은 칠천 냥이 넘었다.

열 냥으로 다섯 식구가 한 달을 풍족히 살 수 있었으니 엄청나게 큰돈이었다.

어차피 돈을 바라고 한 일이 아니었다.

받은 돈을 쓸 시간도 없었다. 그냥 주는 대로 받아 모아온 것이 이 만큼이나 된 것이다.

그는 이 돈으로 객잔을 열려고 마음먹은 상태였다.

일을 그만두면 하고 싶었던 것이 바로 객잔이었다.

그러나 그는 아는 게 아무것도 없었다.

이런 객잔을 차리려면 비용이 얼마나 드는지, 점소이는 몇 명을 쓰고 숙수를 고용하려면 얼마를 주어야 하는지 아는 게 전혀 없었다.

당분간 이곳에서 일하면서 경험을 쌓는 것도 좋을 것 같았다.

사실 자신이 먼저 나서서 부탁해야 할 일이었다.

우이의 고민을 초조하게 지켜보는 영춘은 내심 속이 탔다.

한눈에 보아도 우이는 제법 힘을 쓸 것처럼 보였고 아직 세상 물정 모르는 순진한 젊은이 같아 보였다.

게다가 나이도 좀 있어 보이고 잠시 일하다가 쉽게 달아날 것 같지도 않았다.

지난 세월 영춘에게 늘어난 것은 단지 뱃살만이 아니었다. 사람 됨됨이를 보는 안목 또한 좋아졌던 것이다.

눈앞의 사내는 적어도 나쁜 짓을 할 사람은 아니었다. 굳이 안목이니 뭐니 내세우지 않더라도 그의 맑은 눈이 그것을 말해 주고 있었다.

어차피 구할 일손이라면 이렇게 마음에 드는 젊은이를 어디 가서 구한단 말인가? 더구나 객잔의 뒷일을 하려는 자들은 무위도식(無爲徒食)하는 파락호 같은 놈들이 대부분이었다.

"내 대가는 섭섭지 않게 생각해 주겠네."

영춘은 애가 탔다.

"저를 이렇게 좋게 생각해 주시니, 좋습니다. 앞으로 잘 부탁드리겠습니다."

우이의 흔쾌한 승낙의 말에 영춘의 입이 찢어질 듯이 벌어졌다.

"좋아좋아. 우리 앞으로 잘 지내보세."

두 사람은 가져온 술을 나눠 마시며 이런저런 이야기를 나누었다. 이야기를 나눌수록 영춘은 우이가 마음에 들었다.

요즘 같은 시대에 이런 성실한 젊은이는 드물었다.

술 한 병을 다 비우고서야 우이는 자신의 숙소로 안내되었다.

우이의 숙소는 뒤채 별관에 붙은 작은 방이었는데 크기가 작다 뿐이지 제법 깨끗하고 아늑해 보였다.

"일단 푹 쉬게, 오후에 이것저것 알려줄 테니."

영춘은 다시 맘이라도 변할까 우이를 방에 밀어넣다시피 하곤 가게로 돌아갔다.

두 사람이 누우면 꽉 찰 것 같은 조그만 방에 누운 우이는 모처럼 편안한 잠을 이룰 수가 있었다.

우이가 눈을 뜬 것은 술시(戌時)가 다 지나서였다.

해가 채 뜨기도 전에 잠이 들었으니 거의 하루 온종일 잠을 잔 셈이었다.

눈을 뜬 우이는 처음에는 낯선 방에 누워 있는 자신의 모습에 놀라 벌떡 일어났다. 본능적으로 오른손을 내밀어 검을 찾았지만 손에 쥐어지는 것은 낯선 공간이 주는 이질감뿐이었다.

그가 이 상황을 이해하기까지는 약간의 시간이 걸렸다.

밖은 이미 어둑해져 있었고 방 안의 사물들은 어렴풋한 윤곽만을 드러내고 있었다.

그는 한참을 그렇게 앉아 있었다.

입가에 서서히 미소가 걸리기 시작했다.

드디어 새로운 삶이 시작된 것이다.

방문을 나서려던 우이의 눈에 구석에 아무렇게나 던져진 자신의 보따리가 들어왔다.

그는 조심스럽게 보따리를 풀었다.

그 속에 든 일곱 장의 전표들. 그와 세상을 이어줄 새로운 도구였다. 이전에는 그것이 검(劍)이었지만 이제는 바로 이것이었다.

단검을 쌌던 가죽을 풀어 전표들을 조심스럽게 쌌다.

새출발할 밑천이기도 했다.

그것을 품속에 소중히 간직한 우이는 문득 허탈한 웃음을 흘렸다. 자신의 모습이 무척이나 낯설게 느껴졌기 때문이다.

'하루 만에 이렇게 달라져도 되는 것일까?'

생각은 그러했지만 실제로 바뀐 것은 없었다. 다만 달라지려는 그의 의식적인 노력일 뿐이었다.

그러고 보니 맹을 떠난 이후로 무공 수련을 한 기억도 없다.

하지만 어차피 상관없었다.

지금의 자신은 객잔 주인이 꿈인 서른 살의 평범한 노총각일 뿐이다. 자신이 그토록 바랬던 평범한 삶이 드디어 시작된 것이다.

어슬렁거리며 객잔으로 나간 우이는 객잔의 규모가 생각보다 크다는 것을 알 수 있었다.

객잔 안은 이제 막 저녁 손님들로 붐비기 시작하였고 영춘은 입구 계산대에서 열심히 장부를 들여다보고 있었다.

일층과 이층을 바쁘게 뛰어다니는 점소이는 모두 두 명이었는데 왼쪽 눈 밑에 작은 점이 있는 소년과 그보다는 좀 더 어려 보이지만 마치 다람쥐처럼 잽싸게 움직이고 있는 소년이 그들이었다.

그중 다람쥐 같은 소년이 우이와 눈이 마주치자 이미 주인에게 이야기를 들었는지 부끄럽게 웃으며 인사를 건네왔다.

우이는 가볍게 손을 들어 흔들어주었다. 귀여운 녀석이라는 생각이 들었다.

이번에는 주방(廚房) 안을 기웃거려 보았다.

주방에도 역시 두 명이 있었다.

우선 숙수(熟手)로 보이는 중년인이 마침 커다란 버섯을 다듬고 있었는데 칼질 하는 솜씨가 보통이 아니었다.

그 옆으로 열여덟 살에서 스무 살쯤 돼 보이는, 소녀라고 하기에는 나이가 들어 보이고 성숙한 여인으로 보기에는 좀 어려 보이는 여자가 돼지 머리를 삶고 있었다.

주방의 더운 열기로 얼굴은 온통 땀투성이였지만 두 눈만은 빛나고 있었다. 무슨 일을 맡겨도 최선을 다할 것 같은 그런 다부진 느낌의 여인이었다.

그다지 미인은 아니었지만 그 반짝이는 두 눈이 그녀를 독특한 매력을 지닌 여인으로 만들어주고 있었다.

그녀와 눈이 마주치자 이번에는 우이가 어색한 미소를 지었다.

여인은 누군지 모르겠다는 표정으로 우이를 쳐다보았는데 그를 보는 그녀의 눈에 잠시 이채가 서렸다 사라졌다.

주방까지 둘러본 우이는 객잔의 대략적인 구조를 파악할 수 있었다.

일단 열 개 남짓한 탁자가 놓여진 일층은 식사와 술을 마실 수 있는 객잔의 주 공간이었다.

이층은 여덟 개의 방으로 이루어진 객실이 있었는데 하룻밤 묵어가는 손님들을 위한 공간이었다.

객잔의 뒤편에는 세 개의 방이 딸린 별채가 있었다.

단체로 온 손님들이나 조용한 곳을 원하는 부자들이 머물다 가는 곳으로 보였다.

장사는 축시(丑時) 초까지 계속되었다.

손님들이 모두 돌아가자 영춘은 객잔에서 일하는 모든 사람들을 불러 모았다.

우이를 정식으로 인사시켜 주기 위해서였다.

"우이라고 합니다. 앞으로 잘 부탁드립니다."

영춘객잔에서 일하는 사람은 모두 다섯 명이었다.

우선 낮에 보았던 점소이 둘과 주방의 숙수와 여인, 그리고 허드렛일을 도와주는 노인까지 이렇게 다섯이었다.

서로 인사를 나누면서 조촐한 환영식이 벌어졌다.

구두쇠 영춘이 오랜만에 객잔 식구들을 위해 특별 요리와 술을 준비하게 했고 덕분에 환영식은 즐거운 분위기로 시작할 수 있었다.

눈 밑에 점이 있던 점소이의 이름은 복대(福大)였고 작고 귀여운 점소이는 아평(兒萍)이었다.

이곳에서 일한 지 복대는 오 년, 아평은 삼 년이 된 이 지역 토박이들이었다.

복대는 열일곱 살로 손님에 대한 눈치만큼은 타고났다는 평을 듣는, 말하자면 타고난 점소이였다.

그는 손님이 원하는 대답을 할 줄 아는 재주를 지녔다.

그 덕에 그는 하루에도 몇 번씩 손님들에게 용돈을 타낼 수 있었고 운이 좋은 날은 자신의 벌이보다 더 많은 돈을 부수입으로 챙겼다.

그 재주만큼이나 그는 특이한 주머니를 가지고 있었다.

돈이 들어가기만 할 뿐 도통 나오지가 않는 주머니였던 것이다.

영춘객잔의 큰 구두쇠 영춘조차도 혀를 찰 만큼 억척스러운 그였다.

도대체 그 돈을 어디에 쓰고 있는지, 혹은 어디에 쓰려고 하는지는 아무도 알지 못했다.

반면 어린 아평은 이제 열네 살이 되는 소년이었는데 열한 살 때부터 점소이 일을 시작하였다.

어린 나이에 그가 점소이를 시작한 것은 홀어머니를 위한 극진한 효심 때문이었다.

노름판에서 칼을 맞고 객사(客死)한 아버지로 인해 집안 살림은 엉망이 되었고 홀로 아평을 키우던 어머니마저 병들어 눕게 되었다. 그때 아평의 나이가 아홉 살이었다.

이후 이 년 동안 아평은 채 열 살도 되지 않은 몸으로 온갖 일들을 다 했지만 대부분 일한 만큼의 대가를 받지 못한 채 고생으로만 끝이 났다.

그러나 열한 살 때 다행히 이곳 영춘객잔에 점소이로 들어와 이후부터 다소 안정된 수입을 얻을 수 있었다.

아평은 이곳에서 벌어들이는 수입으론 그나마 어머니의 약값도 대기 어려웠지만 그 사정을 잘 아는 영춘은 아평 어머니의 약값을 따로 대주고 있었다.

그런 점으로 볼 때 영춘의 볼 살을 당겨보면 구두쇠 가면이 벗겨질 것이고 그 속에는 정말 따뜻한 마음을 가진 다른 사람이 숨어 있을 것이라고 어린 아평은 생각하고 있었다.

주방의 숙수인 노달호(盧達好)는 과거 북경의 이름 높은 북경대루(北京大樓)의 보조 숙수였다가 독립한, 나름대로 자부심이 강한 숙수였다.

그러나 모두 쉬쉬하며 말하기를, 그는 독립한 것이 아니라 쫓겨난 것이라고들 말했다.

어느 날 북경대루의 단골이었던 고관대작이 식중독(食中毒)을 일으켜

보조 숙수인 그가 죄를 뒤집어쓴 채 쫓겨났다는 소문이었다.

소문의 진위(眞僞) 여부를 떠나서 그는 어찌 되었든 북경대루의 보조 숙수였다는 사실을 아주 자랑스러워하는 사람이었다.

주방에서 보았던 여인의 이름은 목아연(木芽燕)이었다.

어려 보이는 외모에도 불구하고 그녀의 나이는 스물네 살이었다. 오 년 전부터 이곳에서 일한 그녀는 앞으로 이런 객잔을 여는 것이 꿈이었다.

자신이 맡은 일만큼은 무슨 일이 있어도 해내려는 야무진 성격을 가지고 있었고 모두들 혀를 내두를 만큼 독한 면도 있었다.

평범한 외모에도 불구하고 사람의 시선을 끄는 것은 그녀의 두 눈 때문이었다. 그녀의 맑고 깊은 눈은 어딘지 모르게 신비로웠고 가만히 보고 있으면 사람의 마음속까지 읽어낼 것 같은 그런 눈이었다.

게다가 싹싹하고 친절한 성격 탓에 모두의 사랑을 듬뿍 받고 있었다. 그녀는 하루빨리 돈을 벌어 고향의 부모님들과 아래로 여섯이나 딸린 동생들을 이곳으로 데려오는 게 목표였다.

밤이 되어서야 비로소 만나게 된 이(李) 노인은 평범해 보이는 늙은이였는데 그의 과거를 아는 사람은 아무도 없었다.

워낙에 말이 없어 모르는 사람은 그가 벙어리인 줄 착각하는 경우도 있었다. 이 노인의 주된 일은 장작을 패고 객잔에 필요한 물건 등을 사다 나르는 일이었다.

우이는 자신을 환영해 주는 이들이 고마웠다.

모두의 첫인상은 좋았다. 모두들 힘들지만 힘차게 살아가고 있었다. 우이가 바라던 삶의 모습이기도 했다.

첫 만남의 어색함은 밤늦도록 이어지는 술자리에서 서서히 녹아내리고 있었다.

영춘객잔(2)

평온한 며칠이 지났다.

매일 수많은 손님들이 들락거리는 객잔이기에 많은 일들이 있었지만 우이가 내심 우려했던 일들은 벌어지지 않았다.

아는 사람을 만나게 된다거나 혹은 무림인들 간의 싸움이 벌어지기라도 하면 곤란해질 게 뻔하였다.

물론 그 둘 다의 가능성은 희박했지만 조심하는 게 상책이었다.

하지만 술꾼들의 주사(酒邪)조차 없는 평온한 나날이 계속되자 공밥을 먹는 것 같아 왠지 미안했다.

아무도 그렇게 생각하지 않았지만 우이는 스스로 일을 찾아나섰다.

그가 처음 시작한 일은 장작 패기였다.

이 노인이 산에서 해온 장작을 우이가 패기 시작했던 것이다.

마음 같아서는 직접 나무하러 산에 오르고 싶었지만 언제 어떤 일이 벌어질지 몰라 객잔 밖으로 나서기는 힘들었다.

이 노인은 그러한 우이의 행동에 대해 가타부타 아무 반응이 없었다.

목석 같은 이 노인이었지만 그가 유일하게 마음을 열고 있었던 사람은 바로 아연이었다. 아연에게는 곧잘 농담도 하며 마치 손녀를 대하듯 하던 이 노인이었다.

그런 이 노인이 우이에게 마음을 열기 시작했다. 며칠을 말없이 우이의 행동을 지켜보던 결과였다.

장작을 패는 우이에게 이 노인이 입을 열었다.

"많이 해본 솜씨군."

노인의 말에 우이는 내심 뜨끔함을 느꼈다.

"이래 뵈도 안 해본 게 없는 몸입니다."

거짓말이었다.

이전에는 한 번도 장작을 패본 적이 없었다.

"나무의 결을 찾아 한 번에 쪼개는 것은 노련한 나무꾼들도 쉽게 할 수 없는 일이지."

이전에 해보지 않은 일이었지만 우이는 자연스럽게 나무의 결을 찾아내고 있었던 것이다.

그것은 가장 바른 것을 지향하려는 자연스런 몸의 반응 때문이었다.

현재 우이의 몸은 거의 완벽한 조화를 이루고 있는 상태였다.

따라서 어떠한 일을 하더라도 그것의 가장 실용적이고 핵심적인 부분으로 자연스럽게 접근하는, 이른바 마음은 사물을 이해하고 몸이 사물을 조종할 수 있는 경지까지 이르렀던 것이다.

이 노인의 날카로운 눈썰미에 내심 놀라고 있을 그때 아연이 뒤채로 들어섰다.

그녀의 손에는 작은 그릇이 들려 있었다.

그릇 속에는 향고유채(香菇油菜)가 소담스럽게 담겨 있었는데 향긋한

향이 사방으로 퍼져 나갔다.

향고유채는 표고버섯과 배추를 양념에 절인 요리였는데 버섯의 향과 야채의 부드러운 맛이 잘 어우러진 영춘객잔의 별미 중 하나였다.

이 노인에게 그릇을 넘겨주며 아연이 말했다.

"드셔보세요. 제가 직접 만든 요리예요. 드시고 평가해 주세요."

이 노인의 얼굴에 어울리지 않는 장난기가 스쳤다.

"나 혼자만 먹어?"

"네?"

그제야 우이에게 시선을 주는 그녀였다.

그녀가 장님이 아닌 다음에야 이 노인 옆에서 장작을 패던 우이를 못 봤을 리 없었겠지만 그녀는 그제야 그를 본다는 듯 속보이는 행동을 했다.

"이리 와서 같이 드세요."

그녀의 권유에 우이가 웃으며 대답했다.

"전 괜찮습니다."

그 말에 아연의 눈가에 실망의 빛이 살짝 스쳤다.

"양을 넉넉히 해서 같이 드셔도 되는데……."

"하하, 전 괜찮습니다. 영감님께 드리세요."

이 노인은 아연의 그런 모습에 웃음이 나오는 것을 억지로 참았다.

"아연아!"

"네?"

"나 먹으라고 가져온 거 확실하지?"

아연의 목소리가 기어들어 갔다.

"그럼요."

"혹시 독(毒)이라도 넣은 건 아니지? 너무 오랜만에 얻어먹는 네 음식이라서 무섭구나. 근데 이상타? 왜 안 하던 짓을 할까?"

아연이 딴청을 피웠지만 얼굴은 점점 붉어져 갔다.
"내 기분도 요렇게 요상스럽고… 먹으면 안 되는 걸 먹는 기분이야. 요놈의 버섯들이 주책맞은 영감탱이라고 욕하는 것 같구나."
이 노인이 입을 오물거리며 말하자 아연의 얼굴은 아예 홍당무로 변해 갔다.
"이보게, 자네 덕분에 내 배가 호강하네. 고맙네."
이 노인의 말에 아연이 '아니에요' 라는 전혀 신빙성없는 말만을 남긴 채 뒤도 돌아보지 않고 주방으로 내달렸다.
"녀석, 자네가 꽤 마음에 들었나 보네."
이 노인의 말에 우이가 멋쩍게 웃었다.
"그만 놀리세요."
"저 아이가 올해로 벌써 스물넷이구먼. 어서 좋은 남자 만나 시집가야 할 텐데……."
이 노인은 아연이 처음 이곳에서 일할 때부터 보아왔다.
그때만 해도 아직 어리게 느껴졌었는데 그녀의 나이가 벌써 저렇게 되었다.
고향에 있는 부모와 동생들 데려올 생각으로 혼인할 생각도 않고 주방에서 땀 흘리는 아연이 이 노인은 언제나 안쓰러웠다.
"자넨 왜 아직 성혼(成婚)하지 않았나?"
"어쩌다 보니 그렇게 되었습니다."
"고얀 일이야. 더 늦기 전에 가야지."
곰방대에 담뱃불을 붙이던 이 노인이 말했다.
이 노인의 긴 한숨이 연기와 함께 흩어졌다.
오래된 고독만이 품을 수 있는 슬픔이 노인에게서 느껴졌다.
늙는다는 것은 참으로 슬픈 일이다.

우이는 지난 십 년간 많은 노인들을 만날 수 있었다.

그들 중에는 절세의 무공을 가진 이도 있었고 만인지상(萬人之上)의 권력을 지닌 이도 있었다.

그러나 무림인이 노인이 된다는 것은 참으로 슬픈 일인 듯했다.

자신이 편하게 대한 배분(輩分)은 점점 사라지고 자그마한 실수조차 부담스러운 까마득한 후배들이 늘어간다는 것을 느낄 때쯤이면 그들은 이미 일선에서 밀려나 뒷방 아랫목이나 지켜야 할 늙다리가 되어 있는 것이다.

"자네도 더 늦기 전에 찾게. 뭐, 멀리서 안 찾아도 될 것 같지만서도……."

이 노인이 은근히 아연의 호감을 들먹이며 우이의 반응을 살피자 우이는 쑥스럽다는 듯 그저 웃기만 했다.

이 노인이 내민 버섯을 하나 집어 먹으며 우이는 잠시 생각에 잠겼다.

'혼인이라…….'

운명의 끌림인가, 인간의 선택일 뿐인가?

우이는 소향이 문득 떠올랐다.

어쨌든 아연의 향고유채는 생각보다 맛있었다.

그리고 영춘객잔에서의 첫 사고는 바로 그 다음날 일어났다.

눈물을 그렁그렁 매달고 아평이 달려온 것은 해가 아직도 중천에 떠 있는 미시(未時) 초였다.

"큰일 났어요! 혈랑조(血狼組) 사람들이……!"

우이가 달려나갔을 때는 이미 몇 개의 탁자가 부서진 이후였다.

몇 있던 손님들은 벌써 달아났고 그 한 옆으로 얼굴을 감싼 영춘이 쓰러져 있었다.

우선 우이는 영춘부터 부축해서 일으켰다.

이마가 찢겨져 피를 흘리고 있었지만 다행히 외상(外傷)일 뿐 머리는 다치지 않은 듯이 보였다.

소동의 주범은 붉은 경장으로 옷을 갖춰 입은 예닐곱 명 남짓의 사내들이었다.

그들은 전생에 네 발 달린 것들과 원수라도 진 사람들처럼 마구잡이로 탁자에 도끼질을 해대고 있었다.

우이는 일단 지켜보기만 했다.

붉은색 계통의 옷과 무거운 도(刀)와 부(斧)로 무장해 시각적으로 매우 난폭하고 위험해 보였지만 움직임으로 보아 체계적인 무공 수련을 하지 않은 자들이었다.

'이자들은 누군데 이런 짓을 저지르는 걸까?'

객잔 사람들은 모두 주방 앞쪽으로 피해 있었는데 모두들 분노에 찬 눈빛으로 그들의 행패를 지켜보고만 있었다.

아마 처음 겪는 일이 아닌 모양이었다.

"이봐, 영춘이, 내가 분명히 경고했었지?"

왼쪽 뺨에 기다란 칼자국의 사내가 개중 온전한 의자를 찾아 걸터앉으며 말했다.

이제 막 이십 대 중반을 갓 넘겼을 나이였는데 나오는 말은 환갑이 지나 있었다.

"오늘까지 분명히 돈 준비해 놓으라고. 그런데 내 말을 무시하고 그 더러운 까마귀 새끼들한테 홀라당 돈을 바쳐?"

'까마귀 새끼들? 누구를 말하는 걸까?'

"흑오파(黑烏派) 사람들이 자네들과 이야기가 끝났다고 했네."

힘겹게 영춘이 이야기를 꺼내자 그 말이 채 끝나기도 전에 사내는 앉아 있던 의자를 집어 던졌다.

의자는 벽에 부딪쳐 박살나 흩어졌다.

그래도 사내는 분이 풀리지 않는다는 듯이 주위를 둘러보더니 그나마 제대로 달려 있던 남은 문짝에 미친 듯이 도끼질과 발길질을 퍼부었다.

어찌나 그 기세가 흉흉한지 우이는 문득 칠 년 전에 만났던 염라부(閻羅斧) 마옥(麻鈺)이 생각났다. 그는 마교 내에서도 흉포하기로 그 첫 번째를 다투는 인물이었다.

칼자국사내의 광기(狂氣)가 마옥보다도 한 수 위가 아닐까 하는 생각이 들자 자신도 모르게 피식 웃음이 나왔다.

마교 서열 십위의 마옥이 이러한 자와 비교당하고 있다는 걸 알면 열 좀 받을 것이다.

"어? 웃어?"

'아차!'

마침 우이가 웃는 모습을 칼자국이 보았던 것이다.

사내의 표정이 싸늘하게 굳어졌다.

"네가 바로 그 얼뜨기 충삼이 대신 들어왔다는 놈이군."

그가 도끼를 위협적으로 흔들며 다가왔다.

"내가 우습냐?"

우이는 아무 말도 하지 않았으나 사내의 인상은 더욱 일그러졌다.

"오늘 아예 줄초상을 내주지."

사내는 허공을 향해 도끼를 붕붕 휘둘렀다.

우이는 무공을 사용해야 하나 하지 말아야 하나 고민스러웠다. 일단 되도록 무공은 사용하지 않을 작정이었는데 상황이 이렇게 되다 보니 그냥 넘어가기도 힘들었다.

놀란 영춘이 앞으로 나섰다.

"이보게, 자네가 참게. 이 사람이 아직 뭘 몰라서 그렇다네."

"영감은 좀 있다 죽여줄 테니 저리 비켜!"

영춘은 다시 칼자국에게 채여 바닥을 뒹굴었다.

쓰러진 영춘이 다시 애원했다.

"내 돈을 마련해 줄 테니 제발 이러지 말게."

'흥' 하는 콧소리와 함께 칼자국이 우이의 머리통을 단번에 쪼갤 듯한 기세로 도끼를 치켜들었다.

다른 사람이 보기에 우이는 모든 것을 체념한 사람처럼 보였지만 그때까지도 우이는 갈등하고 있었다.

무공을 사용해야 하나? 그럼 무림맹을 떠나온 게 아무 의미가 없다. 하지만 그냥 당하고 있을 수만도 없는 노릇이 아닌가?

그때였다.

"멈춰욧!"

아연이었다.

아연의 외침에 도끼질이 멈췄다.

그가 진짜로 우이의 머리를 쪼갤 생각이었는지 겁만 주려 했는지는 모를 일이지만 어쨌든 도끼는 우이의 머리통 위에서 딱 멈췄다.

그러자 칼자국사내는 '이건 또 뭐야?' 라는 표정으로 그녀를 바라보았다.

아연이 우이 쪽으로 달려왔다. 그리고는 두 팔을 벌려 우이를 막아섰다.

"넌 뭐야?"

사내의 말투는 험악했지만 이미 음흉한 미소가 얼굴 전체로 퍼지고 있었다.

"해치지 말아요!"

떨리는 목소리로 아연이 소리쳤다.

"오호? 용감한데?"

이제 도끼는 그녀의 머리 위에서 살랑살랑 춤을 췄다.
자그마한 아연의 등이 파르르 떨렸다.
등 뒤에 선 우이는 그녀의 떨림을 느낄 수 있었다.
반면 칼자국사내는 지금의 상황을 즐기려 하고 있었다.
"좋아좋아! 그럼 어떻게 해줄 건데?"
"…네?"
사내가 갑자기 아연의 뺨을 만지려 했다.
놀란 아연이 기겁하며 고개를 젖혔다.
사내는 여전히 이죽거리며 아연을 희롱하려 들었다.
그때 그에게 또 다른 놀잇감이 생겨났다.
"그만둬요!"
사내가 자꾸 아연을 건드리려고 하자 아평이 울면서 달려왔던 것이다.
그러나 달려오던 아평은 부서진 탁자에 걸려 넘어지고 말았다.
꽈당!
아평이 바닥을 굴렀다.
그 바람에 바닥에 흩어진 나뭇조각에 허벅지를 찔렸다.
허벅지에서 피가 솟구쳐 올랐다.
자신의 허벅지에서 흐르는 피를 보며 아평은 놀라 참았던 울음을 터뜨렸다.
그 모습에 사내들은 웃음을 터뜨렸다.
"아평!"
아연이 달려가려 했지만 칼자국사내가 아연의 팔목을 잡았다.
"넌 하던 얘기를 마저 해야지?"
그 모습에 아평이 이를 악물고 자리에서 일어났다.
온 바닥에 피를 질질 흘리며 결국 아연 앞에까지 와 막아선 아평의 얼굴은 눈물 콧물로 엉망이었고 무서움에 온몸을 덜덜 떨고 있었다.

그때 주방의 달호가 달려나왔다.

달호의 손에는 그가 보물처럼 여기는 요리용 식칼이 들려 있었다.

그러나 그의 손은 풍(風)이라도 맞은 것처럼 쉴 새 없이 떨리고 있었다.

쓰러져 있던 영춘도 부서진 탁자 다리를 들고 일어났다.

복대는 이빨까지 부딪치며 구석에서 오줌을 쌌다.

그 모습들을 보면서 칼자국사내를 비롯한 다른 사내들은 폭소를 터뜨렸다.

이 모든 것을 우이는 넋이 나간 사람처럼 보고만 있었다.

그리고 그 장면은 한 폭의 그림처럼 멈추었다.

우이의 가슴속에서 울컥 무엇인가가 솟구쳐 올랐다.

그것은 그들의 모습에 대한 감동이 아니었다.

자신을 위해 나서준 고마움도 아니었다.

사내놈들에 대한 분노도 아니었다.

꾸물꾸물 목구멍을 타고 올라오는 이질적인 감정.

그것은 바로 부끄러움이었다.

지금 이들은 목숨을 걸고 있다.

비록 이들은 마교 교주의 팔을 잘라낼 무공도, 사망칠살을 사망삼살로 만들 힘도 없었지만 자신의 삶과 자신의 사람들을 지키고자 온갖 힘을 다하고 있었던 것이다.

칼을 휘둘러 서로의 심장을 노리는 것만이 목숨을 거는 게 아니었다. 차라리 그까짓 것은 오히려 쉬웠다.

죽거나 혹은 죽이거나 둘 중 하나일 뿐이다.

죽을 각오를 한 사람은 쉽게 삶을 버릴 수도 있는 것이다.

그러나 이들은 죽기 싫지만 싸우고 있다.

죽기 싫지만 싸운다는 것!
 후들후들 떨리는 다리를 간신히 지탱하면서, 심장이 터질 것 같은 무서움을 간신히 참아가며 삶은 한바탕 칼부림 끝에 '크윽, 재수없군'이란 한마디 말을 남긴 채 죽어버려도 될 만큼 가벼운 것이 아니라는 생각……
 ─무공을 쓸 것인가 말아야 할 것인가?
 '이따위 생각이나 하고 있었다니…….'
 ─내 무공을 숨겨야 이들과 잘 어울릴 수 있을 거야.
 '내게 그깟 서푼어치 무공이 있다고 난 이들보다 뛰어나다고 생각하고 있었던 것인가?
 ─난 선택할 자유가 있는 존재라고 생각했던 것인가?
 '현실을 도피한 것 같아 괴롭다란 것도 혹시 가식이고 위선이 아닐까?'
 '나는 도대체 어떻게 살아온 것일까?
 갑자기 우이의 눈앞이 흐려졌다.
 눈물이 흐르기 시작한 것이다.
 도대체 얼마 만에 흘려보는 눈물인가?
 어머니가 돌아가셨을 때 흘린 눈물이 인생의 마지막 눈물이 될 것이라고 다짐했었다.
 찰나와 억겁이 교차했고 우이의 의식 속에서 멈췄던 시간이 흘러내리는 눈물을 따라 다시 흘러가기 시작했다.
 칼자국은 우이가 눈물을 흘리는 것을 보고 들고 있던 도끼를 옆으로 내려놓았다.
 그리고 도저히 못 참겠다는 듯 양손으로 아랫배를 부여잡고 목젖이 찢어지도록 웃기 시작했다.
 "이것들이 단체로 뭐 하는 거냐? 사내새끼가 울기까지 하네? 크하하! 아예 연희(演戱)단을 차려라."

사내들도 모두 따라 웃기 시작했다.

사내들의 웃음소리는 쉽게 그치지 않았다.

우이는 아예 바닥에 주저앉아 목소리를 높여 울기 시작했다.

모두의 시선이 우이에게로 모아졌다.

일촉즉발의 분위기는 이상하게 흘러갔다.

듣고 있자니 우이의 울음은 너무도 구슬펐다.

'진짜 울음이란 저런 것이구나' 라는 생각이 들 정도였다.

사내들은 모두 웃음을 멈추었다.

칼자국사내는 이미 모든 흥미를 잃었고 더 있다가는 기분이 더러워질 것 같다는 생각이 들었다.

"미친놈들! 어이, 영감! 며칠 후에 다시 올 테니 그때까지 돈 준비해 둬."

칼자국사내는 가래침을 시원하게 뱉고는 사내들을 이끌고 나가 버렸다.

그제야 긴장이 풀린 객잔 사람들은 모두 주저앉았다.

그래도 우이는 눈물을 그치지 않았다.

바깥에서 구경하던 사람들은 우이가 울고 있는 것을 보고는 수군거리며 손가락질을 했다. 영춘이 나가 사람들을 쫓았다.

뒤늦게 나온 이 노인이 말없이 아평의 다리에 붕대를 감았다.

달호는 오줌까지 싸고 구석에서 벌벌 떨고 있는 복대를 뒤쪽 별채로 데려갔다.

그 와중에도 여전히 우이는 울고 있었다.

그런 그에게 아연이 다가갔다.

그리고 그녀는 마치 젖을 달라고 보채는 아이를 달래듯이 포근하게 우이를 감싸 안았다.

그런 아연의 품에서 우이는 눈물이 마르고 마를 때까지 울었다.

❺ 기습

기습(1)

철무가 신임 맹주를 만난 것은 그가 낙양을 출발한 지 열흘이 지난 일월(一月) 이십이일(二十二日) 정주(鄭州)의 한 장원에서였다.

신진회(新進會)의 젊은 고수들에게 둘러싸여 이곳까지 온 맹주의 안전은 이제부터 무림맹 현무단의 책임이 된 것이다.

철무는 신임 맹주인 구양 대협과의 첫 대면에 자신과는 어울리지 않게 긴장이라는 것을 하고 있었다.

책임감 강한 철무였기에 더욱 그러했을지도 모를 일이었다. 어쨌든 철무로서는 역사적인 첫 만남이 이루어졌다.

객청에 매화조 대원들이 양 옆으로 시립(侍立)한 가운데 구양 대협이 아내와 딸을 데리고 들어섰다.

구양 대협은 편안한 미소를 지으며 걸어 들어왔다.

그야말로 평범한 생김새로 마치 저잣거리에서 하루에 서너 번은 부딪칠 것 같은 그런 인상이었다. 평범함이 지나쳐 비범해 보인다고나 할까?

"먼 길 오시느라 수고가 많았네. 앞으로 잘 부탁하네."

"앞으로 맹주님을 모시게 될 철무입니다."

철무라는 말에 맹주의 부인이 반응을 보였다.

"아, 사람의 심장이되 철의 담력을 지니셨다는 바로 그 철 대협이시군요. 쟁쟁하신 명성, 귀가 아플 정도로 들었지요. 앞으로 잘 부탁드려요."

인심철담(人心鐵膽)이라는 철무의 별호를 그녀는 알고 있었다.

여인의 몸으로 어찌 철무의 별호까지 알고 있을까 하는 의문이 들 수도 있겠지만 여기에는 그럴 만한 이유가 있었다.

그녀가 바로 이십 년 전 강남일미(江南一美)라 불리던 난화부인(蘭花婦人)이었던 것이다.

당시의 난화부인은 뛰어난 미모뿐만이 아니라 시(詩)와 음률(音律)에도 조예가 깊어 강남 일대 모든 젊은이들의 우상이었다.

그런 그녀가 당시 청년 문사로 아직 그 재능을 인정받지 못하고 있던 구양호와 혼인하겠다고 발표했을 때 주위의 많은 이들이 만류했었다.

그러나 그녀는 자신의 고집을 꺾지 않았다. 결국 당시로써는 아무것도 가진 것 없고 변변히 내세울 만한 것 하나 없던 구양호와 맺어지게 되었다.

수많은 젊은이들의 탄식과 함께 모두들 난화부인의 잘못된 선택에 대해 말들이 많았지만 결국 그녀의 선견지명은 이십 년이 지나서야 이렇게 발휘되고 있는 것이었다.

남자의 숨겨진 능력을 발견해 낸 그녀의 선택은 탁월했지만 세월의 흐름은 막지 못했나 보다.

화무십일홍(花無十日紅)이라 했던가?

젊은 시절의 그 아름답던 모습은 사라지고 이제 그녀는 마음씨 좋고 후덕한 인상의 중년 부인이 되어 있었다.

그녀의 말에 철무는 고개를 숙여 예를 취했다. 자신을 기억해 주는 그녀가 고맙기도 했고 이제 강호를 이끌 사람의 안주인이기도 했다.

"전 연화(蓮花)입니다."

부드러운 목소리로 연화가 가볍게 인사를 했다.

철무는 그녀의 모습에서 그녀의 전신을 억누르고 있는 알 수 없는 병세(病勢)를 느꼈다.

'병을 앓고 있는가?'

그녀는 살짝만 건드려도 툭 꺾일 것 같은 위태로운 아름다움의 소유자였다. 그게 그녀를 더욱 신비스럽게 만들고 있었다.

"여기까지 오느라 고생하셨습니다. 이제부터 저희가 편안하게 모시겠습니다."

철무의 시원스런 말에 구양호가 기분 좋은 웃음으로 말했다.

"앞으로 잘 부탁하네. 참, 그리고 소개를 해야 할 사람이 더 있다네."

구양호의 말이 끝나자 밖에서 대기하고 있던 두 사람이 들어왔다.

노인과 중년 여인이었다.

"오랫동안 우리 집안일을 돌봐주던 사람들이네. 두세 사람 정도는 괜찮다고 들었네만……"

구양호의 말은 신임 맹주에 대한 몇 가지 제약 사항에 대한 것이었다.

맹주는 무림맹 내에 마련된 거처에서 기거하게 되는데 직계 가족 이외의 사람들은 함께 들어갈 수 없다는 규정이 있었다.

그러나 현실적으로 그것은 지켜지기 어려운 규정인지라 몇몇의 가까운 종복들에 한해서는 허용해 주고 있는 실정이었다.

"네, 괜찮습니다."

노인의 그냥 염노(焱老)라고 불리었는데 그와 잠시 시선이 마주친 철무는 가슴이 화끈거리며 뜨거워지는 것을 느꼈다. 그 느낌은 순식간에 사라졌고 노인의 시선은 다른 곳에 가 있었다.

철무는 노인이 혹시 양강(陽剛) 계열의 무공을 익힌 고수(高手)가 아닐까 유심히 살펴보았지만 노인의 눈에서는 다시 그러한 기운을 찾아낼 수 없었다.

중년 여인은 연화의 유모(乳母)였던 심씨(沈氏)였다.

연화에게는 제이의 부모와도 같은 존재여서인지 그녀는 종복(從僕)이라는 느낌보다는 가족이라는 느낌을 강하게 주었다.

"내일 아침 일찍 출발하겠습니다. 먼 길 오느라 수고하셨겠지만 며칠만 더 참아주십시오."

믿음직한 철무의 말에 맹주와 가족들은 미소로써 답해주었다.

이제 무사히 돌아가는 일만 남았다.

동이 틀 무렵 무림맹 정주지단에서 보내온 특수 마차가 도착했다.

철마차(鐵馬車)라고 불리는, 무림맹주를 위해 특별히 제작된 마차였다.

일단 마차의 몸체는 바로 묘강 땅에서만 자란다는 철단목(鐵檀木)으로 제작되어 있었다.

철단목은 그 이름처럼 단단하기가 강철에 비유될 만큼 단단한 나무였다. 따라서 보통의 도검으로는 상처 하나 낼 수 없었다.

거기다가 화공에 대비해서 그 철단목 위에 특수한 약재를 발라 쉽게 불이 붙지 않도록 되어 있었다.

마차를 끄는 말들은 마중지왕(馬中之王)이라 불리는 몽고의 한혈마였다.

보통 일반 말의 한 배 반은 되어 보이는 큰 키에 갈기에는 잡털 하나 없었다. 보통 말에 비해 속도나 지구력 면에서도 월등히 뛰어난 말이 바로 이 한혈마였다.

철마차는 이런 한혈마 네 마리가 끌었는데, 말들의 좌우로 보호대를 대어 혹시 암습을 받았을 때 말이 부상당하는 것을 방지했다. 강호에서 가장 뛰어나고 안전한 마차가 바로 이 철마차인 것이다.

평소 화려하고 사치스러운 것을 싫어하는 구양호조차 그 위용에 은근히 감탄하는 기색이었다.

이번 맹주 호위에 동원된 인원은 모두 스물다섯 명. 현무단 전체 인원이 마흔 명이니까 훈련에 동원된 인원을 제외하고 거의 모든 대원들이 투입된 것이다.

그들의 기본 체계는 간단했다.

단주인 혁월 아래 세 명의 조장이 있었다.

우이와 소향, 철무가 바로 그들이었다. 다시 그들 아래로 매화조(梅花組)와 국화조(菊花組) 두 개 조가 있었는데 들어온 지 삼 년이 지나면 국화조에서 매화조로 승격되었다.

이번에 들어온 신입 대원들이 훈련을 마치면 국화조원으로 배치받게 되는 것이다.

이번에 투입된 스물다섯 명은 전원 매화조원들이었다.

게다가 그들 중에는 호위 무사가 된 지 칠 년 이상 된 노련한 이들도 꽤 있었다.

그들의 무공은 철무에 비해 다소 떨어졌지만 풍부한 경험만큼은 조장인 철무에게 뒤지지 않았다.

그런 그들이 있기에 철무는 마음이 놓였다.

이들이라면 웬만한 중소 문파와 전쟁을 벌인다고 해도 자신있었던 것이다.

어슴푸레 여명이 밝아오기 시작하자 일행들은 서둘러 출발했다. 굳이 감추고 이동할 필요가 없었지만 그렇다고 드러내 놓고 움직이는 것 또한 좋지 않았다.

쉬지 않고 달리던 마차는 정주를 막 벗어난 고갯마루에서 잠시 멈췄다.

장시간 마차를 탄 적이 없는 연화가 무리한 여정을 감당해 내지 못해 난화부인이 철무에게 잠시 쉬어갈 것을 요구했기 때문이다.

바위에 걸터앉아 유모와 이야기를 나누는 연화는 마치 한 폭의 수채화 속 여인같이 느껴졌다.

제갈혜가 이목구비가 또렷한 절대적인 미를 가지고 있다면 연화는 안개에 싸인 것처럼 흐릿했다. 보고 또 봐도 자꾸 잊어버릴 것 같은, 그래서 자꾸 사람의 시선을 끄는 그러한 매력을 지녔다.

철담(鐵膽)이라 불리는 철무의 간이 떨어질 듯 놀라게 만든 화살비가 쏟아진 것은 바로 그때였다.

*　　　*　　　*

마교 교주가 무림맹주에게 최후의 장력을 날렸다.

그것은 피할 수 없는 일격이었고 무림맹주는 최악의 위기를 맞이하게 되었다.

바야흐로 마교 천하의 세상이 펼쳐지려는 순간이었다.

바로 그때였다.

어디선가 나타난 사내가 몸을 날려 그 장력을 대신 맞았다.

바로 담린이었다.

붉은 피를 토하며 쓰러지는 담린.

그 틈을 타 마지막 힘까지 짜낸 맹주의 검이 날아가고 마교 교주는 결국 죽음을 맞이한다.

그리고 담린은 정사대전의 가장 큰 영웅이 된다.

이것이 바로 담린이 설계해 둔 미래의 꿈이었다.

만약 이렇게만 된다면 담린은 정말 죽어도 좋을 것 같았다.

그러나 온갖 벌레와 거머리들이 득실대는 진흙탕에 빠져 죽음을 맞는다면?

그건 정말로 원하지 않는 죽음이었다.

하지만 담린은 지금 딱 그 상황 속에서 죽기 직전이었다.

'그만' 이라는 소향의 외침이 있지 않았다면 말이다.

"푸핫!"

진흙탕 속에서 일곱 개의 머리통이 일제히 고개를 내밀었다. 그리고 모두들 곧 숨이 넘어갈 듯이 일제히 헐떡이기 시작했고 종내는 가까스로 숨을 쉬기 시작했다.

죽기 직전의 상황은 담린의 경우만이 아닌 모양이었다.

"일각(一刻) 동안 휴식!"

소향의 말이 끝나기가 무섭게 모두들 진흙 구덩이를 기어 나와 바닥에 드러누웠다.

남궁소천만이 바닥에 누워 있는 것이 마치 부끄러운 일이라도 되는 듯 억지로 몸을 일으켜 세웠다.

신입 대원들의 훈련이 본격적으로 시작되자 소향은 마치 소림 목인방(少林木人房)의 나무 인형처럼 변해 버렸다.

정해진 길을 따라 한 치의 오차도 없이 움직이는 기계처럼 소향은 묵묵히 후배들의 교육에 전념하고 있었다.

실전 훈련 중 가장 어려운 것이 바로 살수(殺手)가 되는 훈련이었다.

뛰어난 무공은 좋은 호위 무사의 충분 조건이지 필수 조건은 아니었다. 중요한 것은 바로 살수를 가장 잘 이해하는 것이었다.

살수는 상식을 뛰어넘는 존재다.

그들은 인내력의 한계를 극복함으로써 상대의 무공 수위를 뛰어넘는다. 그리고 가장 작은 틈 사이로 칼을 밀어넣는다.

그런 살수를 막아내기 위한 방법으로 무림맹 현무단의 이 살수 훈련은 실제 살수들이 받는 훈련과 거의 같았다.

조금은 비상식적인 방법이었지만 살수 훈련을 받다 보면 분명 그들을 더 이해할 수 있으리라.

아직까지 모두들 훌륭히 견뎌내고 있었다.

작은 일에도 금방 눈물을 흘리던 냉하연조차 이를 악물고 버티고 있었다.

그런 그녀의 모습은 모두에게 용기를 주었다.

"살수들이 너무 불쌍해."

자신은 농담으로 한 말이었겠지만 전혀 농담처럼 들리지 않는 하윤덕의 말이었다.

적어도 지금 이 순간만큼은 모두들 그의 의견에 동감하고 있었다.

일류살수 는 똥 통 속에 몸을 담근 채 자신이 기다리는 엉덩이가 바지를 깔 때까지 며칠이든지 기다린다고 했다.

그 순간이 올 때까지 그의 세계는 바로 그곳이다.

그는 냄새 나고 더러운 그곳을 완벽하게 자신의 세계로 변화시킬 수 있는 능력을 가지고 있는 것이다. 그리고 그 능력을 위해서는 없어서는 안 될 한 가지가 있었다.

그건 바로 인내력이었다.

그것은 단순히 고통을 참는 것과는 또 다른 끈끈한 생명력을 가진 인내력이었다.

'우리는 이제 그런 놈들을 상대해야 한다.'

담린의 두 주먹이 불끈 쥐어졌다.

그러다 문득 제갈혜를 쳐다보았다.

그냥 쳐다보는 것이었지만 훔쳐본다는 생각이 들어 마음이 아픈 담린이었다.

얼굴에 묻은 진흙도 그녀의 아름다움을 가리진 못했다. 오히려 진흙탕에 묻힌 진주를 보는 듯 그녀는 더욱 빛나고 있었다.

제갈혜와 동료가 된 것은 정말로 행운이었다.

모두들 이 고통을 참고자 하는 제각각의 이유들이 있겠지만 담린에게는 제갈혜라는 존재가 가장 큰 이유로 자라나고 있었다.

'언젠가 그녀도 혼인을 하겠지? 제갈가라면 다른 사대 세가(世家) 중 한 곳과 정략 혼인을 하게 될지도 모르지.'

이번에는 힐끔 남궁소천을 쳐다보았다.

그와 혼인하게 될지도 모른다는 생각이 들었다.

가슴이 답답해져 왔다.

그러나 분명 그에게도 어떤 기회가 찾아올 것이다.

담린은 그것을 믿고 싶었다.

담린이 제갈혜를 보며 먼 훗날을 그려보고 있을 때 냉하연은 심한진의 얼굴에 묻은 진흙을 보며 엉뚱한 생각을 하고 있었다.

품속에 곱게 접어 넣어둔 손수건은 다행히 더럽혀지지 않았고 그것으로 심한진의 얼굴에 묻은 진흙을 닦아주고 싶다는 생각을 하고 있었던 것이다.

물론 실현 불가능한 냉하연의 마음속 상상이었지만 그녀의 손은 계속 손수건을 만지작거리고 있었다.

그때 하윤덕이 불쑥 진흙투성이의 얼굴을 그녀에게 내밀어 놀란 손수건은 다시 그녀의 품속 깊은 곳으로 달아나 버렸다.

하윤덕은 그런 그녀의 마음을 아는지 모르는지 넉살 좋게 그녀에게 장난을 쳤고 냉하연은 한숨만 내쉬었다.

사실 하윤덕은 냉하연이 심한진을 좋아한다는 것을 눈치 채고 있었다.

그가 그녀의 감정을 눈치 챌 수 있었던 이유는 눈치가 빠르다거나 사람의 마음을 읽을 수 있는 능력을 가지고 있어서가 아니었다.

그의 시선이 언제나 냉하연을 향하고 있었기 때문이다.

그러나 냉하연의 눈은 언제나 다른 곳을 보고 있었기에 그것을 깨닫지 못하는 것뿐이었다.

냉하연의 한숨이 늘어갈 때마다 하윤덕의 한숨도 늘어갔다.

이번 살수 훈련에 가장 열심인 사람은 단연 심한진이었다.

심한진은 이 훈련이 마치 절세비급(絶世秘笈)을 익히는 과정이라도 되는 것처럼 무서운 집중력을 보이며 훈련에 임하고 있었다.

살수 훈련에 온갖 열성을 다 쏟는 그의 모습에 담린은 객잔에서 그에게 들은 말들이 내내 마음에 걸렸다.

"난 살수들이 미워."
"이곳이라면 살수들을 많이 만날 수 있다고 생각했네."

혹시 지금 호위 무사의 껍데기를 뒤집어쓴 살인마가 하나 탄생하고 있는 게 아닌가 하는 생각이 들었다.

휴식으로 주어진 일각이 훨씬 지났건만 소향은 말없이 먼 산만 바라보고 있었다.

'나쁜 자식……'

그녀에게 우이는 벌써 나쁜 자식으로 격하(格下)되어 있었고 조만간 돌아오지 않는다면 '죽일 놈'으로 한 단계 더 내려가게 될 것이 분명했다.

그녀의 눈에 눈물이 고였다. 이제 그녀의 나이 스물여섯. 여자로서 좋은 나이는 이미 다 지나간 셈이다.

그녀의 파릇파릇하던 청춘은 우이를 사모(思慕)하며 몽땅 보냈다.

그러나 그는 한마디 말도 없이 떠나 버리고 말았다.

어쩌면 그녀는 그가 떠나간 것보다 말없이 떠난 것에 대해 더 섭섭해하고 있을지도 몰랐다.

힘든 일이 생겼을 때 그것을 극복하는 방법은 또 다른 일에 몰두하는 것이리라.

소향이 다시 신입 대원들을 지옥(地獄)으로 몰아넣기 위해 일어났을 때 천당(天堂)의 구원자가 하늘에서 내려왔다. 그것은 비둘기의 모습을 하고서 곧장 소향의 팔뚝 위로 내려앉았는데 바로 맹에서 날아온 긴급 전서구(傳書鳩)였다.

전서(傳書)를 읽어 내려가는 소향의 표정이 굳어졌다.

"지금 당장 출발한다!"

기습(2)

"젠장!"

좌측에서 그를 찔러오던 복면인의 가슴에 주먹을 찔러 넣으며 철무가 짧게 외쳤다.

갈비뼈가 부러져 심장을 찔렀음에도 복면인은 한마디 비명도 없이 쓰러졌다.

전문 살수(專門殺手)들이었다. 그것도 일급 살수들이었다.

상황은 좋지 못했다.

처음의 기습 공격으로 둘이 죽고 여섯이 부상을 당했다. 단 한 번의 공격으로 전체 인원의 삼 할(三割)이 손상을 입은 것이다.

그들의 무공이라면 화살은 큰 위협이 되지 않았다.

그럼에도 불구하고 이렇게 큰 피해를 입게 된 것은 그들에게 날아온 화살이 보통 화살이 아니었기 때문이다.

바로 철마궁(鐵魔弓)에서 발사된 강철 쇠뇌였던 것이다.

철마궁은 전쟁에서 두터운 갑옷을 입은 적을 제압하기 위해 특별히 제작된 강철 석궁으로 주로 관병(官兵)들이 사용하는 무기였다. 일반인들에게는 국법(國法)으로 사용이 금지된 금용 무기(禁用武器)를 이들은 거리낌없이 사용했던 것이다.

그 첫 기습 이후 그들은 일언반구없이 공격을 시작했고 지금과 같은 혼전(混戰)이 벌어지게 된 것이다.

그나마 다행인 것은 맹주와 그 가족들이 무사하다는 것이었다. 그들은 모두 마차 안으로 무사히 피신했다.

애초부터 맹주나 가족들을 노렸다면 그들 중 누군가는 큰 사고를 당했을 것이라는 생각이 들었다.

하지만 그들은 그러지 않았다. 쇠뇌는 분명 호위 무사들만을 노리고 날아들었던 것이다.

이해할 수 없는 일이었지만 철무는 더 이상 깊이 생각할 수가 없었다.

철무는 지금 자신에게 화를 내기에도 바빴던 것이다.

그는 분명 방심하고 있었다.

설마 신임 무림맹주를 암습하려는 자들이 있으리라곤 상상도 하지 않았다. 게다가 이런 대낮에 전면전을 펼치며 공격해 올 줄이야!

철무는 끓어오르는 화를 풀기라도 하듯 다시 한 명의 복면인의 목을 비틀어 내던졌다.

역시 한마디 비명조차 없었다.

그 어떤 원망도 없는, 죽음에 대한 한 점의 슬픔도 없는 투명한 눈빛.

죽어가는 자의 눈에서 그러한 것을 읽는다는 것은 정말 끔찍한 일이 아닐 수 없었다.

철무는 마음을 가라앉히며 주위를 살폈다.

복면인들의 숫자는 대략 삼십여 명이었다.

다행히 무공은 이쪽과 거의 동수(同手)를 이루는 정도였기에 일방적으로 밀리지는 않고 있었다.

이런 경우를 대비해서 집단적으로 적을 상대하는 법을 배웠기 때문이다.

그것은 진법을 변형한 일종의 합격술이었는데 매화조 무사들은 주로 방어에 유용한 전술을 집중적으로 배웠다.

부상자들은 마차의 후방 쪽에 있었고 나머지 인원들은 마차를 중심으로 타원형을 만들어 방어하고 있었다.

하지만 이미 수적으로 조금씩 밀리기 시작했으며 시간을 끌수록 불리해지는 것은 이쪽이었다.

그러나 정작 철무의 신경을 거스르는 것은 바로 그들의 우두머리로 보이는 홍포인(紅布人)이었다.

그는 봄날 꽃 구경이라도 나온 사람마냥 느긋한 표정으로 주위를 돌아보고 있었는데 철무와 눈이 마주치자 하얀 이를 드러내며 웃어 보이기까지 했다.

'좋지 않아.'

철무는 입술을 지그시 깨물었다.

이런 상황에서의 여유란 자신감을 말하는 것이었다.

그것은 상대의 기를 죽이기에 충분했다.

평소라면 같이 호탕하게 웃어줬을 철무였지만 지금은 그러지 못했다.

그가 처음 맡은 가장 큰 임무였다.

철무는 판단을 내려야 했다.

일부는 남아서 저들을 막고 일부는 마차를 몰아 이곳을 벗어나는 방법을 선택해야 할지도 몰랐다.

그렇게 된다면 남은 이들은 모두 죽게 될 것이다.

결사적으로 추격을 저지해야 할 몫으로 남는 것이니까.

―누가 남고 누가 떠나야 하는가?

그 말은 곧 '누가 살고 누가 죽어야 하는가' 라는 뜻과도 같았다. 그러나 문제는 그것만이 아니었다.

'만약 저들이 이곳 말고도 또 다른 함정을 파놓았다면?'

문제는 바로 이것이었다.

그렇게 되면 오히려 이쪽의 전력은 분산되고 결국 각개격파(各個擊破) 당하는 꼴이 되고 만다.

'우이 형이라면 이런 경우 어떻게 대처했을까?'

이 급박한 상황에 철무는 우이가 떠올랐다.

과거 그 숱한 위기 때마다 우이 역시 어떠한 결정들을 내렸을 것이다.

명령을 받기만 할 때는 몰랐던 판단과 선택이라는 커다란 부담감이 철무의 가슴을 짓눌렀다.

"크억!"

비명 소리와 함께 또 한 명의 매화조 무사가 쓰러졌다.

만삭의 아내를 둔 맹달이었다.

다음달에 아비가 되는, 그래서 입만 열면 자식을 낳아야 남자는 진정 어른이 된다며 이 달 내내 노총각 동료들의 귀를 괴롭히던 그였다. 저렇게 허무하게 쓰러져서는 안 될 그였지만 그는 단 한 마디 비명만을 남겼다.

그 틈을 이용해 두 명의 복면인들이 방어진을 뚫고 마차를 향해 돌진했다.

놀란 철무가 그쪽을 향해 신형을 날렸지만 이미 그들은 마차 위로 몸을 날리고 있었다.

그리고 그 순간 마차 창문 틈으로 검을 찔러 넣으려던 복면인이 '펑' 하는 소리와 함께 튕겨져 나왔다.

쓰러진 복면인의 가슴에 시커멓게 탄 자국이 보였다.

염노(焱老)였다.

과연 철무의 느낌대로 그는 열화장(熱火掌)의 고수였다.

곧 이어 달려들던 또 다른 복면인의 심장을 태워 버린 그는 마차 앞에서 한 발자국도 움직이지 않았다.

오로지 마차에 접근하는 자들만 상대하겠다는 듯 보였다.

홍포인은 염노의 출현을 미처 예상하지 못했다는 표정이 되었다.

철무는 이 뜻밖의 변수에 희망을 걸었다.

염노는 이 싸움에 적극적으로 참여할 뜻은 없어 보였지만 적어도 마차에 접근하는 적만큼은 막겠다는 뜻을 보였다.

그것은 곧 철무의 두 손이 자유로워졌다는 의미이기도 했다.

'그렇다면?'

철무는 주저하지 않고 홍포인을 향해 몸을 날렸다.

불길한 예감은 언제나 정확하다고 했던가?

홍포인의 여유는 과연 실력에서 나오는 것이었고 불행히도 그 실력은 철무보다 한 수 위였다.

철무는 소림의 속가(俗家) 출신.

그는 소림오권(少林五拳)을 전수받았는데 그중 힘을 중시하는 표권(豹拳)의 고수였다.

소림오권은 다섯 동물, 즉 용(龍), 호랑이[虎], 표범[豹], 뱀[蛇], 학(鶴)의 동작을 바탕으로 만들어진 무공이었다.

나한권(羅漢拳)이나 백보신권(百步神拳), 금강복마권(金剛伏魔拳) 등에 밀려 널리 알려져 있지는 않았지만 소림오권에는 소림 권법의 오묘함이 숨어 있었다.

홍포인 역시 권각술로 맞섰는데 힘을 중심으로 하는 철무의 무공에 반해 홍포인은 기(氣)를 중시하는 심의권(心意拳)을 사용했다.

그러나 제아무리 소림의 권법이라고 해도 싸움의 승패는 결국 무공을 사용하는 이의 기량에 달린 문제였다.

철무의 공격은 번번이 빗나갔고 홍포인은 여유롭게 철무를 상대했다.

시간을 더 끌어서는 안 된다는 초조함이 철무의 손발을 더욱 어지럽게 만들어 결국 홍포인에게 가슴을 내주고 말았던 것이다.

펑!

홍포인의 장력이 정확하게 그의 가슴에 적중하자 철무는 단말마의 비명과 함께 바닥을 뒹굴었다.

그 한 번의 공격에 강철과 같이 단단했던 철무의 몸이 부서졌다.

그나마 나한기공(羅漢氣功)이 철무의 오장육부를 지켜주지 않았다면 그 자리에서 절명하고 말았을 위력이었다.

철무는 고통을 참으며 일어서려고 버둥거렸지만 이미 몸은 철무의 의지력에서 벗어나 있었다.

"크윽!"

철무의 비명 소리는 남은 매화조원들의 귀에 똑똑히 들렸다.

그러나 그들 중 누구도 철무를 도와주러 갈 수 없었다. 악착같이 덤벼드는 복면인들의 공세는 그것을 허용하지 않았던 것이다.

홍포인은 여유롭게 철무에게 다가섰다.

철무는 죽는다는 두려움보다는 이번 임무를 실패하게 되는 것이 더 안타까웠다. 자신이 처음으로 맡은 가장 큰 임무였다.

철무의 시선이 염노와 마주쳤다.

그는 철무의 위기를 보면서도 마차 앞을 떠나지 않았다.

처음부터 염노가 철무를 도와 홍포인을 상대했더라면 상황은 달라졌을지도 몰랐다.
　하지만 염노는 움직이지 않았다.
　자신이 자리를 비운 사이 마차로 달려들지도 모를 흑의인들 때문일 것이다.
　혼전 속에 생겨날 수 있는 위험!
　그는 혹시 있을지 모를 단 하나의 허점도 결코 허용하지 않겠다는 의지를 내보이고 있는 것이었다.
　어떻게 보면 어리석은 고집이기도 했다.
　결국 철무가 죽고 난 다음의 대상은 누구겠는가?
　그러나 철무는 그런 염노를 이해할 수 있을 것 같았다. 어차피 자신의 주인을 위한 마음이었다.
　염노가 안타까운 표정으로 철무를 바라보았다.
　그의 타오르는 듯한 눈빛 속에는 미안함이 담겨 있었다.
　철무는 그를 향해 살짝 고개를 끄덕여 주었다.
　'뒷일은… 살아남은 자의 몫이겠지.'
　홍포인은 자신을 향해 천천히 걸어오고 있었다.
　마지막 일격을 날리기 위함이었다.
　철무는 죽기 직전에 어떤 생각이 들까 항상 궁금했었다.
　막상 그 상황이 되고 보니 오히려 평소보다 담담해졌다.
　문득 죽음의 고비를 넘긴 사람들이 술자리에서 떠들어대던 경험담이 생각났다.
　살아생전의 모습들이 한순간에 스쳐 지나간다고 했던가?
　'나쁜 사람들 같으니라구. 다 거짓말이었군.'
　홍포인이 자신을 내려다보고 웃었다.
　철무도 그를 향해 웃어주었다. 그것은 무인으로서 철무의 마지막 자존심이었다.
 홍포인의 손이 서서히 들렸다.
 그리고 철무에게 마지막 공격을 가하려던 그 순간 몇 줄기의 빛이 홍포인을 향해 날아들었다.
 슈우우우!
 홍포인의 눈이 크게 치켜떠졌다.
 철무는 그 빛줄기가 참으로 아름답다는 생각을 했다.
 다시 살아날 기회가 있다면 자신이 죽기 직전에 보았던 아름다운 빛무리에 대해 이야기해 줄 텐데…….
 순간 철무에게로 향하던 장력(掌力)은 방향을 바꾸었고 덕분에 철무는 날아온 것이 무엇인지 확인할 수가 있었다.
 그것은 몇 자루의 비수였다.
 비수 손잡이에 제각각 그려진 십이지(十二支)의 동물들.
 그 열두 자루의 비수를 사용하는 강호의 단 한 사람.
 비수에 새겨진 원숭이와 돼지가 자신을 향해 웃고 있다는 생각이 들면서 철무는 서서히 의식을 잃었다.

 "고마웠소, 누님."
 눈을 뜨자마자 철무가 말했다.
 "술 사."
 소향의 짤막한 대답에 철무는 피식 웃지 않을 수 없었다.
 몸을 일으켜 세우려던 철무가 비명을 내질렀다.
 "크윽!"
 "움직이면 안 돼. 늑골(肋骨)이 다섯 대나 나갔어."
 "젠장!"

"네놈 뼈다귀도 부서지긴 하는구나."

소향의 말에 철무가 걱정스럽게 물었다.

"애들은요?"

"여섯이 죽고 일곱이 다쳤다."

"……."

철무의 두 눈에 눈물이 맺혔다.

자신이 죽기 직전에도 보이지 않던 눈물이다.

"…모두 나 때문이유. 더 조심했어야 했는데…….."

침울한 철무의 말에 소향이 가볍게 그의 어깨를 두드리며 말했다.

"작정하고 덤볐던 놈들이야. 잊어버려."

"그놈들은?"

"놓쳤다. 추격할 상황이 아니었어. 미안해."

그랬을 것이다.

호위 무사는 호위 대상이 생존해 있을 시 절대 적을 추격하지 못하도록 되어 있다. 그 어떠한 것보다도 호위 임무가 최우선이었다.

"대신 위쪽 분위기를 보니까 대충 어떤 놈들 짓인지 아는 눈치더라."

"그래요?"

철무가 어금니를 꽉 깨물었다.

"근데 어떻게 알고 왔어요?"

"맹에서 훈련장으로 연락이 왔어."

"조금만 늦게 왔어도 영영 누님 못 볼 뻔했수."

"가는 길에 술 생각이 간절했었는데 한잔하고 갈 걸 후회가 돼."

철무는 그녀가 단 한 순간도 쉬지 않고 달려왔을 거라는 것을 잘 알고 있었다. 자신이라도 그랬을 것이다.

"신입 대원들은 바로 국화조에 배치하라는 명령이야. 모자란 훈련은 실전에서 보충해야지. 뭐, 결국 전원 합격인 셈이지."

"걔네들은 다친 애들 없소?"

철무가 걱정스럽게 물었다.

"우리가 도착하자 놈들이 바로 빠졌어."

"이상한 놈들이었소."

"뭐가?"

"그놈들이 어쩐지 시간을 끌었다는 기분이었소. 마치 누님이 올 때까지 시간을 끌고 있었다는 느낌이랄까?"

"설마?"

"그러니 이상하다고 하는 거유."

"어쨌든 일단 이번 사건은 청룡단 쪽으로 넘어갔다. 아마 그들이 조사하고 추격하겠지."

"젠장!"

다시 한 번 철무의 인상이 일그러졌다. 이번에는 복수조차 제 손으로 할 수 없는 호위 무사의 신세에 대한 분노였다.

"맹주님은 당분간 내가 책임질 테니 빨리 일어나."

"…네."

철무에게는 어울리지 않는 침울한 목소리였다.

철무의 지금 심정은 복잡할 것이다.

하지만 그는 더욱 강한 모습으로 다시 일어날 것이다.

시련은 사람을 강하게 만드는 법이다.

소향은 그렇게 믿고 있었다.

두 사람은 말없이 창밖을 바라보았다.

이제 막 눈이 흩날리기 시작했다.

그러다가 두 사람은 문득 한 사람을 떠올렸다.

'만약 그가 있었다면?'

아마 철무가 여기에 누워 있지 않아도 되었을 것이다.

하지만 그건 단지 바람일 뿐이었고 이런 식의 희망은 오히려 절망보다 좋지 못했다.

눈발이 굵어지면서 곧 세상은 하얗게 변해갔다.

❻ 심마

심마(1)

영춘객잔이 다시 문을 열었다.

부서졌던 탁자들은 다시 제자리를 찾았고 마치 아무 일도 없었던 것처럼 모든 것들이 정상으로 돌아왔다.

하루 종일 울던 우이는 깊은 잠에 빠져들었다.

그리고 사흘이 지나도록 깨어나지 않았다.

객잔 식구들은 모두 그런 우이를 걱정스럽게 지켜볼 수밖에 없었다.

우이의 울음에 대해 비웃을 만도 했고 의문을 가질 만도 했건만 아무도 그런 내색을 하지 않았다.

어떤 일에 부정적인 비난이나 조롱을 가하는 사람들은 결국 그 일에 있어서 제삼자에 지나지 않는 사람들이다.

객잔 식구들은 모두 그날의 당사자들이었지 제삼자들이 아니었다. 그들은 단 며칠간이었지만 그동안 우이에 대해 쌓인 정(情)이 생각보다 크다는 것을 느꼈다.

한평생의 정도 첫날의 정으로부터 시작하는 것이고 하루의 정이 평생의 정보다 더 깊을 수도 있는 것이다.

오히려 그날의 눈물은 우이를 더욱 친밀한 존재로 만들어주었다. 눈물은 언제나 그들의 위로해 주는 친구였지 비웃음의 대상이 아니었던 것이다.

그날 우이가 왜 그렇게 눈물을 흘렸는지 이유는 몰랐지만 그 눈물 속에 담긴 슬픔은 모두에게 전해졌다.

그가 빨리 충격에서 벗어나 깨어나기를 바랄 뿐이었다.

그날 영춘은 책임감 강한 우이가 공연히 그들에게 대들어 사고가 일어날까 걱정했었다. 그렇게 된다면 봉변을 당하는 쪽은 우이가 될 것이 뻔하기 때문이었다.

그러나 우이는 울고 말았다.

영춘은 보기보다 마음이 여린 청년에게 큰 상처를 준 것이 아닌가 싶어 내심 걱정이 되었다.

우이를 고용한 것은 주시꾼들이나 상대하라는 것이었지 혈랑조를 상대하라는 것이 아니었던 것이다.

그런 모두의 걱정은 사흘 만에 우이에게 전해졌나 보다.

사흘째 되던 날 저녁, 잠에서 깨어난 우이가 주방에 머리를 들이밀었던 것이다.

그리고 그의 한마디.

"배고파."

그런 우이을 보며 아연은 눈물을 글썽이며 요리를 시작했다.

왜 눈물이 나오는지 이유를 알 수 없었다.

그저 아연은 기쁘기만 했다.

다른 객잔 식구들 역시 그런 우이를 보며 진심으로 기뻐했다.

달호는 자신이 직접 요리해 주겠다고 부산을 떨었다. 황제가 먹는 음식을 해주겠다는 말에 모두의 시선이 집중되자 '아, 재료만 있었어도' 라는 말로써 자신의 엉터리 호언장담을 마무리 지었다.

아평은 그 순진한 눈을 반짝이며 어린아이답지 못한 재미없는 수다를 떨었고 영춘은 장사 하자며 고함을 질렀지만 표정은 밝았다.

이 노인은 말없이 우이의 어깨를 두드려 줬고 다만 그날 오줌을 싼 복대만이 다소 침울한 표정이었다.

우이는 조금 말라 보이는 것 외에는 별로 달라진 점이 없어 보였다.

그러나 정작 변한 건 그의 마음이었다.

지난 사흘간 그는 지독한 심마(心魔)와 싸워야 했다.

처음에는 죽은 아버지가 나타났다.

"세상에서 가장 훌륭한 보표가 되거라."

"싫어요! 전 아버지처럼 살고 싶지 않아요! 남 뒤치닥꺼리만 하면서 살고 싶진 않다구요!"

자신이 죽였던 살수들도 나타났다.

"왜 우릴 죽였지?"

"그건 내 일이었어."

"결국 이렇게 도망쳐 버릴 일?"

"그건……."

"살인마는 바로 너야!"

이번에는 소향과 철무가 나타났다.

"당신은 우릴 버렸어."

"난 너희를 버린 게 아냐. 다만……."

"아마 당신 때문에 우린 모두 죽게 될 거야."

"……."

도끼에 아연의 머리가 갈라졌다.

갈라진 머리통이 우이를 보며 말했다.

"왜 날 지켜주지 않았나요?"

"난, 난 무공을 사용하고 싶지 않아."

"왜죠?"

"더 이상 피를 보고 싶지 않으니까."

"처음부터 당신은 잘못된 길로 들어섰군요."

반쪽 난 아연이 슬프게 말하자 그는 그곳을 벗어나 달아나기 시작했다.

사람들 사이를 헤매고 다녔다.

그러나 아무도 그에게 관심을 가져 주지 않았다.

그리고 그 모두로부터 도망친 그는 세상의 끝에서 사부를 만났다.

사부는 처음 만난 그때처럼 따뜻한 미소로 그를 바라보았다.

"사부님?"

"힘이 드는 게로구나."

"전, 전 어떻게 살아야 하는지 잘 모르겠습니다."

우이는 다시 눈물을 흘렸다.

"모르는 것을 두려워 말아라."

사부가 다정스럽게 우이의 머리를 쓰다듬어 주었다.

어느새 우이는 맨발이 되었다.

사부도 맨발이 되었다.

둘이 길을 걸었다.

우이가 왔던 길을 돌아가는 것 같기도 했고 전혀 새로운 길인 것 같기도 했다.

"어떠하냐?"

"흙이 따뜻합니다."

"좋으냐?"

"네."

"참된 삶이 어디에 있냐 했더냐? 참(眞)이란 도(道)와 같아 참을 참이라 하면 이미 그것은 참이 아니게 되거늘 누가 참된 삶을 알 수 있겠느냐? 다만 삶이란 것이 네 실타래 같은 머리통 속에는 숨어 있지 않을 것이다. 언제나 네 두 발 밑에서 그것을 찾아야 할 것이다."

사부가 미소를 지으며 다시 자신의 머리를 쓰다듬어 주었다.

그리고 그 순간 우이는 깨어날 수 있었다.

영원히 깨지 못할 것만 같았던 심연의 늪에서 빠져나올 수 있었던 것이다.

"바보."

아연의 눈물이 잔뜩 들어간 요리를 게 눈 감추듯 먹어치운 우이를 보며 그녀가 말했다.

'왜 그를 위해 목숨을 걸었던 것일까?'

아연은 지난 사흘 내내 그 생각만 했다.

'혹시 그를 사랑하게 된 걸까? 단 며칠 본 것에 불과한데……. 그럼 단지 동정심? 아니면 그들의 불의한 폭력에 대한 분노였을까?'

아연은 그 어떤 결론도 내릴 수 없었다.

전부 맞는 것 같기도 하고 모두 아닌 것 같기도 했다.

한 가지 사실은 그때 그가 죽는 것을 바라지 않았다는 것이다.

그 바람이 그녀에게 죽음과 맞설 수 있는 용기를 주었던 것이다.

"고마웠어."

'그는 무엇을 고마워하는 것일까? 목숨을 살려준 것을? 울고 있던 자신을 안아준 것을? 아니면 지금 먹은 음식을?'

생각은 복잡했지만 아연은 그 한마디에 만족했다.

중요한 것은 그가 살아 있다는 것이었다.

식사를 마친 그는 밀린 장작을 패기 시작했다.

마치 아무 일도 없었던 사람처럼 그의 행동은 태연했다.

그 모습을 잠자코 지켜보던 이 노인이 말했다.

"꿈속에서 나무꾼이라도 만나고 온 겐가?"

그 말에 우이는 자신이 패놓은 장작을 살펴보았다.

확실히 예전과는 달랐다.

이전에 장작을 팼을 때는 매끄럽고 완벽한 느낌이었다.

그러나 지금은 거칠고 투박했다.

그러나 어딘지 모르게 훨씬 자연스러웠다. 반 토막이 난 장작이었지만 원래 이렇게 생긴 나뭇조각이 아닐까 하는 생각이 들 만큼 장작은 자연스럽게 잘라져 있었던 것이다.

우이는 분명 자신의 몸속에 어떤 변화가 일어났다는 것을 느낄 수 있었다.

그러나 그것이 무엇인지는 알 수가 없었다.

하지만 우이는 신경 쓰지 않기로 했다.

우이는 좀 더 자유롭고 성숙한 인간이 되었기 때문이다.

흑오파(黑烏派)가 영춘객잔을 찾은 것은 혈랑조(血狼組)가 다녀간 지 육 일 후, 그러니까 우이가 깨어난 날로부터 다시 사흘이 지난 날이었다.

그사이 우이는 영춘으로부터 혈랑조와 흑오파 간의 세력 다툼에 대하여 들을 수 있었다.

그들은 태호의 하촌(下村) 거리에 기생하는 폭력 조직(暴力組織)들이었다.

작은 주점이나 행상들에게 보호비(保護費) 명목으로 돈을 뜯어내는 것부터 각종 불법적인 이권(利權)에 개입하거나 청부 폭력(請負暴力)까지 일삼는 불한당(不汗黨)들이 바로 그들이었다.

물론 그들도 원칙은 있었다. 구파일방이나 사대세가가 관련된 곳은 절대 건드리지 않았다.

간혹 눈앞의 욕심에 금기(禁忌)를 깨는 어리석은 자들이 있었다.

크게 한탕 하고 멀리 달아나 새로운 인생을 살아보겠다는 것이 그들의 생각이었겠지만 강호는 구파일방의 것이었다.

평소에는 그토록 서로 의견이 다른 그들이었지만 자신들의 영역이나 권위를 침범하는 것에 대해서는 한날한시에 나온 쌍둥이마냥 뜻이 잘 맞았다.

그들은 악을 응징하고 협을 세운다는 대의명분 아래 손발이 척척 맞았으며 결국 구파일방이나 사대세가를 건드린 간 큰 한탕주의자들은 청해성(靑海省)의 옥문관(玉門關)을 채 넘어보기도 전에 손발이 잘려 폐인이 되거나 죽음을 당했다.

하지만 문제는 강호가 구파일방의 것이라면 적어도 영춘객잔은 자신들의 것이라는 생각을 혈랑조와 흑오파가 동시에 하고 있다는 것이었다.

원래 태호의 뒷골목을 지배하고 있었던 것은 혈랑조였다.

그러나 어느 날 갑자기 등장한 흑오파가 야금야금 혈랑조의 세력을 갉아먹기 시작해 결국 그들 사이에 전쟁이 벌어졌다.

하촌의 뒷골목 여기저기에서는 연일 칼부림이 일어났다.

혈랑조의 세력은 흑오파의 세 배가 넘었다.

모두들 혈랑조의 압승을 예상했다.

그러나 굴러들어 온 돌은 생각 밖으로 단단했다.

비록 박힌 돌을 뽑아내지는 못했지만 그 옆에 나란히 자리를 잡았던 것이다.

흑오파를 이끄는 흑오(黑烏)의 뛰어난 무공에 혈랑조는 연일 깨지고 있었던 것이다.

결국 하촌 뒷골목의 이권을 반 이상 내주고 자존심이 상할 대로 상한 혈랑조와 새로운 신생 조직인 흑오파가 영춘객잔을 사이에 두고 서로 신경전을 벌이고 있는 상황이었다.

흑오파가 이렇게 빨리 성장할 수 있었던 것은 모두 흑오의 뛰어난 실력 때문이었다.

흑오는 남경(南京)의 한 퇴기(退妓)의 자식이었다.

어려서부터 보고 배운 것이라곤 주먹질에 오입질뿐이었지만 우연한 기회에 적혈자(赤血子) 한송(罕松)과 의형제를 맺게 되면서 그의 인생은 전환기를 맞게 된다.

한송은 공동파의 적전제자(嫡傳弟子)였는데 여염집 처녀를 강간(强姦)하고 도망친 자였다.

단지 조금 어긋난 애정의 결과였다고 한송은 생각했지만 그 결과 그의 인생은 크게 어긋났다.

공동파에서 그를 파문(破門)하고 무공을 폐지한 이후 일벌백계하려 했지만 그는 이미 줄행랑을 친 이후였다.

그때부터 그를 잡아들이려는 공동파 제자들과 일단 살고 보자는 한송 사이의 끈질긴 추격전이 벌어졌다.

그러던 어느 날 흑오가 도망 중인 그를 숨겨주면서 그들은 의형제를 맺으며 의기투합하게 된다.

한송은 그에게 공동파의 절기인 비봉수(飛鳳手)를 전수해 주었다. 비봉수는 공동파의 독문수공(獨門手功)으로 함부로 유출되어서는 안 될 비기(秘技)였지만 이미 도망 중에 몇 명의 동문 사형제를 살해한 그는 이미 절벽 끝까지 몰린 셈이었다.

후에 한송은 결국 공동파 문도의 손에 잡혀 죽게 되고 흑오는 혹여 불똥이라도 튈까 야반도주하다시피 태호로 도망쳐 왔다.

한 일 년을 쥐 죽은 듯이 비봉수만을 수련하며 지내던 흑오는 한송의 일이 웬만큼 잊혀지자 본격적으로 움직이기 시작했다.

그는 인근의 불한당들을 규합한 후 자신의 이름을 따 흑오파라는 조직을 만들었던 것이다.

비봉수는 천하에 둘도 없는 절예였고 그 오의(奧義)를 채 반의 반도 깨닫지 못한 흑오였지만 그것만으로도 충분했다.

이런 조직들 간의 싸움이란 게 원래 머릿수 싸움이거나 아니면 기세 싸움이었다.

부족한 머릿수를 흑오는 어렸을 때부터 키워온 눈치와 깡다구, 그리고 어설픈 비봉수로 버텨 나갔던 것이다.

오늘 영춘객잔을 찾아온 자는 바로 그 흑오의 오른팔이라고 알려져 있는 오대발(吳大髮)이었다.

그를 처음 본 사람은 아무리 담력이 뛰어난 사람이라도 비명부터 지르며 물러섰다.

그가 비명을 질러야 할 만큼 잘생긴 옥기린(玉麒麟)이었다면 세상은 실로 공평하다고 할 수 있을 것이다.

'어찌 인간이 이런 짓을' 이라는 탄식과 보이지 않는 모든 손가락질을 한몸에 받고 사는 그를 그나마 잘생긴 얼굴이 보완해 주는 셈일 테니 말이다.

그러나 사람들이 비명을 지르는 것은 불행히도 그 반대의 경우였다.

그의 얼굴은 야차(夜叉)를 아무렇게나 주물러 놓은 듯한 반죽에 다시 작대기로 아무렇게나 구멍을 뚫어 만든 얼굴이었다. 게다가 하늘로 승천할 것 같은 그의 찢어진 두 눈은 보는 사람의 간담을 서늘하게 할 정도로

야비하고 잔인해 보였다.

더러운 인상만으로 고수를 가린다면 가히 천하십대고수 안에 들어갈 만한 얼굴이었다.

그런 대발이 사내 몇을 달고 영춘객잔으로 들어섰으니 굳이 그들의 흉험한 기세가 아니더라도 식사를 하던 몇몇 손님들은 알아서 자리를 피했다.

덕분에 북적이던 객잔은 순식간에 조용해졌다.

마침 영춘은 아연과 복대를 데리고 물건을 사러 나간 사이였고 우이와 아평만이 객잔을 지키고 있던 때였다.

그 모습을 보고 우이는 얼굴을 찌푸렸다.

대발은 자신에게 이렇게 노골적으로 인상을 쓰는 사람을 정말 오랜만에 보았다. 이전에 그런 표정을 지었던 자들은 다들 병신이 되었거나 어디론가 줄행랑을 친 이후였으니까.

"지금 날 보고 인상을 쓴 것이냐?"

"그렇소."

"죽고 싶으면 산이나 강으로 갈 것이지 왜 내게 죽으려느냐?"

"당신의 더러운 인상 때문에 손님들이 모두 나가 버렸으니 장사하는 사람으로서 어찌 살고 싶겠소?"

그들의 대화를 듣고 있던 아평은 기겁했다.

며칠 전에 혈랑조와 그 난리를 치르고 지금 또 우이가 사고를 치고 있는 것이다.

아평이 무서움을 참고 쪼르르 달려가 대발에게 무엇인가를 얘기하려 했지만 대발이 솥뚜껑 같은 손으로 아평을 밀어냈다.

그리고 도무지 이해할 수 없다는 표정으로 말했다.

"넌 내가 누군지 알고 있느냐?"

"당신들은 그 흑오파의 사람 아니오?"

"간이 배 밖으로 나온 넌 도대체 누구냐?"

이때 대발의 뒤에 있던 사내가 대발에게 무엇인가 귓속말을 건넸다. 말을 듣고 있던 대발의 인상이 더욱 구겨졌다.

"혹시 며칠 전에 주방에서 일하는 여자 애의 등 뒤에 숨어 울음을 터 뜨렸다는 녀석이 너냐?"

대발의 말에 우이가 웃으며 고개를 끄덕였다.

"그랬던 것 같소."

"이런 미친놈, 어쩐지 이상하다 했지."

"당신의 두목인 흑오란 사람을 만나고 싶소."

"크하하!"

오랜만에 보는 미친놈이어서 그런지 대발은 마음껏 웃었다. 그러나 대발은 끝까지 웃을 수가 없었다.

갑자기 우이가 그의 손목을 잡아끌었던 것이다.

두 눈 뻔히 뜨고 손목을 잡힌 대발은 갑자기 온몸의 힘이 쑥 빠지는 것을 느꼈다.

그리고 그가 잡아끄는 대로 몸이 이끌리는 것이 아닌가?

다른 사람들이 봐서는 절친한 두 사람이 어디론가 손을 잡고 가고 있는 것처럼 보였다.

잡히지 않은 다른 손으로 녀석의 머리통을 박살 내어야 마땅하지만 무슨 조화인지 주먹에 힘이 들어가지 않았다.

대발은 덜컥 겁이 났다.

이런 경우를 한 번도 당해본 적이 없는 그였다.

우이와 대발이 객잔 밖으로 나오자 대발을 따라왔던 사내들은 의아한 표정으로 그들을 따라 나왔다. 그러나 설마 대발이 우이에게 제압당했다고는 누구도 상상하지 못했다.

"어디로 가야 하오?"

우이의 눈을 마주 본 대발은 그제야 상대가 자신과는 비교도 할 수 없는 무림고수라는 것을 알았다.

결국 대발은 그러잖아도 심난한 인상을 더욱 구기며 흑오에게로 돌아갔다. 우이의 손을 다정히 잡고서 말이다.

심마(2)

요즘 태호에서 가장 잘 나간다는 흑오에게 문제가 생긴 것은 대발이 흑오파의 임시 거처인 춘화루의 별채로 돌아오면서부터였다.

흑오는 영춘객잔이 혈랑조에게 박살 났다는 소리에 적당히 달래줄 요량으로 대발을 보냈다.

보호비는 이쪽에서 받았는데 그걸 빌미로 혈랑조 놈들이 난장(亂場)을 피웠던 것이다.

돌아올 시간이 아니었는데 대발이 이상한 놈을 하나 달고 돌아왔다. 그것도 다정히 손까지 잡고 말이다.

그때까지도 흑오는 대수롭지 않게 생각했다.

새로 들어온 놈인가 했다.

생김새가 곱상한 것이 혹시 대발이 드디어 남색(男色)을 드러내는 것이 아닌가 생각했다.

'하긴 저 더러운 인상에 어느 여자가 붙어 있을까?'

심마 185

흑오는 그런 추측을 했다.

'나이가 좀 들어 보이지만 제법 잘생겼는데?'

흑오가 즐거운 상상에 혼자 킬킬거리고 있는데 대발이 자신을 손가락질하며 가리켰다. 그리고 같이 온 사내놈에게 무엇인가 이야기를 건넸다.

흑오의 얼굴에서 미소가 사라졌다.

'저 미친놈이 지금 누구에게 손가락질을 하는 거야?'

흑오의 악몽(惡夢)이 시작되는 순간이었다.

사내가 성큼성큼 흑오에게로 걸어왔다.

"당신이 흑오파의 두목이오?"

어이가 없어 황당히 대발을 쳐다보았지만 놈은 고개를 숙여 시선을 피했다.

'뭐지?'

흑오는 지금의 상황이 도무지 이해되지 않았다.

그 순간 등줄기를 타고 오르는 한줄기 한기(寒氣)!

'혹시 이놈에게 당한 건가?'

흑오는 술이 확 깨는 것을 느꼈다.

대발은 그 더러운 인상만큼이나 제법 쓸 만한 완력(腕力)을 지니고 있었다.

대발을 제압할 정도면 한가닥 하는 놈일 것이다. 게다가 단신으로 이곳까지 찾아올 정도라면 어딘가 믿는 구석이 있을 터.

그 짧은 순간에 흑오의 머리가 비상하게 돌아갔다.

"그렇… 소. 내가 바로 흑오요."

원래대로였다면 흑오의 말은 '이 미친 새끼가 지금 뭐라고 했어?' 였지만 스스로 생각해도 대견할 정도로 잘 참고 있었다.

일단 상대를 파악할 필요가 있었다. 흑오의 타고난 눈치가 비상하게 돌아가는 순간이기도 했다.

"이 거리에 당신이 필요하다고 생각하시오?"

"……?"

흑오는 두 눈만 껌벅거릴 수밖에 없었다.

순간 무슨 뜻인지 전혀 이해가 되지 않았기 때문이다.

"흑오파를 해산하고 떠나시오."

흑오 입장에서는 하늘이 무너지는 소리인데도 사내는 담담하게 말했다.

그때서야 흑오는 사태를 파악했다.

흑오의 인상이 험악하게 구겨졌다.

그 옆에서 우물쭈물하던 대발을 흑오가 무섭게 노려보았다.

눈앞의 사내보다 대발에게 더욱 화가 치밀었다.

'적을 데리고 여기까지 졸랑졸랑 왔단 말이지? 손까지 다정하게 잡고서?'

생각이 채 끝나기도 전에 흑오의 발길질이 대발의 복부를 강타했다. 그것을 시작으로 흑오의 발길질은 대발이 정신을 잃을 때까지 계속되었고 혹여 불똥이 튈세라 수하들은 모두 숨을 죽였다.

흑오가 대발을 두들긴 것은 멍청한 대발에게 화가 나기도 했지만 사내의 기를 꺾어놓기 위함도 있었다.

게다가 자신은 적당히 몸도 풀 수 있었고 이래저래 일석삼조(一石三鳥)의 효과라고 생각했지만 그건 자신만의 생각이었다.

사내는 그런 그의 모습을 전혀 신경 쓰지 않고 있었다.

"귀하는 누구시오? 혹시 혈랑조에서 오셨소?"

일단 침착해야 했다. 흑오는 입 안의 침이 바싹바싹 마르는 것을 느끼며 조심스럽게 물었다.

그 와중에도 한편으로는 눈짓을 보내 애들을 불러 모았다. 지금 이곳에 있는 수하들만 해도 족히 서른 명은 될 것이다.

"흑오파를 해산하고 떠나라고 했소."

"건방진 놈."

하나둘씩 모여든 부하들은 서른이 넘었고 흑오는 더 이상 겁을 낼 필요가 없어졌다.

상대의 여유가 부담스러웠지만 어차피 부하들 앞이었다. 깨질 때 깨지더라도 더 이상 기세가 눌리면 앞으로 누가 자신의 명령을 따르겠는가?

어차피 정해진 수순이었다.

그 누가 불쑥 찾아온 정체 모를 사내의 몇 마디에 '네, 그렇게 하겠습니다' 하면서 자신의 소중한 기업(基業)을 무너뜨리겠는가?

부하들이 사내를 포위한 채 도검을 뽑아 들었다.

그들이 들고 있는 병장기에서 반사되는 빛이 흉흉한 눈빛과 함께 어울려 살기를 뿜어냈다. 보통의 담력으로는 그곳에 서 있기도 힘들 정도였다.

그런 형세가 되고 보니 흑오는 마음이 한결 진정되었다.

별거 아닌 놈에게 괜히 기가 죽은 게 아니었나 하는 마음이 들었던 것이다.

여전히 사내의 표정은 무표정했다.

예감이 좋지 않았지만 흑오는 한쪽 손을 들어 부하들에게 공격 명령을 내렸다. 그러나 결과적으로 그 신호는 공격 신호가 아니라 악몽의 시작을 알리는 손짓이 되었다.

서른 명이나 되는 부하들이 순식간에 제압당했다. 그가 무슨 수를 썼는지조차 알 수 없었다.

손짓 한 번에 팔 척 장정들이 줄줄이 쓰러졌다.

순식간에 서른 명이나 되는 부하들이 일제히 숨겨둔 지병(持病)이라도 꺼내놓듯이 차례대로 쓰러졌다.

죽진 않았지만 움직이지도 못했다.

너무 놀라 심장이 목구멍 밖으로 튀어나올 것 같았지만 흑오는 온 힘을 다해 두 손을 휘둘렀다.

흑오의 손이 매의 발톱 모양이 되어 사내의 가슴을 후려쳤다.

비봉수 중 그가 가장 자신있게 구사할 수 있는 응조수(鷹爪手)였다.

그러나 사내는 마치 첫날밤 신부의 손을 맞잡듯 부드럽게 그의 손을 잡았다. 그 순간 흑오는 꼼짝도 할 수 없었다.

강맹한 매의 발톱이 한순간에 가냘픈 아녀자의 섬섬옥수(纖纖玉手)가 되는 순간이었다.

그가 유일하게 믿고 있었던 비봉수가 단 한 수에 꺾인 것이다.

"비봉수? 공동파 제자이시오?"

사내의 말에 흑오는 가슴이 철렁 내려앉았다.

사내가 한눈에 자신의 절기를 알아본 것이다.

흑오파를 해산하는 것은 불가능한 일이 아니었다. 정 안 되면 이곳을 떠나 다른 곳에서 새로 시작하면 되는 것이다.

그러나 자신이 공동파의 절기를 한송으로부터 배웠다는 것이 알려지면 그건 곧 죽음을 의미했다.

그런 흑오의 불안한 마음을 아는지 모르는지 사내가 말했다.

"난 당신들 같은 부류를 잘 압니다. 말로 해서는 안 된다는 것도. 하지만 한 번의 기회를 드리겠소. 흑오파를 해산하고 사흘 안으로 떠나시오."

돌아서려던 사내가 한마디 덧붙였다.

"사실 당신들 일에 관여하고 싶지 않았지만 이번에는 어쩔 수가 없소. 미안한 얘기지만 떠날 것을 약속하겠소?"

흑오는 힘없이 고개를 끄덕였다.

그러자 사내는 뒤도 돌아보지 않고 나가 버렸다.

그가 나가자 쓰러졌던 수하들이 일어났다. 마치 귀신에 홀린 듯한 표정으로 자신들이 왜 쓰러졌는지조차 모르는 표정이었다.

흑오는 심각한 고민에 빠졌다.

사내는 강호의 일류고수임에 틀림없다.

잘 나가던 그가 드디어 임자를 만난 것이다.

분명 혈랑조에서 보냈을 것이다. 그렇지 않고서야 저런 고수가 하늘에서 뚝 떨어졌을 리도 없고 자신들의 일을 참견할 까닭도 없었다.

'혈랑조 놈들은 어디서 저런 고수를 구했을까?'

최악의 순간에는 부하들을 데리고 다른 지역으로 옮겨 갈 수도 있었다. 그중에 반 정도는 흩어지겠지만 자신에게 충성을 맹세한 부하들도 상당수 있었던 것이다.

하지만 지역 조직들의 텃세를 뚫고 자리를 잡기가 얼마나 힘든지 익히 아는 흑오였다.

그러나 정작 흑오의 마음을 짓누르는 것은 혈랑조의 해산이 아니라 자신이 비봉수를 익히고 있다는 것을 그가 알게 된 것이었다.

그것은 두고두고 화근이 될 만한 문제였다.

그때, 흑오의 머리 속을 무엇인가 번개처럼 스치고 지나갔다.

궁하면 통한다는 원칙으로 살아온 지난 세월이었다.

그가 순간적으로 생각해 낸 사람은 바로 신도방의 추월이었다. 이럴 때를 대비해서 꼬박꼬박 돈을 바친 게 아니던가?

이제 그 대가를 돌려받을 때가 된 것이다.

'그들이 이자를 감당할 수 있을까?'

순간 그런 생각이 들었지만 이내 고개를 저었다.

신도방은 백 명도 넘는 무림고수들이 모여 있는 태호 제일의 방파가 아니던가?

생각을 굳힌 흑오의 발걸음이 빨라졌다.

아연은 무작정 달렸다.

그녀의 목적지는 바로 흑오가 살고 있는 춘화루(春花樓)였다. 언젠가 얼핏 그들이 그곳을 본거지로 삼고 있다는 소리를 들은 적이 있었다.

그녀가 영춘과 함께 객잔으로 돌아왔을 때 아평은 두 눈이 퉁퉁 부은 채로 우이가 대발에게 끌려간 이야기를 했다.

대발에게 끌려가는 우이를 그냥 보고만 있었다는 죄책감에 영춘과 아연이 돌아올 때까지 울고 있었던 것이다.

만류하는 영춘의 손을 뿌리치고 아연이 객잔을 달려나온 것이 방금 전의 일이었다.

일단 급한 마음에 달려나오기는 했지만 춘화루가 가까워 올수록 그녀의 심장은 점점 더 두근거리기 시작했다.

그리고 막상 춘화루 입구에 도착하자 아연은 덜컥 겁이 났다.

이대로 무작정 들어갔다가 어떤 봉변이라도 당하는 게 아닐까 하는 두려움이 솟아올랐다. 흑오과 사내들의 음흉하고 비열한 얼굴들이 떠올랐다.

'돌아갈까?'

하지만 처녀가 오줌까지 지리면서 살린 사내다. 한 번 살렸는데 두 번은 못 살리랴.

"후읍!"

그녀가 크게 심호흡을 했다.

그때 누군가가 그녀의 등을 살짝 두드렸다.

"엄마야!"

그녀가 기겁을 하며 놀랐다.

자지러지듯 놀란 아연이 돌아보니 우이가 그녀의 등 뒤에서 웃고 서 있었다.

"여자들도 이런 데 다녀?"

농담까지 던지는 것을 보니 다행히 다친 곳은 없는 것 같았다.

그녀는 순간 다리에 힘이 빠지면서 그 자리에 털썩 주저앉았다.

반갑기도 하고 어이없기도 했다.

긴장이 풀리자 그녀의 눈에서는 눈물이 쏟아지기 시작했다.

그 옆에 우이가 쪼그려 앉아 그녀의 등을 토닥였다.

그런 우이의 품에 안겨 그녀는 큰 소리로 울기 시작했다.

이번엔 입장이 반대가 되었다.

한참을 울던 그녀가 울음을 그쳤다.

우이를 슬며시 보며 그에게 안겼던 것이 부끄러웠던지 볼이 발그레 달아올랐다.

그런 그녀의 모습에 우이는 미소를 지었다.

이렇게 겁이 많고 마음이 약한 여인이 또다시 자신을 구하려고 달려온 것이다. 눈물이 범벅되어 엉망이 된 그녀의 얼굴이었지만 세상의 어떤 여인보다도 아름답다는 생각이 들었다.

아연을 보면 죽은 어머니가 떠올랐다.

말없이 그녀의 손을 잡고 객잔을 향해 걸었다.

갑자기 그녀가 손을 슬며시 뺐다.

저 멀리서 객잔 식구들이 뛰어오고 있었던 것이다.

숙수인 달호의 손에는 또다시 식칼이, 영춘의 손에는 몽둥이가 들려 있었다.

아마 아연이 봉변이라도 당할까 하는 급한 마음에 손에 잡히는 대로 들고 달려온 모양이었다.

저런 것으로 흑오파를 상대할 수 있었다면 애초부터 당하지도 않았으리라.

그 뒤로 아평과 복대의 모습까지 보이는 것으로 봐서 객잔을 지키는 이 노인을 제외하고 또다시 객잔 식구들이 총출동한 것이다.

'이들과 평생을 함께 살 수 있는 행운(幸運)이 내게 남아 있을까?'

우이는 그 소망을 이루어줄 자그마한 행운이라도 자신에게 남아 있길 바랐다.

소박한 소원일수록 이루기 힘든 경우도 있는 것이다.

두 사람이 무사한 것에 모두들 안도의 한숨을 내쉬었다.

"대체 어떻게 된 거야?"

영춘의 말에 모두들 궁금한 얼굴로 우이의 대답을 기다렸다.

"그만두겠다더군요."

"뭘?"

뜬금없는 우이의 말에 모두의 얼굴에 궁금증이 더해졌다.

"흑오파를요."

"누가?"

"흑오가요. 참, 그리고 전 잠시 다녀올 데가 있습니다."

모두들 무슨 소리인가 하는 어리둥절한 얼굴들이 되었으나 그런 그들을 뒤로하고 우이가 어디론가 다시 달려갔다.

"이보게! 기다려! 흑오가 흑오파를 그만둔다는 게 무슨 소리야?"

영춘이 고함을 질렀다.

그러다 문득 이곳이 흑오파의 본거지인 춘화루 앞이라는 것을 깨닫고 황망히 자신의 입을 틀어막았다.

주위를 둘러보니 다행히 흑오파 사람들의 모습은 보이지 않았다.

"머리를 얻어맞은 것 같아요."

달호가 영춘의 귀에 대고 속삭이자 영춘은 정말 그랬을지도 모르겠다는 생각에 고개를 끄덕였다.

그리고는 자신이 한 젊은이의 인생을 망쳐 놓은 게 틀림없다는 자책감에 한숨을 내쉬었다.

     *   *   *

신도방(神刀幇)의 중방(中房) 책임자인 추월(秋月)이 흑오를 만난 것은 이른 저녁을 막 끝낸 유시(酉時) 무렵이었다.

그는 상방(上房)의 백리준(白狸晙)이 경성에 다녀오면서 어렵게 구해준 용정차 향을 음미하며 기분 좋은 휴식을 취하고 있었다.

용정차는 청나라 건륭제 때에는 황실에서만 마셨다고 전해질 만큼 상질(上質)의 차로 그 가치가 같은 무게의 황금과도 바꾸지 않는다는 귀한 차였다.

열다섯에 무림에 뛰어들어 어느덧 그의 나이 내년이면 불혹을 바라보게 된 추월.

그가 신도방의 중방 책임자라는 자리에 오르기까지 얼마나 고된 시련들을 겪어야 했던가? 그러나 그는 그 모든 위기를 무사히 넘겨 여기까지 왔다.

용정차 향을 음미하며 이런 사치라도 부릴 수 있는 것도 모두 지난 투쟁의 역사에서 살아남은 대가였다.

추월은 스스로가 대견했다.

강호에서 이 나이까지 살아남는다는 것은 운이 좋은 삼(三)에 포함된다는 말이었다. 나머지 칠(七)은 마흔이 되기 전에 죽기 때문이었다.

흑오는 그런 그의 말년의 삶을 더욱 풍족하게 만들어주는 그런 존재였다. 뒤를 봐주는 대가로 매달 상납(上納)되는 흑오의 뇌물(賂物)은 만족스러웠고 그런 그였기에 저녁 휴식을 방해한 그의 방문은 용서해 줄 만했다.

"굳이 일류고수가 아니라도 자네들 정도를 제압하는 건 어려운 일이 아니지."

이야기를 다 들은 추월은 그다지 놀라는 표정이 아니었다.

"나라도 자네들을 제압하는 데 채 반 각의 시간도 걸리지 않을 거네."

그의 말에 흑오는 하지 않아도 될 말을 늘어놓는 그에게 내심 짜증이 치밀었다.

하지만 결코 내색은 하지 않았다.

궁한 쪽은 이쪽이었고 추월은 충분히 자신을 무시할 만한 힘을 가지고 있었다.

사실 추월은 추월대로 짜증이 나 있었다.

흑오의 말에 의하면 그 사내의 손짓 몇 번에 서른 명이 그대로 쓰러졌다고 했다. 그러한 경지는 본 적도, 들은 적도 없었다.

아마 그는 다수가 한 사람에게 제압당한 것이 부끄러운 나머지 상대를 과장하고 있음이 틀림없었다.

흑오의 그 허풍과 과장이 짜증스러웠던 것이다.

눈치가 빠른 흑오였다.

"추 대협께서 나서주시면 그깟 혈랑조 따위야 문제가 아니지요."

추월은 고개를 끄덕였다.

신도방은 백이문(百二門)과 함께 태호의 가장 큰 두 개의 세력 중 하나였다.

신도방이 태호의 동쪽을, 백이문은 서쪽을 장악한 상태였고 그 경계 지점인 하촌(下村)의 뒷골목을 두고 흑오파와 혈랑조가 서로 다투고 있었던 것이다.

신도방이나 백이문에게 있어서 하촌 뒷골목은 먹기에는 부담스럽고 상대에게 주자니 아까운 그런 계륵(鷄肋)과도 같은 곳이었다.

그러던 차에 흑오파와 혈랑조라는 삼류조직들이 그곳을 두고 힘 싸움을 벌였고 신도방과 백이문은 각각 한쪽을 지원하며 대리전(代理戰)을 펼쳐 왔던 것이다.

흑오가 이렇게 놀라 달려온 것을 보니 백이문에서 고수를 파견한 것이 틀림없다는 생각이 들었다.

그곳은 여태껏 두 세력 간의 마찰을 줄여주는 일종의 완충(緩衝) 역할을 하던 곳이었는데 이제 그들이 본격적으로 나서기 시작한 것이다.

이 일은 결코 작은 일이 아니었다.

"걱정 말게. 곧 사람을 보내도록 하겠네."

흑오를 돌려보내고 신도방주를 만나러 가는 추월의 발걸음이 빨라졌다.

백이문이 이렇게 노골적인 행사를 해온 이상 이제 전쟁은 피할 수 없을 것이다.

*　　　　*　　　　*

흑오가 옆집 형에게 얻어맞고 자기 큰형을 부르려고 뛰어간 꼬마 놈 신세가 되었을 때 사실 그 원망의 대상인 혈랑조 역시 비슷한 실정이었다.

혈랑조의 두목인 종대(宗大)는 흑오보다 더 비참한 상태였다. 시커멓게 멍이 든 눈으로 부러진 채 덜렁거리는 왼팔을 내려다보고 있었던 것이다.

이 모든 원인은 조금 전 찾아온 어떤 미친놈 때문이었다.

그 미친놈에게 가장 먼저 당한 것은 혈랑조의 돌격조장(突擊組長) 윤배(尹蓓)였다.

다짜고짜 찾아온 그는 골패(骨牌)를 돌리던 윤배를 두들겨 패기 시작했다.

이 갑작스런 상황에 모두 멍하니 보고만 있다 그들이 말리려 마음먹었을 때는 이미 윤배는 예전의 윤배가 아니었다. 그의 이빨은 모두 부러졌고 얼굴은 알아볼 수 없을 정도로 부어올랐던 것이다.

사십여 명이나 되는 혈랑조들이 그를 포위했을 때는 이미 그의 자랑거리인 얼굴의 긴 칼 자국은 퉁퉁 부어오른 살덩이 속에 파묻혔고 몇 안 남은 이빨마저 흔들리는 것으로 봐서 평생을 죽만 먹고 살게 될 것이 틀림없었다.

"으버버, 너, 너는… 영춘……."

자신을 복날 개 패듯 두들긴 사내를 본 윤배는 놀람이 가득한 얼굴로 무엇인가를 얘기하려고 했지만 입에서는 말 대신 부러진 이(齒)만 나왔다.

사내를 둘러싼 혈랑조원들은 혹시 윤배가 저 사내의 부모라도 죽인 불구대천(不俱戴天)의 원수가 아닐까 추측했다.

평소 윤배의 난폭한 성격으로 보아 충분히 그럴 수 있겠다고들 생각하면서 이제 곧 이곳에서 비참하게 죽어갈 사내를 동정하였다. 아무리 사정이 딱하다고 해도 이곳은 혈랑조의 본거지가 아닌가?

몇몇 혈랑조원들은 그의 얼굴이 낯이 익다고 생각했다.

어디선가 분명 본 사내인데 기억이 도통 나지 않는 것이었다.

그런 생각을 하는 몇 명의 공통점이 모두 피떡이 돼서 구르고 있는 윤배를 따라 영춘객잔에 갔던 이들이라는 것을 그들은 알지 못했다. 그저 이 뜻밖의 상황을 지켜보고만 있었다.

상황을 보고받은 종대가 달려온 것은 바로 이때였다.

평소 혈랑조원들이 대기하고 휴식하는 이곳, 혈랑청(血狼廳)이라고 불리는 이 더러운 창고 안으로 종대가 들어왔다.

피떡이 된 윤배의 몰골을 본 종대는 인상을 찌푸렸다.

자신도 사람을 패고 살아가는 인생이지만 어찌 저리 모질게 팼을까 하는 생각이 들었다.

"남의 집에 함부로 들어와 개를 잡았으면 개 값을 치러야겠지?"

사실 종대는 이곳에 오지 않았어야 했다. 그리고 그를 향해 이죽거리지도 않았어야 했다.

하긴 그가 아직 윤배를 두들겨 팬 사내의 분이 채 다 풀리지 않은 상태였다는 걸 어찌 알 수 있었겠는가? 인간이란 반 각 후의 일도 예상하지 못하는 존재인 것을.

사내가 성큼성큼 종대를 향해 걸어오자 순간 사내를 막아서려는 혈랑조 사내들이 픽픽 쓰러졌다.

이 갑작스런 상황에 종대는 기절할 만큼 놀랐다. 하지만 아무리 삼류라지만 그도 엄연한 조직의 우두머리가 아닌가?

다가오는 사내를 향해 그는 그가 펼칠 수 있는 가장 매서운 수단을 펼쳤는데, 그것은 바로 세 자루의 비도(飛刀)를 동시에 날리는 것이었다.

삼룡출세(三龍出世)라고 스스로 이름 붙인 이 초식은 사실 초식이랄 것도 없었지만 그가 지난 십 년간 뒷골목 싸움을 통해 익힌 일종의 비도술이었다.

어렸을 때부터 칼을 휘두르는 것보다 던지는 것을 좋아했던 그는 나름대로 부단한 노력을 했다.

결국 나이 서른이 되었을 무렵에는 세 자루의 비수를 동시에 던져 그 중 두 자루를 적중시킬 수 있었던 것이다.

이 초식의 가장 중요한 점은 상대의 허점을 찌르는 것이라고 매번 부하들에게 강조했지만 기습 공격에 대한 비겁함을 감추는 변명이라는 것을 알 만한 사람들은 다 알았다.

어쨌든 세 자루의 비수는 사내를 향해 날아갔고 종대의 말마따나 분명 상대의 방심을 노린 날카로운 공격이었다.

비수는 정확히 사내에게 적중되었다.

그러나 문제는 사내의 몸에 박혀야 할 비수가 사내의 손으로 빨려 들어갔다는 데 있었다.

"아!"

종대의 입에서 외마디 탄식이 터져 나왔다.

그것은 자신의 공격이 실패했다는 좌절이 아니라 어떻게 저럴 수가 있을까 하는 감탄이었다.

비수를 내려다보는 사내의 표정이 갑자기 굳어졌다.

사내는 비수를 보고는 무엇인가 슬픈 추억에 잠긴 게 틀림없었다. 종대가 슬금슬금 뒷걸음질치기 시작했다.

그러나 몇 걸음 가지 못하고 사내에게 뒷덜미를 잡혔다.

"흥!"

그는 이 한마디 콧소리와 함께 종대를 패기 시작했다.

종대의 입에서 살려달라는 간절한 애원이 나오고서야 사내는 손짓을 멈췄다.

사내는 갑자기 정신을 번쩍 차린 사람의 표정이 되었다. 그리고 여태껏 실컷 두들겨 맞은 종대의 입장에선 너무나 어이없고 가증스런 말을 던졌다.
"이러려고 온 건 아닌데… 미안합니다."
이미 종대가 고개를 들었을 때는 두 눈가가 시커멓게 멍들어 있었다.
"혈랑조를 해산하고 떠나주시기 바랍니다. 이 말을 전하려고 왔는데 좀 때려줘야 할 자를 보는 바람에 흥분했군요."
때려줘야 할 자란 바로 칼자국 윤배임이 틀림없었다.
"흑오파에서 오셨습니까?"
종대 역시 원래 같으면 '네놈의 정체가 뭐냐?' 내지는 '흑오파에서 보낸 놈이냐?' 라고 말해야 했었다.
하지만 이미 신나게 맞고 난 후였다.
"참, 공평하게 사흘의 기한을 드리겠습니다. 그럼."
사내는 동문서답을 하고는 총총히 사라져 버렸다.
'공평하게? 도대체 무슨 뜻이지?'
종대로서는 도무지 알 수 없는 말이었다.
사내가 떠나자 쓰러졌던 혈랑조원들이 아무 일도 없었다는 듯이 일어났다.
사내는 종대가 지금껏 하촌 골목에서 단 한 번도 본 적이 없는 고수였다.
야금야금 자신의 영역을 갉아먹던 흑오파에서 드디어 고수를 영입한 것이다.
더러운 까마귀 놈이 이런 고수를 알고 있을 리 없었다.
신도방이 개입한 것이 틀림없다고 심증을 굳힌 종대는 덜렁거리는 팔을 흔들며 백이문(百二門)을 향해 달려가기 시작했다.

❼ 폭탄선언

폭탄헌언(1)

제십사대 무림맹주 취임식이 드디어 내일로 다가왔다.

맹 내의 각 부서들은 오 년에 한 번 있는 이 큰 행사를 준비하기 위해 눈코 뜰 새 없이 바빴다.

무림맹은 무림맹주를 중심으로 일원(一院), 사단(四團), 사대(四隊)로 구성되어 있다.

일원은 바로 원로원(元老院)을 뜻하는 것으로 구파일방과 사대세가의 장로급 인사들로 이루어져 있었다.

명목은 맹주의 행정을 돕기 위해 만들어진 일종의 건의(建議) 기구였지만 실은 맹주의 독선을 감시하고자 만들어진 견제(牽制) 기구였다.

그 아래로 사단이 있는데 외부 세력 간의 갈등을 해소하기 위한 무력집단인 청룡단(靑龍團)과 맹 내의 경비를 담당하는 백호단(白虎團), 그리고 정보를 관리하는 주작단(朱雀團), 맹주와 그 가족들의 호위를 담당하는 현무단(玄武團)으로 이루어져 있었다.

사대는 물자 수송을 담당하는 수송대(輸送隊), 맹 내의 인적 자원을 관리하는 관리대(管理隊), 강호 주요 상가들과 밀접한 관련을 가지며 맹 내의 모든 물적 관리를 맡고 있는 회계대(會計隊), 그리고 모든 지단과의 연락을 맡고 있는 연락대(連絡隊)로 나누어져 있었다.

단주(團主) 아래에 대주(隊主)가 있었고 그 밑으로 다시 수많은 세부 조직들의 수장들이 있었다.

각각의 부서들이 제각기 바빴지만 그중 가장 바쁜 곳은 바로 백호단이었다.

백호단의 주요 임무는 맹 내 경비로 지금 맹 내는 그 어느 때보다도 많은 사람들로 북적이고 있었다. 맹주 취임식에 참석하려고 수많은 이들이 맹을 방문하고 있었던 것이다.

문제는 구파일방과 사대세가의 손님뿐만 아니라 낡은 현판이라도 하나 내건 문파는 모조리 축하 사절을 보내오고 있다는 데 있었다. 지금 무림맹뿐만 아니라 낙양 거리 전체가 인산인해를 이루고 있었다.

결국 백호단에서는 방문자들을 나누어 받아들였다.

우선 구파일방과 사대세가의 손님들은 청방(靑房)으로 구분하였다. 그들을 하나로 묶어 따로 분류하는 것에 대해 이의를 달 문파는 어디에도 없었으니 문제될 것이 없었다.

다음은 당문(唐門), 청룡방(靑龍幇), 산동악가(山東岳家)와 같은 한 지역의 패권(霸權)을 다투는 세력들을 홍방(紅房)으로 나누었다.

백호단에서는 이 부분에 가장 많은 고심을 하였다.

각 문파의 자존심이 걸려 있는 부분이었다.

같은 지역에 있는 문파들은 서로 이해관계가 거미줄처럼 얽혀 있었다. 그리고 그들 대부분은 엇비슷한 힘으로 서로 견제하고 있는 경우가 많았다.

백호단은 경쟁하는 두 집단이 어느 한쪽만 포함되고 다른 한쪽이 빠지게 되는 경우가 없도록 신경을 썼다.

황방은 무림인들은 아니지만 무림과 밀접한 관련을 가지고 있는 강북상인연합(江北商人聯合)이나 관(官)과 연관있는 손님들을 받아들였다.

그 외 나머지 손님들은 백방(白房)으로 분류되었다.

다양한 계층의 무림인들이 한 자리에 모이는지라 언제 어떤 불미스런 사고가 생길지 모를 일이었다.

청방과 홍방의 손님들은 서로 잘 아는 처지들인데다가 워낙에 규율이 엄했고 명가라는 자부심 등으로 인해 별달리 걱정할 게 없었다.

황방 역시 일반인들이 대부분이어서 별로 문제될 게 없었다.

문제는 백방이었다.

온갖 부류의 인물들을 다양하게 모아놓다 보니 문제가 안 생길래야 안 생길 수가 없었다.

아니나 다를까, 결국 우려했던 일이 터졌다.

백방의 숙소가 있는 후원에 도착한 백호단주(白虎團主) 상호열(尙互熱)은 인상을 찌푸리지 않을 수 없었다.

싸움이 벌어졌다는 보고를 받고 하던 일 다 미루고 급히 달려왔건만 이미 두 명이 쓰러져 있었다. 손가락 하나 까딱 않는 것으로 보아 이미 절명(絶命)한 것으로 보였다.

그리고 그 앞으로 세 명의 사내와 또 다른 한 사내가 서로 검을 겨눈 채 노려보고 있었다.

그들 주위로 많은 이들이 흥미롭다는 듯이 구경하고 있었다. 싸움 구경만한 것이 없다지만 누구 하나 말리는 이가 없었다.

상호열이 가만히 살펴보니 자기들 딴에는 하남오협(河南五俠)이라고 얼굴에 금칠을 하고 다니지만 하는 짓이 시정 무뢰배와 다를 바 없어 하남오견(河南五犬)이라 불리는 다섯 불한당(不汗黨) 놈들이 문제를 일으켰다는 것을 알 수 있었다.

쓰러져 있는 자들도 바로 그들 중 셋째와 막내였다.

남은 삼견이 두 눈에 광기를 흘리며 그들 앞에 서 있는 사내를 죽일 듯이 노려보고 있었다.

그들의 광포한 성격은 아는 사람은 다 아는 사실이었다.

말[言]보다는 손[手]이 앞서는 그들이었다. 그런 그들이 형제의 시체 앞에서 고작 씩씩대기만 한다는 것은 그들 앞에 서 있는 사내의 무용(武勇)이 대단했다는 것을 말해 주고 있었다.

'아마 단칼에 베었으리라.'

상호열은 자신의 예감이 맞을 거라고 생각했다.

사내는 허름한 마의(麻衣)에 한 자루의 기형도(畸形刀)를 들고 있었는데, 하남오견 따위는 안중에도 없다는 표정이었다.

상호열이 의외라는 표정이 되었다.

저러한 기도(氣度)에 기형도를 사용하는 사내라면 분명 자신이 알고 있을 법한데 도통 생각이 나지 않았던 것이다.

사내의 기도는 가히 자신과 견주어도 부족함이 없을 것 같았다.

'헛! 도대체 누굴까?'

어쨌든 그는 이 싸움을 말려야 하는 입장인지라 사내에 대한 궁금증은 잠시 뒤로 미뤄야 했다.

"우선 검을 거두고 오해들을 푸시기 바랍니다."

상호열의 말에 하남오견 중 첫째인 편두개(扁頭介)가 고함을 질렀다.

"그 무슨 개소리냐? 오해라니? 그럼 그깟 오해 때문에 내 동생이 죽었단 말이냐?"

엉뚱한 곳으로 불똥이 튀었지만 그것은 편두개의 실수였다.

동생들이 죽어 흥분한 탓이었겠지만 상호열은 하남오견 따위가 함부로 무시할 수 있는 상대가 아니었다.

순간 상호열의 양 소맷자락이 터질 듯이 부풀어 올랐다.

그의 몸에서 스멀스멀 무형(無形)의 기운이 피어오르더니 그것은 곧 편두개의 온몸을 휘감았다.

강력한 살기(殺氣)였다.

편두개는 그 기세에 대항해 보려 했지만 자신의 공력으로는 어림도 없었다.

금세 숨이 차 올라 속이 울렁거리기 시작했다.

편두개의 이마에서 땀이 물 흐르듯 쏟아지자 주변에서 구경하던 사람들은 상호열의 대단한 공력에 모두 감탄하지 않을 수 없었다.

편두개가 도저히 참지 못해 비명을 지르려는 순간 거짓말처럼 자신을 압박하던 힘이 사라졌다.

크게 한숨을 내쉰 편두개는 자신이 소림사의 대환단(大還丹)을 잇달아 서너 개쯤 먹게 되는 기연(奇緣)을 만나지 않는 한 상호열의 상대가 될 수 없다는 것을 깨달았다.

편두개가 긴 한숨을 내쉬었다.

귀신같은 놈에게 두 동생이 죽고 중인(衆人)들 앞에서 망신까지 당했으니 그로서는 두고두고 기억날 만한 날이었다.

"내일 본 맹에 귀한 일도 있고 하니 개개인의 원한은 그 이후로 미루시는 게 어떻겠소이까?"

말은 정중했지만 더 이상의 소란은 용서 않겠다는 경고였다.

이미 많은 사람들 앞에서 크게 망신을 당한 후라 하남오견은 이의를 제기할 수 없었다.

그들은 상호열과 마의사내를 번갈아가며 노려보다가 두 동생의 시체를 안고 어디론가 사라졌다.

 구경거리가 없어지자 사람들은 흩어졌고 마의사내 역시 말없이 자기 숙소로 들어가 버렸다.

 상호열은 마의사내의 정체가 궁금했지만 곧 그의 존재를 잊어버렸다. 지금의 그로서는 몸이 열 개라도 모자랄 지경이었기에 백방에서 일어난 작은 다툼에 계속 신경 쓰고 있을 수 없기 때문이었다.

 취임식을 하루 앞둔 백방에서 일어난 작은 사건이었다.

 드디어 무림맹주의 취임식 날이 밝았다.

 맹주의 앞날과 강호의 평화를 기원이라도 해주려는 듯 날씨는 겨울답지 않게 맑고 따뜻했다.

 취임식은 연화청(蓮花廳)에서 열리게 되었다.

 바닥의 커다란 연꽃 문양 때문에 연화청이라고 불리는 이곳은 무림맹에서 대외적인 행사를 할 때 주로 사용되는 곳으로 천여 명의 인원을 수용할 수 있었다.

 식장 앞쪽으로 백여 개의 의자가 준비되었다.

 구파일방을 비롯한 무림의 명숙(名宿)들을 위한 자리였다.

 출구는 모두 네 곳이었는데, 담린이 맡은 곳은 객청의 좌측 첫 번째 출구(出口)였다.

 모든 현무단 무사들이 취임식에 투입되었고 소향이 이끄는 매화조가 식장 앞쪽에 집중된 반면 새내기 국화조는 객청 곳곳에 분산되어 배치되었다.

 드디어 축하객들이 입장하기 시작했다.

 물론 청방부터 입장이 시작되었다.

 구파일방의 대표 사절단들이 들어왔다.

우선 소림 방장의 사형으로 소림사의 대외적인 행사를 담당하는 복호신승(伏虎神僧) 해월(亥月)이 들어왔고 그 옆으로 무당파(武當派)의 무상진인(無常眞人)과 아미파(峨嵋派)의 장문인 무화 사태(楙華師太)가 들어왔다.

소림과 무당에서 장로를 파견한 데 비해 다른 문파들은 대부분 장문인들이 방문했는데 당금 강호에서 소림과 무당이 차지하는 비중이 그만큼 크다는 것을 알 수 있었다.

하지만 해월은 현 소림 장문인인 해천(海天) 대사의 사형으로 그 배분이나 명성은 다른 장문인들에 비해 결코 낮다고 할 수 없었다. 무상 진인 역시 무당오숙(武當五宿)의 일 인으로 현존하는 무당 장로들 중 가장 배분이 높았다.

따라서 체면과 명분을 중요시하는 그들로서 장문인이 참석하지 않은 것은 단지 그들만의 작은 명분일 뿐 할 수 있는 예를 다 갖춘 셈이었다.

그 뒤로 화산(華山), 곤륜(崑崙), 청성(青城), 종남(終南)의 장문인들이 뒤따라 들어왔다.

강호에서 최고의 명성과 배분을 차지하는 그들이 이렇게 한 자리에 모이는 경우는 극히 드물었다. 오로지 무림맹이라는 이름만이 그것을 가능하게 해주었다.

이차 정사대전이 끝난 지 이제 겨우 칠 년. 불안한 현 강호 정세를 볼 때 무림맹이라는 이름 석 자가 가지는 의미는 매우 컸다.

마교와의 전쟁이 벌어졌을 때마다 무림맹이 결성되지 않았다면 지금 이 자리에 살아남아 있다고 장담할 수 있는 이가 누가 있겠는가?

무림맹은 정파무림의 상징이었고 위기의 순간마다 그들은 무림맹을 중심으로 힘을 뭉쳤다. 당금 강호의 현실 역시 아직 마교와 휴전 상태이다 보니 무림맹주가 가지는 힘은 그 어느 때보다 중요하고 강력했다.

 구파일방에 이어 사대세가의 가주(家主)들과 홍방의 방문자들이 모두 자리에 앉았다.

 준비된 백여 개의 자리는 금세 꽉 찼고 그 뒤로 백호단의 대원들이 일렬로 도열했다.

 백호단이 도열하자 마치 청방, 홍방의 사람들과 황방, 백방 사이를 구분한 것처럼 보였다. 구태여 그럴 필요가 없었지만 그렇다고 구파일방의 장문인들을 뭇 군웅들과 마구 섞여 있게 할 수도 없는 노릇이었다.

 황방과 백방 사람들의 숫자는 천여 명에 육박했고 그들은 백호단원들의 뒤쪽 공간으로 서서히 모여들기 시작했다.

 장내는 이내 소란스러워졌고 수많은 군웅들은 순식간에 연화청을 가득 메웠다.

 담린은 이 같은 광경을 결코 본 적이 없었다.

 장내는 수많은 기운들이 뒤섞여 폭발할 듯한 열기에 휩싸였다. 각기 다른 무공과 다른 기질을 지닌 천여 명의 무림고수들이 한 자리에 모이자 그 기운이 대단했던 것이다.

 담린은 그들의 모습에서 한 가지 특이한 점을 발견할 수 있었다.

 군웅들 중 절반 정도는 얼굴에 화색이 돌고 있었다. 그들은 기쁨을 감추지 못해 아는 얼굴이라도 볼라치면 큰 소리로 오늘의 취임식을 축하하는 인사를 나누었다.

 반면 나머지 반 정도의 무림인들의 표정은 그냥 담담했다. 어떤 이들은 냉랭함을 내비치고 있었는데 노골적으로 불편한 심사를 드러내는 인사들도 꽤 있었다.

 그들은 각기 강남과 강북 출신의 인사들이었다.

강남 출신의 무림인들은 마음이 들떠 있는 반면 강북 출신의 인사들은 그러하지 못했던 것이다.

역대 맹주들의 사례를 보건대 맹주의 출신 기반이 강남 출신이냐 강북 출신이냐에 따라 그 지역 소속 문파들의 흥망성쇠가 크게 달라졌던 것이다.

각종 이권(利權)과 지원이 맹주가 속한 지역에 편중되었고 그러한 일들을 이미 여러 차례 겪어온 강호인들이었다.

따라서 강북무림인들은 이번 강북의 대표였던 남궁단백의 패배가 충격적이었다. 앞으로 강북무림에 어떠한 불이익이 돌아오지 않을까 내심 걱정을 하고 있었다.

그러나 소용없는 일이었다. 이미 결과는 나왔고 돌이킬 수 없는 일이었다. 그나마 이전의 그러한 잘못된 관행들이 이제는 반복되지 않기만을 바랄 뿐이었다.

소란스럽던 장내가 갑자기 조용해졌다.

단상(壇上) 위로 누군가 올라왔던 것이다.

"바쁘신 와중에도 이렇게 본 맹의 행사에 왕림해 주신 여러 선배님들과 무림동도 여러분들께 감사의 말씀을 드립니다! 저는 청룡단을 맡고 있는 사군룡(司涒龍)입니다!"

그 말에 곳곳에서 환호성이 터져 나왔다.

선풍도(颰風刀) 사군룡!

도(刀)를 사용하는 사람들에게는 우상과도 같은 존재였다.

정사지간(正邪之間)의 인물인 섬전쾌도(閃電快刀) 서혼(徐魂)과 마교제일도(魔敎第一刀)라 불리는 혈안도(血眼刀) 유백(柳伯)과 더불어 강호 삼대 도법고수(江湖三大刀法高手)라 불리는 그였다.

특히 도(刀)를 사용하는 군웅들은 흠모와 열정이 가득한 함성을 질러

댔다.

그런 사군룡의 진행으로 취임식이 시작되었다.

형식적인 절차들이 하나둘씩 끝나고 드디어 모두가 기다리던 신임 맹주의 취임 인사가 시작되었다.

"부족한 저를 이렇게 막중한 자리에 뽑아주신 무림동도 여러분들께 감사드립니다!"

강남무림인들을 중심으로 환호성과 박수가 터져 나왔다.

담린은 맹주의 연설이 진행되는 동안 혹시나 있을지 모를 암습(暗襲)에 온 신경을 기울이고 있었다.

맹주 뒤에 말없이 서 있는 소향 역시 긴장된 표정으로 장내를 둘러보고 있었다.

천여 명이 넘는 군웅들, 거기다 개방된 곳에서의 호위란 보통 어려운 일이 아니었다. 만약 이들 중에 실수가 섞여 들어와 있다면, 그래서 독연(毒煙)이라도 터뜨린다면 분명 장내는 아수라장이 될 것이다.

그사이 암습을 시도할 수도 있는 것이다.

호위 무사란 일어날 것 같지 않은 가능성까지 염두에 두어야 한다. 사고란 언제나 예상하지 못할 때 일어나는 법이니까.

소향을 비롯한 매화조 선배들은 식장 앞에서 두 눈을 부라리고 있고 이제 막 국화조에 배치된 신입 대원들 역시 각 출구와 군웅들 사이에서 긴장을 늦추지 않고 있었다.

그들이 맡은 임무는 수상한 자를 미리 색출해서 암중 감시하는 것이었는데 사실 장내에 모인 군웅들의 숫자가 너무 많아서 그것은 현실적으로 불가능했다.

어쨌든 신입 대원들에게는 첫 임무였고 담린은 핏줄이 설 만큼 두 눈을 부릅뜨고 사방을 주시하고 있었다.

환호성과 박수 소리에 소란스럽던 장내는 맹주의 연설에 점차 빠져들어 가면서 조용해졌다.

"…따라서 절대 강북무림에 차별을 두는 일은 결코 없을 것입니다! 또한 맹 내의 인사(人事) 역시 공정하게 처리할 것을 약속합니다!"

맹주의 말에 어떤 이는 불신의 표정을, 어떤 이는 고개를 끄덕이며 동조의 뜻을 보냈다.

대부분의 무림인들은 이제 더 이상 강남과 강북무림의 소모전을 원하지 않았고 맹주의 공약이 꼭 지켜지기를 바랐다.

모두를 긴장시킨 맹주의 말이 나온 것은 바로 그때였다.

"…그리고 정사(正邪)를 아울러 모든 강호인들이 참여하는 무림대회(武林大會)를 열 것을 약속합니다!"

그 말에 장내가 술렁대기 시작했다.

이런저런 이유에서 지금까지 많은 무림대회들이 있어왔고 그것은 특이한 일이 아니었다.

문제는 정사를 아우른다는 말이었다.

장내를 쩌렁쩌렁 울리며 누군가 질문을 했다.

"정사를 아우른다 하심은 무슨 뜻이오?"

성정(性情)이 급하기로 유명한 하북팽가(河北彭家)의 가주 팽만호(彭曼浩)였다.

맹주가 담담한 표정으로 대답했다.

"말 그대로입니다! 정파와 사파를 가리지 않고 모든 무림인들이 참여하는 무림대회를 열겠다는 말입니다!"

맹주의 말에 장내는 더욱 크게 술렁였다.

"그렇다면 마교의 개들도 참여할 수 있다는 말이신지요?"

이번에는 지난 이차 정사대전에서 일이대 제자 모두를 잃고 멸문지화를 당한 형산파(衡山派)의 생존자인 황운기(黃雲技)였다.
 당시 삼대 제자 몇 명만 데리고 간신히 빠져나온 그는 마교라면 자다가도 벌떡 일어나 이를 가는 사람이었다.
 말을 마친 그에게서 폭풍 같은 기운이 뻗쳐 나왔다. 마치 출수(出手)를 앞둔 비무자(比武者)의 기세였다.
 그의 말에 모두의 시선이 다시 맹주에게로 집중되었다.
 맹주는 그러한 그들의 시선을 놀라우리만치 담담하게 받아내고 있었다.
 "그렇소! 그들이 원한다면 참여할 수 있게 할 것이오! 아니, 개인적인 바람으로는 그들이 꼭 참여해 주었으면 좋겠소!"
 맹주의 말에 순간 장내는 시끌벅적해졌다. 곳곳에서 욕설이 터져 나왔고 일부 성질 급한 이들은 병장기를 뽑아 들었다.
 무림맹의 모든 무사들이 일순 긴장했다.
 매화조 무사들 역시 검을 뽑을 자세를 취하면서 맹주 주위를 둘러쌌다.
 소향은 만일의 사태에 대비할 마음의 준비를 하였다. 이대로 폭동이 일어날 수도 있는 문제였다. 만약 그렇게 된다면 자신이 맹주를 보호하며 앞서 정해진 출구로 빠져나가야 한다. 그 뒤를 다른 호위 무사들이 몸으로 막을 것이다. 이미 수 없이 연습해 둔 상태였지만 긴장되는 것은 어쩔 수 없었다. 게다가 상대는 흥분한 천여 명의 군웅들이 아닌가?
 일촉즉발의 상황이었다.
 "아미타불……"
 그때 작고 나지막한 불호가 장내에 울려 퍼졌다.
 분명 작고 나지막하다고 느껴졌지만 장내에 있는 모두의 귀에 또렷또

렷하게 들렸다.

　깊이를 알 수 없는 엄청난 내공이었다.

　이 한마디는 장내의 모든 소란스러움을 누르며 사람들의 격동한 마음까지 가라앉혔다.

　다시 장내는 조용해졌다. 그 소리가 누구의 입에서 나온 소리인지 모두들 알았기 때문이다. 그것을 알면서도 소란을 피울 만큼 간이 큰 사람은 없었다.

　소향은 안도의 한숨을 쉬었다.

　한 고비를 일단 넘긴 것이다.

　아까의 상황에서 가장 무서운 것은 바로 군중 심리(群衆心理)였다. 흥분과 분노만큼 빨리 전이(轉移)되는 것도 없으리라.

　아찔했던 순간이 일단 한 고비를 넘어갔다.

　불호성을 내뱉어 장내를 진정시킨 이는 바로 소림의 복호신승 해월이었다.

　"맹주께서 이 같은 말씀을 하신 데에는 그만한 이유가 있을 것 같습니다. 말씀해 주실 수 있겠소이까?"

　맹주의 이야기를 더 들어보자는 이야기였다.

　"대사께서 이렇게 배려해 주시니 감사할 따름입니다."

　해월을 향해 맹주가 예를 갖춰 인사를 하자 해월 역시 예를 갖추었다.

　실내는 옆 사람의 침 삼키는 소리도 들릴 만큼 조용해졌다.

　모든 이들의 시선이 다시 맹주를 향했다.

　"강호는 지금까지 정사의 양립(兩立)을 인정하지 않았습니다. 하지만 우리가 인정하지 않았다고 해서 그들이 존재하지 않았던 것은 아니었습니다. 사마척결(邪魔剔抉)을 내세워 수백 년을 싸워왔지만 그 결과는 어떠했습니까? 수많은 친인들이 죽어갔고 피와 복수의 역사만이 되풀이되어 왔습니다."

그 말에 군웅들은 모두 눈시울이 뜨거워졌다. 피를 흘리며 죽어간 부모 형제들이 떠올랐기 때문이다.

"악을 미워하고 정의를 세우는 일이야 당연히 저희 정파인들이 해야 할 몫이고 또한 책임이기도 합니다. 하나… 사파인들은 저희를 보고 그런답니다. 허위(虛僞)와 위선(僞善)으로 가득 찬 오만덩어리라고. 저희들 역시 그들을 협(俠)과 의(義)도 모르는 파렴치한 자들이라고 손가락질합니다. 하지만 언제까지 서로 무시하고 손가락질만 할 겁니까?"

"개소리!"

형산파의 황운기의 입에서 나오지 않았어야 할 말이 터져 나왔다. 그러나 군웅들의 관심은 이어지는 맹주의 다음 말에 있었고 그의 분노는 맹주의 단호한 어조 속에 묻혀 버렸다.

"이제 새로운 시각과 이상을 가지고 새로운 강호를 열어야 할 때가 왔다고 생각합니다! 싸움이 아닌 대화로써 그들에게 접근해야 합니다! 이제 다시 또 정사대전이 일어나게 해서는 안 됩니다! 그 첫 번째 시도로써 돌아오는 춘절(春節)에 무림대회를 열 것을 선언합니다!"

맹주의 말이 끝났지만 장내는 조용했다.

아무도 예상하지 못했던 맹주의 선언은 모두에게 커다란 충격이었다. 결정적으로 정사대전이라는 말이 모두의 심장이 얼어붙게 만든 것이었다.

또다시 그들과 전쟁이 벌어진다면?

그건 상상조차 하기 싫은 일이었다.

모두들 박수를 치지도, 그렇다고 야유를 보내지도 않았다. 무작정 반대할 명분도, 그렇다고 동조하기도 힘든 그런 미묘한 사안이었다.

구파일방의 대표들이 서로 눈빛을 마주쳤다. 이 일을 어떻게 받아들여야 할지 모두들 난감한 표정이었다. 이 일이 정치적으로 각파에 어떤 영향을 미칠지 알 수 없기 때문이었다.

　소향의 호위를 받으며 맹주가 황급히 객청 밖으로 빠져나간 이후에도 많은 군웅들은 그 자리를 떠나지 못한 채 웅성대고 있었다.

폭탄선언(2)

강호는 온통 무림대회로 시끄러웠다.

정(正), 사(邪), 마(魔)가 함께하는 무림대회!

그 소문은 제운종(梯雲縱)에 등평도수(登萍渡水)가 더해진 것처럼 빠르게 산과 강을 넘었다.

구파일방의 장문인들 처소에서부터 강호 출도 후 십 년간 검 한 번 제대로 뽑아보지 못한 삼류무사들의 술자리에 이르기까지 입 달린 자들이 두 명 이상만 모이면 어김없이 무림대회 이야기를 나눴다.

그리고 그 찬반(贊反) 의견은 팽팽하게 맞서고 있었다.

주로 젊은 무림인들은 무림대회를 환영하는 입장이었고 나이 든 이들은 반대의 입장이었다.

일부 보수적인 대파(大派)의 명숙들은 신임 맹주인 구양호가 미쳤거나 아니면 마교의 앞잡이가 되었다면서 맹렬히 비난했다.

마교를 겪지 않은 젊은 세대들의 철없음이라 한탄하는 명숙들도 있었다. 그들의 입장에서 사파인들이란 영원히 어쩔 수 없는 인간 말종들이었다.

녹림(綠林)이나 수적(水賊)들은 녹림십팔채(綠林十八寨)니 장강수로십팔채(長江水路十八寨)니 하면서 마치 자신들이 대단한 조직인 양 스스로 금칠들을 하고 있지만 결국 그들은 떼강도에 지나지 않았다.

백 번 양보해서 그들을 초대하는 것을 인정한다고 해도 마교까지 초대한다는 것은 도저히 용납할 수 없는 일이었다.

그 말은 곧 마교를 인정한다는 말이 되었다.

마교!

지난 역사 동안 그들이 일으킨 혈겁(血劫)으로 얼마나 많은 사람들이 죽어갔던가? 물론 그에 상응하는 수많은 마교인들도 죽었겠지만 그것은 마땅한 죽음일 뿐이었다.

어떤 이들은 무림대회를 빌미로 마교를 통째로 없애 버리려는 구양호의 계략이 숨겨져 있다는 음모론(陰謀論)을 내놨다.

그들은 무림대회장 아래에 엄청난 양의 폭약을 설치해 마교의 수뇌부들을 한꺼번에 폭사시키려 한다는 구체적인 의견까지 제시했지만 물론 그것을 믿는 사람은 아무도 없었다.

모든 이들의 의견이 제각각이었지만 한 가지는 분명했다.

신임 맹주는 마교를 절대악(絶對惡)의 존재에서 필요악(必要惡)의 존재로 바꾸려 한다는 것이었다.

어쨌거나 신임 맹주의 승부수는 이미 던져졌고 모든 강호인들의 이목은 그곳으로 집중되고 있었다.

덕분에 현무단은 초비상 상태가 되었다.

그날의 발언은 폭동이 일어나지 않았던 것을 다행으로 여겨야 할 만큼 위험스런 것이었다.

전 대원들의 모든 외출과 휴가가 취소되었고 전원 비상 근무에 들어갔다.

고참인 매화조원들은 이 상황이 그다지 반갑지 않았지만 신입 대원인 국화조들은 신이 났다.

비록 몸은 고달팠지만 전운(戰雲)이 감도는 묘한 긴장감이 싫지만은 않았던 것이다.

＊　　＊　　＊

"완벽하게 당했습니다."

황의인의 목소리에는 힘이 없었다.

"그가 무림대회에 마교까지 끌어들일 줄은 상상도 하지 못한 일이었습니다. 이로써 강호의 모든 시선은 무림대회로 향하게 되었습니다. 이 때를 이용해 그는 무림맹 내부의 물갈이를 시도할 것으로 보입니다."

황의인의 말에 금포인이 말했다.

"지난 두 차례의 정사대전은 강호인들의 잠재 의식 속에 공포를 심어 놓았습니다. 그는 이것을 이용했습니다. 마교와의 화해가 곧 강호의 평화라는 공식을 끌어들인 겁니다."

금포인의 지적은 핵심을 찌르는 것이었다.

"이로써 그는 완벽하게 칼자루를 쥐었습니다. 지금부터의 물갈이는 모두 강호의 평화를 위해 어쩔 수 없는 일이라는 식으로 몰고 갈 게 뻔하지요."

"과연 꼬리가 아홉 달린 여우였군요."

적의인의 말에 금포인이 고개를 저었다.

"여우가 아닐지도 모릅니다. 꼬리가 아홉 달린 호랑이일 수도 있지요."

금포인의 말에 적의인은 설마 하는 표정이 되었다.

"구파일방의 반응은 어떻소?"

"그들은 두 가지 고민 중일 겁니다. 첫째는 구양호의 속셈이 과연 무엇일까 하는 것이겠지요. 두 번째는 이 상황을 어떻게 이용할 것인가 생각하고 있을 겁니다."

그들의 대화를 노인은 묵묵히 듣기만 하였다.

아마 이것이 이들의 방식인 듯 보였다.

그들끼리 자유롭게 이야기를 나누면 노인은 그 모든 것을 듣고 있다가 최종적으로 결정을 내리는 그런 식이었다.

"사망곡주가 머리를 꽤 굴렸더군요."

"아마 일살의 생각이겠지요. 적당히 치고 빠지면서 아마 우리 쪽과 맹주 쪽 양쪽에 다리를 걸칠 생각을 하고 있을 겁니다. 작정을 한 실패였겠지요."

"어차피 처음부터 기대한 것은 아니었으니까요. 그나마 수확이라면 자양노군(子暘老君)이 맹주에게 붙어 있다는 것을 알게 된 점이지요."

적의인은 고개를 갸웃거렸다.

"그 자존심 강한 늙은이가 어떻게 구양호의 보표 노릇이나 하고 있었던 것일까요?"

"글쎄요. 어쨌든 맹주는 아직 밑천을 다 드러내지 않았다는 점입니다. 또 뭐가 튀어나올지 모르죠."

그 말에 동의하듯 모두 고개를 끄덕였다.

"마교 쪽에서는 어떻게 나오리라 생각하십니까?"

적의인의 말에 금포인이 약간 인상을 쓰며 대답했다.

"그 부분이 가장 큰 변수입니다. 과연 마교 쪽에서 이번 맹주의 제안을 받아들일 것인가 하는 것이죠."

"쉽게 움직이지는 않을 듯합니다만……."
"문제는 맹주가 은밀히 뒷거래를 할 수도 있다는 것입니다."
그 말에 모두들 놀람을 감추지 않았다.
"설마 마교와 거래를 할지도 모른다는 말씀이시오?"
"구양호 그자가 아무리 간이 크다고 해도……."
금포인은 침중한 표정으로 노인에게 말했다.
"가능성은 충분히 있습니다. 아니, 거의 그렇다고 보아야 될 겁니다. 마교가 그의 뜻대로 움직여 줄 리 만무하니까요. 맹주는 틀림없이 마교를 협상 자리로 끌어낼 미끼를 던질 것입니다. 우린 그 순간을 놓치지 않아야 합니다."
노인의 짙은 주름들이 꿈틀거렸다.
무림맹주 따윈 꼭두각시에 불과하다고 생각해 왔던 그였다. 강호의 진정한 지배자는 자신이라고 여겼던 그였다. 천방지축인 신임 맹주에게 뜨거운 맛을 한번 보여주어야겠다고 벼르던 그였다.
그 구실을 노인에게 제공하는 순간 모든 것은 끝이 날 것이다.
"맹주에게서 눈을 떼지 말도록!"

    *   *   *

"자네도 내가 미쳤다고 생각하나?"
집무실(執務室)에서 차를 마시던 맹주가 뜬금없이 물었다.
맹주의 단도직입적인 물음에 들고 있던 찻잔을 내려놓으며 혁월이 말했다.
"미친 사람이 무림맹주가 될 만큼 강호는 호락호락하지 않다고 생각합니다만 의외였다고 할까요?"

나름대로 진지한 대답이었지만 맹주는 웃음을 터뜨렸다.
"그렇지. 강호는 호락호락한 곳이 아니지."
맹주의 눈가에 주름이 잡혔다.
"난 오래전부터 이 일을 준비해 왔다네. 어쩌면 맹주가 되고자 노력해 왔던 이유도 바로 이것 때문일지도 모르겠네."
혁월은 과연 맹주의 속마음에는 어떠한 것들이 숨겨져 있을까에 대해 생각해 보았다.
맹주는 뛰어난 무공을 지니지도 못했고 그렇다고 뛰어난 지혜를 가진 사람도 아니었다. 그다지 특별한 사람이 아니라는 뜻이다.
오히려 그는 평범함이라는 말이 가장 잘 어울리는 사람이었다.
'그러나 그는 저 평범함이란 가면을 무기로 자신의 야망을 꾸준히 키워왔을 것이다.'
그는 가히 잠룡(潛龍)이라 할 만했다.
맹주의 이번 계획은 보통의 사람은 생각해 낼 수 없는 계획이었다. 어쩌면 누구나 생각은 할 수 있지만 아무도 실행에 옮길 수 없는 일이기도 했다.
"앞으로 더욱 위험해질 겁니다."
혁월의 말에 맹주가 고개를 끄덕였다.
그의 표정에는 이미 그런 것쯤은 신경 쓰지 않는다는 의지가 담겨 있었다.
맹주는 이미 이 일에 자신의 목숨을 건 듯 보였다.
죽음을 두려워하는 자는 혁명을 일으킬 수 없기 마련이다.
"난 그들을 적으로 생각하지 않네. 난 오히려 내부에 있는 적들이 더 무섭네."
마교를 적으로 생각하지 않는 사내, 그가 생각하는 내부의 적이란 누구를 가리키는 것일까?

"…그리고 최후의 적은 바로 여기에 있겠지."

맹주는 자신의 가슴을 가볍게 두 번 두드렸다.

그 모습을 보며 혁월은 한 가지를 확신할 수 있었다.

맹주는 자신의 신념이 꺾이는 순간 몰락하게 될 것이다.

"참, 그자들의 정체는 밝혀졌나?"

이번에 암습을 가한 자들을 말했다.

"네, 사망곡입니다만… 그러나……."

맹주의 표정은 변화가 없었다. 마치 예상한 사람처럼 보이기도 했고 어디라도 상관없다는 태도 같기도 했다.

"그러나?"

"이건 개인적인 생각입니다만 그들은 이번 암살 시도로 맹주님께 무언(無言)의 전언(傳言)을 전한 게 아닐까 하는 생각이 듭니다."

그 말에 맹주는 오히려 즐거운 표정이 되었다.

"무언의 전언이라, 거 재미있군."

"예를 들자면 이런 겁니다. '우린 맹주님을 죽이고 싶지 않습니다' 라는 거지요."

맹주의 표정은 점점 더 흥미로워졌다.

"하하, 흥미로운 이야기야. 계속해 보게."

"만약 정말로 맹주님을 암살할 생각이었다면 더 많은 인원을 동원하면서 좀 더 확실한 방법을 사용했을 겁니다. 아마 사망곡의 전 살수들이 동원되었겠지요. 그런데 그들은 의도적으로 자신들의 행적을 노출시켰습니다. 이쪽에 알려준 거죠."

맹주는 고개를 끄덕였다.

"결국 문제는 사망곡이 아니라?"

"사주(使嗾)한 자가 누구인가 하는 것이지요."

표정은 담담했지만 맹주의 내심은 그다지 편하지만은 않았다. 정식으로 취임도 하기 전에 암습을 받았다. 더구나 사망곡을 움직일 만큼의 큰 힘을 가진 자들이 그 배후에 있었다. 앞으로 얼마나 더 많은 위기를 겪게 될 것인가?

맹주는 두 눈을 지그시 감았다.

그 모습을 보며 혁월이 말소리를 줄여 말했다.

"그 문제는 일단 청룡단주에게 맡겼습니다. 곧 그에 대한 보고가 올라올 것입니다."

맹주는 잠이 든 사람처럼 아무 말도 없었다.

"그럼 전 이만."

혁월이 집무실을 나서려는 순간 맹주가 말했다. 여전히 두 눈은 감은 채였다.

"자네의 도움 없이는 힘들 게야."

"최선을 다하겠습니다."

"자넬 믿고 있다네."

"……."

혁월은 말없이 집무실을 나섰다.

'과연 맹주는 나를 진심으로 믿고 있을까?'

혁월은 고개를 가로저었다.

혁월은 맹주가 진실로 믿고 있는 것은 자기 자신뿐일 것이라는 생각이 들었다.

답답한 마음으로 방문을 나서던 혁월은 문득 우이가 생각났다.

'자네는 지금 어디에서 뭘 하고 있나?'

　　　　　　*　　　　*　　　　*

　귀영신마(鬼影神魔) 좌구척(左丘斥)이 천산(天山)의 가장 후미진 봉우리인 나래봉(拿來峯)에 올랐을 때 위지천(尉遲天)은 이제 막 구화마검(九禍魔劍)의 마지막 초식인 멸절파세(滅絶破世)를 펼치고 있었다.
　샤아아앙!
　평생을 도산검림(刀山劍林) 속에서 살아온 노강호(老江湖)라 할지라도 고개를 갸웃할 기이한 파공음!
　구화마검의 발도음(拔刀音)이었다.
　이어지는 단아한 몸짓 하나. 결코 요란하지도, 화려하지도 않았다.
　그리고 거짓말처럼 절벽이 베어졌다.
　자신의 패배를 인정하고 쓰러지는 협객(俠客)의 넓은 가슴에 남겨진 상처처럼 대자연은 담담히 자신의 패배를 받아들였다.
　위지천은 말없이 그것을 올려다보고 있었다.
　도저히 인간이 만들었다고는 볼 수 없는 절벽의 갈라진 틈에서 몇 개의 돌조각들이 먼지를 일으키며 굴러 떨어졌다.
　'과연 뼈와 살로 이루어진 인간이 저 검을 받아낼 수 있을까?'
　좌구척의 몸이 저절로 굽혀졌다.
　"마검(魔劍)의 대성(大成)을 경하드리옵니다."
　십삼신마(十三神魔) 중 제칠신마(第七神魔)인 귀영신마의 허리를 구부리게 할 수 있는 존재, 마교의 소지존(小至尊) 위지천이 비로소 고개를 돌렸다.
　준수한 얼굴에 귀태가 흐르는 미공자(美公子)였다. 용무가 없더라도 괜히 말 한마디 붙여보고 싶은 호감 가는 얼굴이었다.
　"감사합니다. 모두 여러 마존(魔尊)들께서 염려해 주신 덕분입니다."

언제나 그렇듯 위지천이 공손하게 말했다.

구화마검은 교주 천마(天魔)의 독문무공으로 교주조차 나이 마흔이 되어서야 완성한 천하제일마공(天下第一魔功)이었다.

그것을 이제 막 스물다섯이 된 위지천이 비록 팔성(八成)의 경지지만 마지막 초식까지 완벽히 펼쳐 낼 수 있다는 것은 실로 놀라운 일이 아닐 수 없었다.

교주는 자식을 갖지 않았다. 대신 자신의 무공을 완벽하게 이어받을 만한 기재(奇才)들을 모아서 가르쳤다.

그는 어느 제자도 편애(偏愛)하지 않았으며 모두에게 똑같이 무공을 가르쳤다.

그러나 여덟 명이던 제자들은 삼 년이 지나자 다섯이 되었고 다시 이 년 후에는 세 명만이 남았다. 누가 누구를 죽였는지 아무도 몰랐다.

그런 제자들의 모습에도 교주는 아무런 반응을 보이지 않았다. 처음부터 그는 이러한 일을 예상이라도 하고 있었던 사람처럼 보였다.

한 가지 분명한 사실은 마지막까지 살아남는 자가 후계자가 될 것이라는 점이었다.

결국 마지막까지 살아남은 자는 위지천이었다.

마지막까지 남았던 나머지 두 사형제가 서로 양패구상(兩敗俱傷)하는 바람에 얻게 된 행운이었다.

후계자는 위지천이 되었고 마교의 십삼신마(十三神魔)는 위지천이 어부지리(漁父之利)를 얻었다고 생각했다.

그러나 시간이 지나면서 위지천은 단지 운만 좋은 어부가 아니라는 것을 알 수 있었다.

위지천은 교주의 모든 것을 완벽하게 흡수해 나갔던 것이다.

비단 무공뿐만 아니라 교주가 가진 정치력과 판단력을 배워 나갔다.

타인의 마음을 꿰뚫어 보는 듯한 눈빛마저 닮아갔다.

마지막 남았던 두 사형제의 양패구상은 그가 이끌어낸 작품이라 추측하는 마인들도 생겨났다. 그들의 죽음에 석연찮은 점이 한둘이 아니었던 것이다.

그러나 위지천은 암살이나 음모 따위와는 전혀 어울리지 않는 사람이었다. 그는 매사에 차분했으며 모두에게 친절했다. 마치 명문정파의 믿음직한 수제자처럼 보였다.

그는 살인(殺人)을 싫어했고 심지어는 벌레 한 마리도 함부로 죽이지 않았다. 그가 가진 권력의 크기를 생각해 본다면 놀라운 일이 아닐 수 없었다.

이런 그였기에 만약 사형제들 간의 암투를 그가 계획한 것이라면 그는 역대 그 어떤 마인(魔人)보다 가장 무서운 마인이 될 것이었다. 그러나 그 일의 내막은 오로지 위지천만이 알 뿐 아무도 알지 못했다.

자신의 나이에 채 반도 못 미치는 그였지만 그의 앞에 서면 언제나 조심스러워지는 좌구척이었다.

"칠면염라(七面閻羅)가 돌아왔습니다."

"구마존(九魔尊)께서?"

"내려가 보셔야겠습니다."

"무슨 일인가요?"

"그가 흥미로운 소식을 가지고 돌아왔습니다."

위지천이 천마전(天魔殿)에 들어섰을 때 여덟 명의 마존들은 양 옆으로 늘어서서 그를 기다리고 있었다.

강호를 공포에 몰아넣었던 십삼신마(十三神魔)는 이제 여덟 명밖에 남지 않았다. 칠 년 전 제이차 정사대전 때 다섯 마존이 목숨을 잃었던 것이다.

교주인 천마(天魔) 역시 그때 한쪽 팔이 잘리는 부상을 입고 칠 년째 폐관(閉關) 중이었다.

교주는 폐관하면서 남은 마존들에게 위지천을 부탁했다.

초기에는 대부분의 일들을 마존들이 의논해서 처리했지만 점차 위지천이 나이가 들자 교주의 역할을 그가 떠맡아 하게 되었던 것이다.

칠면염라 단회(但回)가 앞으로 나섰다.

그의 허리에 걸린 한 자루의 기형도가 흔들거렸다.

그는 바로 하남오견을 베었던 그 마의인(麻衣人)이었다. 그가 바로 십삼신마 중 구마의 자리를 차지하고 있는 칠면염라였던 것이다.

"신임 맹주가 무림대회를 열겠답니다."

"그야 허례(虛禮)를 좋아하고 떼 지어 모이길 좋아하는 정파인들의 일상 아닌가?"

위지천이 '그게 보고할 만한 이야기가 되냐'라는 표정이자 칠면염라는 다시 말을 이었다.

"정사(正邪)가 함께하는 무림대회랍니다."

"정사가 함께하는?"

"저희들을 초대하겠다는 의사를 밝혔습니다."

칠면염라의 말에 모두들 놀라는 눈치들이었다.

위지천 역시 놀라움을 감추지 못했다.

"우리들을 초대하겠다고 했단 말인가?"

"네, 맹주 취임식에서 그렇게 밝혔습니다."

"크하하!"

위지천이 크게 웃음을 터뜨렸다.

쉽게 자신의 감정을 드러내지 않는 위지천이었지만 이때만큼은 마음껏 웃었다.
"대단히 재밌는 얘기군요. 그래서 정파인들의 반응은 어떻던가요?"
"지금 반대와 찬성이 팽팽하게 맞서고 있지만 찬성하는 분위기로 흘러가고 있다고 합니다."
"하하하! 장단도 맞추기 전에 춤부터 춘다?"
여전히 위지천의 기분은 좋아 보였다.
"정사를 불문하고 강호의 모든 방파들이 촉각을 곤두세우고 있습니다."
그때 천독마군(千毒魔君) 노염백(盧焰白)이 한 발 앞으로 나섰다.
손짓 한 번에 천 개의 입과 콧구멍에서 피를 토하게 만든다는 마교 제일의 독인(毒人)이 바로 그였다. 보는 것만으로도 두려움이 생겨나는 그의 청록색 눈동자가 더욱 짙어졌다.
"함정일 가능성이 높습니다."
벽을 긁는 듯한 음침한 소리에 옆에 서 있던 잔혼금강(殘魂金剛) 막우(莫于)가 그의 말을 거들었다.
"개수작을 부린다면 다 죽여 버리면 되지."
말을 마친 그는 이빨을 뿌드득 갈았다. 실제로 그의 이빨에 씹혀 죽은 자들이 열이 넘었다.
막우의 몸에서 살기가 폭발하듯 터져 나왔다.
웬만한 고수라면 그 기운만으로도 크게 심신을 상할 무서운 기세였지만 장내의 누구도 그것을 피하지 않았다.
오히려 긴 겨울의 끝에 찾아온 한자락 봄기운처럼 그것을 즐기고 있었다. 마인에게 있어 살기란 활력과도 같은 것!
자신이 있는 자리에서 거리낌없이 살기를 발출한 막우였지만 위지천은 오히려 그를 향해 미소를 지었다.

위지천의 포용력을 보여주는 대목이기도 했고 노마(老魔)들이 위지천을 진정한 후계자로 인정하는 이유이기도 했다.

위지천이 이번에는 좌구척을 향해 말했다.

"신마께서는 어떻게 생각하십니까?"

제삼마(第三魔) 환사유풍(還事柔風) 낙월(落月)이 죽고 난 이후 마교의 군사(軍師)는 귀영신마의 몫이었다.

좌구척이 신중한 표정이 되어 말했다.

"신임 맹주 구양호의 정치적 포석이라고 생각됩니다. 문제는 그가 이것으로 무엇을 노리고 있느냐 하는 것입니다."

그의 말에 위지천이 고개를 끄덕였다.

"그것을 파악하는 것이 가장 중요하겠군요."

"물론입니다. 일단 저쪽의 반응을 좀 더 두고 볼 필요가 있습니다. 조만간에 어떤 식으로든 연락이 올 것이라 생각됩니다."

좌구척의 말에 마존들은 제각각 신중한 표정이 되었다.

칠 년간의 긴 침묵을 깨고 새로운 움직임이 시작된 것이다.

혼잣말처럼 위지천이 중얼거렸다.

"강호는 다시 재밌어지겠군요."

❽ 점소이

점소이

영춘은 퀭한 눈을 들어 밖을 내다보았다.

이틀째 제대로 잠을 자지 못해 쑥 들어간 눈알을 열심히 굴려보았지만 자신이 찾고자 하는 것은 보이지 않았다.

태호 제일의 구두쇠 영춘이 요사이 뜸한 손님보다 더 간절히 찾고 있던 것은 바로 더럽고 치사한 까마귀 떼와 잔인하고 무식한 늑대새끼들이었다.

평소라면 활개를 치고 다녀야 할 흑오파와 혈랑조의 모습이 뚝 끊어진 것이었다.

덕분에 하촌 상인들의 얼굴에는 은근히 화색이 돌기 시작했다. 하루가 멀다 하고 돈을 뜯어가는 건 둘째 치고라도 위아래도 없이 설쳐 대는 꼴을 며칠이라도 안 보게 되니 십 년 묵은 체증이 내려가는 것을 느끼고들 있었다.

그러나 그들 중 단 한 사람, 영춘만은 예외였다.

영춘은 도리어 이 상황이 몹시 불안하기만 했다.

물론 우연이겠지만 우이가 흑오파에 끌려갔다 온 다음날부터 그들의 모습이 보이지 않았던 것이다.

그날 우이가 돌아오면서 했던 말이 자꾸 영춘의 귀를 간지럽혔다.

"흑오파를 그만둔대요."

그런 영춘의 고민을 알기나 하는지 우이는 전보다 더 쾌활해졌다.

게다가 그가 본격적으로 일을 시작하고부터 주정꾼들의 난동도 많이 줄어들었다.

이상하게 그가 달래면 다들 순한 양이 되었고 그의 등에 편안히 잠들어 집으로 돌아갔던 것이다.

모두들 그에게 술꾼 달래는 비책이 숨어 있을 거라고 말했다.

그런 점에서 그는 영춘객잔의 복덩어리임에 틀림없는데 문제는 흑오파와 혈랑조였다.

"왜 나타나지 않는 거냐구!"

차라리 어느 쪽이든 들이닥쳐서 부수고 돈을 내놓으라고 난리를 피우는 편이 더 마음 편할 영춘이었다.

영춘이 연신 한숨만 내뱉고 있을 때 아평이 숨이 목구멍까지 차서 헉헉거리며 달려 들어왔다.

"무슨 일이냐?"

그 모습에 간이 철렁해진 영춘이 벌떡 일어났다. 아평은 숨을 고르느라 말을 잇지 못했다.

"흑오파가, 흑오파가, 헉헉……!"

흑오파란 말에 애가 탄 영춘이 아평을 재촉하기 시작했다.

"이놈아, 빨리 얘기를 해봐."

"춘화루의 앵앵이한테 들은 얘긴데요, 흑오파와 혈랑조가 크게 싸움이 붙었대요."

"그게 정말이냐?"

"이제 곧 서로 큰 전쟁을 벌일 거라는 소문이 자자해요."

영춘은 그제야 무릎을 쳤다.

왜 놈들이 보이지 않았는지 이해가 되었다.

영춘객잔이나 우이와는 아무런 관련이 없었던 것이다.

"휴……."

안도의 한숨과 함께 영춘의 표정이 환하게 밝아졌다.

기왕 싸움이 벌어질 바엔 크게 싸워 양쪽 모두 망해 버렸으면 좋겠다는 생각이 들었다.

아마 그것은 이곳 하촌 상인들의 공통된 소망이기도 할 것이다.

아평이 여기저기서 주워들은 소문을 열심히 영춘에게 종알거리고 있을 즈음 우이는 주방 안에서 아연의 핀잔을 듣고 있었다.

"호피첨초(虎皮尖椒)는 센 불에 익혀야 한다고 했잖아요. 그래야 모양이 망가지지 않고 고추에 생기는 무늬가 뚜렷해진다구요."

아연은 두 손을 허리에 올리고 작정을 한 듯 그를 본격적으로 몰아세우고 있었다.

며칠 전부터 우이는 요리를 배워보겠다고 나섰는데 숙수인 달호는 아연 이외에는 절대 제자를 받지 않겠다며 딱 부러지게 거절했다.

그러나 우이는 하루 종일 달호를 따라다니며 괴롭혔고 결국 천하제일의 숙수는 달호라는 말에 달호는 자신의 귀가 얼마나 얇은지 모두에게 확인시켜 주었다.

우이의 주방 출입을 허락했던 것이다.

결국 그의 요리 강습은 아연에게 맡겨졌다.

"도대체 요리를 배우려는 목적이 뭐예요?"

아연의 말에 우이는 머리를 긁적였다.

"그냥 재미로 배워보려는 거라면 꿈 깨세요. 요리를 우습게 보는 것은 저도 못 참아요."

"그런 건 아냐."

"그럼 뭣 때문이죠?"

"네 꿈이 뭐라고 했지?"

우이의 갑작스런 물음에 아연은 당황했다.

"그건 왜 묻죠?"

"훌륭한 숙수가 되는 게 꿈이라고 했지? 그래서 이런 객잔을 차리는 게 꿈이라고."

"그런데요?"

"그래서 한번 해보고 싶었지."

아연은 고개를 갸웃했다.

"……?"

"앞으로 부인(婦人)이 될 사람의 일이니까."

그 말에 순간 아연의 얼굴이 홍당무가 되었다.

"그, 그게 무슨……?"

아연은 어떤 말을 해야 될지 몰라 더듬거리며 물었다.

우이의 얼굴에 살짝 스치는 장난기에 아연이 조심스럽게 물었다.

"…진심인가요?"

"물론 농담이지."

순간 아연의 두 눈에 번개가 일었고 그녀가 휘두른 나무 국자를 피해 우이가 주방 밖으로 달아나며 말했다.

"그 성질을 죽이면 생각해 보지."

아연은 가슴이 콩닥거렸다.

비록 장난처럼 말했지만 부인이란 말을 들었을 때 심장이 멎는 줄 알았다.

그들의 모습을 어이없다는 듯이 보고 있던 천하제일의 숙수가 혼잣말처럼 중얼거렸다.

"이제 떠날 때가 된 건가?"

그것은 어디 한곳 오갈 데 없는 불혹(不惑)의 노총각 달호의 허망한 메아리였다.

때론 귀를 막고 사는 것이 더 행복할 때가 있다.

바람을 타고 불어오는 세상의 이야기들은 간혹 행복한 이야기들도 있지만 그렇지 않은 것들이 대부분이기 때문이었다.

바로 요즘의 우이가 그러했다.

요즘같이 행복한 때라면 아무것도 듣지 않고 살았으면 했다. 그러나 그것은 불가능한 일이었다.

결국 귀머거리가 아닌 것이 그저 원망스럽기만 한 오늘 같은 날도 찾아오기 마련인 것이다.

"신임 맹주가 암습을 받았다는 소문을 들었나?"

우이의 가슴이 철렁 내려앉았다.

그리고 발등에 못이라도 박힌 듯 그 자리에 딱 멈춰 섰다.

"들었네."

우이가 소리의 진원지를 향해 고개를 돌리자 그곳에는 두 명의 표사가 술을 마시고 있었다. 아마도 표행(鏢行)이 끝나고 한잔하러 온 표사들인 것 같았다.

"다행히 맹주는 무사하다고 들었네."

우이의 입에서 안도의 한숨이 새어 나왔다.

콧수염을 기른 표사의 말에 덩치 큰 표사는 큰 대접의 술을 한 번에 들이키고는 격분에 찬 목소리로 말했다.

"간도 큰 놈들이지. 감히 무림맹주를 해치려 들다니……."

"마교 놈들의 짓이 틀림없어."

"그렇겠지. 그들이 아니라면 누가 감히 그런 일을 저지르겠는가?"

"참, 자넨 이번 무림대회에 대해 어떻게 생각하나?"

콧수염이 문득 생각이 났다는 듯 묻자 덩치는 또다시 한 대접의 술을 들이켰다.

"생각하고 말고 할 게 어딨겠나? 정사가 함께하는 무림대회라니? 꿈 같은 이야기지."

"하나 성사만 된다면 바야흐로 강호는 새로운 시대를 맞게 되지 않겠나?"

두 표사의 대화는 무림대회의 정당성에 대한 논쟁에서 마교의 잔혹성에 대한 분노로, 다시 이번 표행 길에 만났던 녹림도로 이어지다가 결국 음담패설(淫談悖說)로 끝이 났다.

그 긴 시간 동안 우이는 말없이 그 자리에 멍하니 서 있었다.

소향의 시원스런 미소가 떠올랐다. 단순하지만 속은 한없이 여린 철무의 각진 얼굴도 떠올랐다. 자신을 큰형처럼 따르던 매화조와 국화조원들의 얼굴도 떠올랐다. 새로 들어와 말썽을 피우던 신입 대원들과는 변변한 인사조차 나누지 못했다.

'모두들 다 잘 있지? 모두 무사한 거지?'

하지만 우이는 이제 자신이 이러한 안부를 물을 자격도 없다고 생각했다. 그는 그들에게 있어 도망자였으니까.

"누구게?"

우이의 두 눈을 작지만 거친 손이 감아왔다.

여기저기 칼에 베인 손가락의 상처가 느껴졌다. 손가락 마디마디에 그녀의 삶이 녹아 있었다. 그리고 손에서는 기름 냄새가 났다.

우이가 아연의 손을 입가로 내렸다. 그리고 혓바닥을 내밀어 새끼손가락을 빨았다.

아연이 기겁을 하며 우이에게서 떨어졌다.

"악! 무슨 짓이에요?"

"그냥 무슨 맛인가 보려 했지."

"색마(色魔)!"

아연이 눈을 치켜뜨며 짐짓 화를 내는 표정을 지었지만 우이는 오히려 귀엽게만 보였다.

주방으로 들어온 아연은 조심스럽게 손바닥을 폈다.

두 눈을 가렸을 때 그의 눈이 젖어 있었던 것을 그녀는 느꼈다.

손바닥을 자신의 볼에 대었다.

우이의 눈물이 느껴졌다.

요 며칠 사이 복대의 행동이 이상하다고 처음 느낀 건 아평이었다. 평소의 그 입심 좋고 쾌활했던 복대가 요즘 들어 통 말이 없어진 것이다.

그는 멍하니 딴생각을 하기 일쑤였고 덕분에 그의 일까지 아평이 도맡아 해야 했다.

그러나 아평은 불평보다는 걱정이 앞섰다.

복대에게 무슨 일이 생긴 것이 틀림없었다.

며칠 전에는 복대가 얼굴이 상처투성이가 되어서 일을 나왔다. 분명 무슨 일이 있었을 텐데 도통 복대는 입을 열지 않았다.

아평이 아연에게 그런 복대의 이야기를 꺼낸 건 이제 객잔이 좀 한가해진 신시(申時) 무렵이었다.

아연은 새로운 요리를 전수해 달라고 아침 내내 주방에서 자신을 괴롭히던 우이에게 결국 새우말이 요리인 단권하인(蛋捲蝦仁)의 양념 만드는 법을 가르치는 중이었다

"분명 무슨 일이 생긴 게 틀림없어요."

"무슨 일인지 감도 안 오고?"

"네, 통 말을 안 해줘요."

"그래, 알았다. 내가 나중에 따로 물어볼게."

"그럼 부탁해요, 누나."

아연의 말에 아평의 표정이 밝아졌다.

아평이 객잔에서 가장 잘 따르는 사람이 바로 아연이었다.

아연의 말이라면 믿을 수 있었다. 그녀는 비록 여자였지만 자신이 맡은 일은 무슨 일이든지 확실하게 처리하는 사람이었다.

그런 아연이었기에 분명 복대의 고민도 해결해 줄 수 있을 거라고 믿는 아평이었다.

아평이 나가자 옆에서 말없이 그들의 대화를 듣고 있던 우이가 아연에게 말했다.

"복대 일, 내게 맡기면 안 될까?"

아연은 우이의 말이 의외였지만 저런 말을 하는 데는 분명 이유가 있을 거라고 생각했다. 이런 말을 할 때면 그는 전혀 딴사람이 된 것처럼 보였다.

요즘 들어 아연은 우이에게서 새로운 면들을 하나둘씩 발견하고 있었다.

첫째로 우이는 생각보다 진지한 사람이라는 점이었다.

근래에 자신에게 장난도 많이 치고 객쩍은 소리도 아끼지 않는 그였지만 결국 그의 본질은 '진지한 사람'이라는 것을 아연은 느낄 수가 있었던 것이다.

모두들 자신이 쉽게 변할 수 있으리라 생각하지만 사람은 쉽게 변하는 존재가 아니다. 또 자신이 바뀌었다고 생각해도 무의식적으로 나오는 행동들까지 제어하기는 불가능한 일이었다.

둘째는 그의 과거에 관한 것이었다.

그는 대충 둘러대며 말해 주지 않았지만 아연은 느낄 수 있었다. 그의 과거가 결코 평범하지 않다는 것을.

게다가 우이는 객잔을 찾는 무림인들의 대화에 관심이 많았다.

관심없는 척해도 그의 귀는 어느새 그들의 대화에 가 있었다. 특히 요즘 화제가 되고 있는 무림맹이나 무림맹주에 대한 이야기가 나올 때면 그는 거의 넋을 잃었다.

우이의 과거가 무림인과 깊은 관계가 있을 것이라는 추측을 조심스럽게 해보는 아연이었다.

복대의 일을 맡겠다는 우이의 진지한 표정을 보며 아연은 고개를 끄덕였다. 믿을 테니 잘 처리해 달라는 고갯짓이었다.

우이가 아연에게 복대 일을 자신이 맡겠다고 한 건 다 이유가 있었다.

며칠 전 우이는 전혀 예상치 못한 장소에서 복대를 보았던 것이다. 아마 복대의 지금 변화는 틀림없이 그것과 관련있을 거라는 생각이 들었다.

복대는 이를 악물었지만 흐르는 눈물을 막지는 못했다.

눈앞이 흐릿해졌다.

눈물을 흘리면 더 비참해진다는 것을 알았지만 이제 겨우 열일곱이 된 소년이 자신의 감정을 자유롭게 조절한다는 것은 불가능했다.

결국 복대는 눈물을 흘리고야 말았지만 주위에 서서 그를 지켜보는 누구도 한마디 위로의 말을 던지지 않았다.

오히려 따가운 멸시의 눈초리만이 상처 입은 복대의 마음을 더욱 쓰라리게 하고 있었다.

"돌아가. 여긴 너 같은 놈이 올 데가 아냐."

조금 전 강호의 유명한 협객이 되기 위해 다섯 살 때부터 연마한 화륜각(火輪脚)으로 하촌의 건방진 점소이를 때려눕힌 왕팔(王八)이 의기양양하게 말했다.

복대가 배를 부여잡고 간신히 일어섰다.

창자가 끊어지는 듯 아파왔다. 하지만 이곳을 벗어나야 했다. 있어달라 사정해도 더 이상 있기 싫은 곳이었다.

그 모습을 복대 또래의 청년 예닐곱이 비웃으며 보고 있었다.

"음식이나 열심히 날라라."

"분수를 알아야지."

"언제 한번 놀러 갈게."

누군가의 입에서 나온 한마디 멸시의 말이 새끼에 새끼를 쳤다.

모두들 한마디씩 던졌다.

한마디 한마디가 복대의 마음에 비수가 돼서 꽂혔다.

복대는 '창룡무관(蒼龍武館)'이라 쓰인 현판 아래까지 간신히 걸어나왔고 드디어 이 더러운 곳을 벗어나게 되었다는 생각과 함께 앞으로 고꾸라졌다.

그가 쿵 하고 쓰러지자 창룡무관의 문은 그것보다 몇 배는 더 크고 시끄럽게 닫혔다. 너 따위에게는 다시는 열리지 않겠다는 듯이.

얼굴에 차디찬 흙이 느껴졌다.

복대는 차라리 그것이 시원하다고 느꼈다.

왕팔에게 맞은 곳이 불이 나듯 화끈거렸고 이대로 죽을지도 모르겠다는 생각도 들었다.

다시 눈물이 흘러내렸다.

왜 이렇게 태어났나 하는 원망이 들었다.

복대가 이곳 창룡무관을 찾은 것은 며칠 전이었다.

이곳은 태호에서 가장 큰 무관 중 하나였고 가장 유명한 곳이기도 했다. 그리고 복대가 언제나 벼르고 벼르던 곳이었다.

복대가 그동안 악착같이 돈을 모았던 이유도 여기 있었고 어린 아평이 혈랑조에 맞서 달려나갈 때 오줌을 지리며 꼼짝 못했던 그가 수치심을 참으며 떠올린 곳도 여기였다.

그는 겁소이로 사는 것도, 겁쟁이로 남는 것도 싫었다.

그의 꿈은 강호를 종횡하는 무인이 되는 것이었다.

복대에게 강호란 자신의 신분을 탈출해 새로운 꿈을 이룰 유일한 탈출구였던 것이다.

그리고 그 시작은 바로 창룡무관이었다.

한 달 수업료는 복대가 육 개월을 꼬박 음식을 날라야 벌 수 있는 돈이었다.

그래도 복대는 아깝지 않았다.

열심히 무공을 배워서 중원표국(中原鏢局)의 표사 시험을 치르리라 마음먹었다.

지난 몇 년 동안 아껴둔 돈이라면 적어도 이곳에서 일 년은 배울 수 있었다. 그 기간 동안 이를 악물고 배워야겠다고 마음먹었다.

처음 그가 찾아갔을 때 무술사범(武術師範) 만오(萬五)는 못마땅한 눈빛으로 육 개월치 수업료를 선불로 내라고 했다.

그 못마땅한 눈빛은 같이 무공을 배우는 청년들도 마찬가지였다.

처음에는 왜 그들이 자신을 못마땅하게 여기는지 도무지 이해할 수가 없었다.

그 눈빛들이 마음에 걸렸지만 꿈에도 그리던 무공을 배운다는 마음에 복대는 신경 쓰지 않았다. 이곳에 온 목적은 친구를 사귀러 온 것이 아니라 무공을 배우러 온 것이니까.

아무렇지도 않게 행동하는 복대의 모습에 그들의 눈매가 더욱 사나워졌다.

며칠 전 실전 훈련을 하자던 동료들에게 된통 두들겨 맞았다.

그러나 그 정도는 참을 만했다.

그럴수록 복대는 더욱 열심히 수련했고 그런 모습을 보며 그들은 더욱 못마땅하게 여겼다.

그리고 오늘, 그들 중 유난히 자신을 싫어한 왕팔에게 호되게 당하고 결국 이렇게 쫓겨난 것이다.

관주(館主)와 사범의 눈을 피해 훈련 비무를 빌미로 이루어진 일방적인 폭행이었다. 관주와 사범이 있었다 해도 눈감아줬을지도 모른다는 생각이 들었다. 그들 역시 처음부터 복대를 못마땅하게 여겼으니까.

그리고 그들이 왜 그토록 자신을 미워했는지 그 이유를 오늘에서야 알게 되었다.

그는 이곳 창룡무관에서도 점소이 복대였던 것이다.

이곳에서 무공을 배울 때만큼은 무인이 된 듯한 기분에 빠져들었던 그였다.

그러나 복대는 크나큰 착각을 하고 있었다.

모두들 그를 점소이 복대로 여겼고 자신의 제자가, 동기가 점소이인 것이 그들은 못마땅했던 것이다.

점소이 짓을 해서 번 돈으로 자신들과 동등한 입장이 되려는 그가 싫었던 것이다.

그들에게 복대의 노력은 분수도 모르고 날뛰는 억지스런 신분 상승 욕구에 불과했던 것이다.

한 번 점소이는 영원한 점소이에 불과한 것이다.

복대는 이대로 죽었으면 좋겠다고 생각했다.

생각뿐 아니라 실제로 복대는 죽어가고 있었다.

아무도 그에게 신경 쓰지 않았다.

지나쳐 가는 사람들도 몇 마디 수군거리기만 할 뿐 아무도 그에게 다가서려 하지 않았다.

그런 그를 누군가 번쩍 안아 들었다.

그가 복대를 안고 성큼성큼 걸어가기 시작하자 이대로 죽었으면 좋겠다고 생각하던 복대의 눈에서 눈물이 흘러내렸다. 자신을 감싸 안은 따뜻한 품이 너무나 고마웠기 때문이다.

영춘객잔은 요즘 눈물의 객잔이었다.

한줄기 햇볕이 들어와 복대의 뺨을 어루만졌다.

그 따스함에 복대는 살며시 눈을 떴다.

복대는 자신이 낯선 방에 홀로 누워 있다는 것을 깨닫고 본능적으로 손이 배로 내려갔다. 그러나 자신을 괴롭혔던 통증은 이미 사라지고 없었다.

'어떻게 된 일일까?'

복대는 자신이 쓰러졌을 때 누군가가 자신을 안았던 것을 기억했다. 여기는 자신을 구해준 사람의 방일 것이다.

그러나 왠지 낯이 익었다.

한참을 둘러보던 복대는 이곳이 우이의 방임을 알 수 있었다.
어리둥절한 표정으로 복대가 방문을 나섰다.
우이는 마당 한 옆의 장작더미 위에 올라가 앉아 있었다.
"깨어났어?"
우이가 미소를 지으며 그에게 말했다.
"형님이 절 데려오신 건가요?"
"어쩌다 보니 그렇게 됐어."
"감사합니다."
"뭘."
우이가 멋쩍게 웃었다.
복대는 무엇인가 더 고마움을 표해야 한다는 생각이 들었지만 딱히 생각나는 말이 없었다.
그런 복대를 보며 우이가 손을 내밀었다.
"여기 괜찮네."
장작더미 위로 올라오라는 소리였다.
내키지는 않았지만 그렇다고 목숨을 구해준 사람이 고작 자기 옆으로 오라는 부탁을 거절하기도 우스웠다.
복대가 장작더미 위로 올라갔다.
남자끼리 무슨 청승이겠냐마는 그래도 이곳도 높은 곳이라고 제법 내려다보는 맛이 있었다.
"왜 무공을 배우고 싶니?"
우이의 질문에 복대가 피식 웃었다.
혈랑조의 난동 때 눈물을 질질 짜던 사내였다.
그런 사내가 왜 무공을 배우려는지 묻는단 말인가?
"울지 않기 위해서입니다."

우이를 염두에 둔 소리인지 아니면 진심으로 그런 소리를 한 것인지는 몰랐지만 그 말에 우이가 고개를 끄덕였다.
"무공을 배우면 울지 않게 될까?"
천하제일의 무공을 가진 우이가 불과 며칠 전만 해도 천하제일의 울보가 되었었다.
강하다는 것이 슬픔을 이겨낼 수 있는 힘이 될까?
우이는 사실 복대에게 그 어떤 위로의 말도 해줄 수가 없었다. 그 역시 잘 알지 못했기 때문이다.
둘 사이에 잠시 침묵의 시간이 흘렀다.
"참, 누가 절 치료해 줬나요?"
"의원이 다녀갔다."
물론 의원도 다녀갔다.
'이런 간단한 상처 때문에 사람을 오게 했냐' 면서 큰일이라도 난 것처럼 달려가서 의원을 재촉했던 아평의 볼을 꼬집었다.
잘 먹고 며칠 쉬면 낫는다는 말만 하고 돌아갔다.
그러나 만약 그전에 우이가 자신의 공력을 사용해서 복대의 막힌 혈도(穴道)를 뚫고 그의 손상된 기(氣)를 다독여 주지 않았다 해도 아평의 볼은 역시 의원에게 꼬집혔을 것이다.
이렇게 위독한 상태인데 왜 이제 기별했냐고.
그리고 치료를 받았다 해도 평생을 후유증에 시달리면서 병자(病者)로 살아야 했을 것이다.
당시 복대의 상태는 그만큼 좋지 않았던 것이다.
그간의 사정을 알 리 없는 복대였다.
복대의 눈에 다시 눈물이 고였다.
생각해 보니 너무 억울했던 것이다.

돈도 돌려받지 못하고 개처럼 얻어맞고 쫓겨났다.
단지 점소이란 이유만으로.
"무공을 배우고 싶으냐?"
우이가 그런 복대를 보며 물었다.
복대는 대답 대신 눈물을 흘렸다.
우이는 한숨을 쉬며 하늘을 올려다보았다.
조만간에 이 소년에게 무공을 가르치게 될지도 모르겠다는 생각이 들었다. 처음 무공을 배우기 시작했을 때가 떠올랐다.
이제는 두 번 다시 볼 수 없는 사부의 그 흩날리던 수염처럼 새하얀 구름은 무심히 흘러가고만 있었다.

9 달빛제자

달빛제자(1)

어둠이 내려앉았다.

강호(江湖)는 이제 막 고단한 몸을 뉘어 잠이 들었고 따스한 달빛만이 잠든 강호를 다독이며 외로이 밤을 밝히고 있었다.

세상을 발칵 뒤집을 음모도, 피눈물에 잠긴 은원도 이제는 잠시 쉬기를 바라는 달빛의 자애로운 마음을 뒤로한 채 누군가 눈물로 길을 열고 있었다.

옷가지가 삐죽 삐져 나온 작은 보퉁이를 둘러메고 터벅터벅 발걸음을 옮기는 그는 바로 복대였다.

태호는 나고 자라 십칠 년을 보낸 곳이었다. 그러한 곳을 작은 작별 인사조차 없이 허허로이 등을 돌린 복대였다.

하지만 무심한 달빛은 마치 그에게 잘 가라고 작별 인사라도 하는 듯 떠나는 그의 길을 환하게 비춰주고 있었다.

복대는 오늘 밤 달이 뜨지 않았다면 아마 떠나지 않았을지도 모른다는 생각이 들었다.

어두워서 떠나지 못했을 것이라고……

복대는 오늘따라 유난히 환한 저 달이 미웠다.

복대는 떠나기 싫은 안타까움을 애꿎은 달에게만 미루며 힘없이 걸음을 옮겼다.

그는 떠날 수밖에 없었다.

더 이상 이곳에 있기가 싫었다. 아니, 있을 수 없었다.

무공을 배워 강호로 나가겠다는 희망이 사라진 이상 그에게는 '영춘객잔의 오줌싸개 울보 점소이'라는 벗을 수 없는 굴레만이 남았다. 그것은 복대에게 죽기보다 더 참기 힘든 일이었다.

'하지만……'

어디로 가야 할지조차 정해지지 않은 무기력한 발걸음이었다.

저 멀리 고갯마루가 보였다.

이제 저곳만 넘어가면 태호의 하촌을 완전히 벗어나게 된다.

십칠 년 간 단 한 번도 나가보지 않은 미지의 세계.

발걸음이 자연 느려졌다.

돌아가고 싶었다.

바람처럼 왔던 길을 되돌아가 모른 척 보따리를 풀고 아무 일도 없었던 것처럼 이불 속으로 파묻히고 싶었다.

자신을 친형처럼 따르는 아평이 보고 싶었다. 객잔 식구들의 얼굴이 떠올랐다. 모두들 가족처럼 자신을 아껴주는 그들이었다. 그들을 두고 떠나고 싶지 않았다.

그러나 복대는 발걸음을 멈추지 않았다.

오히려 두 주먹을 불끈 쥐고 심호흡을 크게 했다.

창룡무관의 일 이후 세상일에 대해 다 알게 되었다고 생각하는 복대였지만 고갯마루에서 자신을 기다리는 사람이 있을 거라고는 예상하지 못했다.

"올라와."

고갯마루의 커다란 바위 위에 앉아 손을 흔드는 사내, 바로 우이였다.

'어떻게 알고 이곳에?'

또다시 그는 복대에게 자신의 옆으로 오라고 손짓하고 있다. 장작더미 위에서 자신을 부를 때처럼.

그러나 이상하게 우이가 이곳에서 기다리고 있는 것이 그다지 놀랍게 느껴지지 않았다. 자연스러운 느낌이랄까? 그가 이곳에서 기다리고 있는 것이 어쩐지 당연하게 느껴졌다.

"이렇게 내려다보면 조금은 기분이 나아져. 사람들이 아옹다옹 다투는 것도 좀 더 위에서 내려다보려는 욕심 때문이겠지?"

그의 말에 복대가 피식 웃음을 터뜨렸다.

복대에게 비친 우이는 방금과 같은 현학(衒學)적인 말이 그다지 어울리지 않는 겁 많고 소심한 사내에 불과했다.

비록 그가 쓰러져 있던 자신을 발견해 구해줬다 해도 아연 뒤에서 눈물을 쏟아내던 그 모습은 쉽게 잊을 수가 없는 것이었다.

"내 말이 좀 우스웠나? 하하!"

우이가 머리를 긁적이며 웃었다.

복대는 망설이지 않고 바위 위로 올라갔다.

떠나겠다는 비장한 각오는 눈물 콧물에 다 씻겨가 버린 이후였다.

그런 복대를 지켜보며 우이가 미소를 지었다.

우이가 부상당한 복대를 안고 돌아왔을 때 영춘객잔 사람들은 모두 깜짝 놀랐다. 다행히 다음날 멀쩡히 일어났지만 그날 이후 복대는 줄곧 풀이 죽은 채 생활했고 우이 역시 복대의 부상에 대해 이렇다 할 말을 하지 않았다.

 영춘객잔 식구들은 그런 복대를 걱정했지만 그 속사정을 알지 못했기에 다들 안타깝게 지켜볼 수밖에 없었다.

 아연이 도대체 무슨 일이 있었냐면서 우이를 들볶아댔지만 우이는 미소만 지을 뿐 이유를 말해 주지 않았다.

 아연이 정색을 하면서까지 닦달했을 때 우이는 한마디만 했을 뿐이었다.

 "시간이 필요해……."

 이해할 수 없는 우이의 말에 아연은 복대의 일을 그에게 맡긴 것을 후회했다. 그러나 이미 늦어버린 후회였다.

 그런 아연에게 우이는 더욱 진지한 표정이 되어 한마디 덧붙였다.

 "애들이니까."

 아연의 걱정에도 불구하고 우이는 태평스러워 보였다.

 그러나 우이는 복대가 이렇게 떠날 것이라는 것을 예감했고 요 며칠간 주의 깊게 살피고 있었다.

 결국 오늘 복대는 야반도주라도 하듯 밤길을 나섰고 우이가 길을 앞질러 기다리고 있었던 것이다.

 복대를 기다리는 내내 죽은 자만이 강호를 떠날 수 있다는 혁월의 말이 우이의 가슴을 맴돌았다.

 이렇게 영춘객잔에 오게 된 것도, 복대를 만나게 된 것도 강호의 그 질기고 질긴 연(緣)이 자신의 발목을 놓지 않고 있기 때문이 아닐까 하는 생각이 들었다.

 '그럴지도…….'

 하지만 이제 상관없었다.

 심마에서 깨어난 이후 그는 조금 더 자유로워졌기 때문이다.

굳이 무공을 사용할 것인가 말 것인가에 대한 강박 관념에서도 벗어날 수 있었다.

그는 강호인이면서도 강호인이 아닌 그 중간의 단계에 들어섰음을 느낄 수 있었다.

그 중간의 과정에서 우이는 하나의 갈림길을 만났다.

갈림길이란 태생적(胎生的)으로 하나의 선택을 강요하기 마련이고 그 앞에 선 사람들은 어느 길을 선택할 것인가에 대한 몰두로 마음을 빼앗기게 된다. 그리고 그 선택의 시간이 길어질수록 점차 불안해지게 되는 것이다.

다른 이들의 선택은 확신에 차 보이고 다들 어디론가 열심히 달려가고 있는데 나만 홀로 뒤처지는 게 아닐까 하는 두려움에 빠져드는 것이다.

처음 무림맹을 떠날 때의 우이의 심정이었다.

그러나 심마에서 깨어난 우이는 다른 결론을 내릴 수 있었다.

그 갈림길의 중간에서 어디로 갈까 고민하고 있는 삶 역시 자신의 소중한 삶이라는 생각을 하게 된 것이다. 누군가에 짓밟힌 들꽃이라도 그것은 여전히 들꽃이라 불리지 않는가?

그 작은 생각의 차이가 우이의 삶을 크게 변화시켰다.

"와, 밝다!"

복대의 입이 과장되게 벌어졌다. 이곳에서 우이를 만난 것이 정말 다행스럽게 느껴졌다.

사실 그에게 필요했던 것은 먼 길을 떠나는 단단한 각오가 아니라 자신의 소맷자락을 붙잡아줄 누군가의 손이었던 것이다.

"우리 달 따러 갈까?"

"좋지요. 달 따주세요!"

우이의 말에 복대가 쾌활한 목소리로 대답했다.

복대는 떠나지 않겠다 결심했고, 그 안도감에 기분이 한껏 좋아졌다. 그리고 그런 결심을 하게 해준 우이에 대한 고마움이 그에게 달을 따달라는 농담까지 던지게 했던 것이다.

"좋아, 따주지."

우이가 벌떡 일어났다.

'설마 촌스럽게 달 따는 시늉을 하려는 것은 아니겠지?'

그러나 복대의 그 설마는 정확하게 들어맞았다.

우이가 달을 향해 두 손을 휘젓기 시작한 것이다.

게다가 저 진지한 표정이라니?

딴에는 자신을 위로한답시고 하는 행동이었겠지만 대낮이었으면 너무 부끄러워 일행이 아닌 척 줄행랑을 칠 행동이었다.

우이의 수준 낮은 몸짓에 복대는 떼굴떼굴 구르며 웃음을 터뜨렸다.

우이는 역시 구닥다리였다.

만약 복대와 친하게 어울리는 점소이 무리에서 저런 행동을 했다가는 아마 요즘 하촌 거리의 애들 사이에서 문제가 되는 집단 배척(集團排斥)을 받게 될 게 틀림없었다.

"헉!"

순간 깔깔거리던 복대의 두 눈이 휘둥그레 커졌다.

복대의 입이 서서히 벌어졌고 벌어진 입은 다물어지지 않았다.

복대가 보고 놀란 것은 달밤의 귀신도, 우이의 어설픈 몸짓도 아니었다.

우이가 서서히 허공을 밟고 공중으로 올라가고 있었던 것이다.

한 발, 두 발…….

두 눈을 비비며 다시 눈을 껌벅여 보았지만 우이는 허공에 뜬 채 한 걸음씩 달을 향해 올라가고 있었다.

몇 걸음이나 올라갔을까?

우이가 복대를 돌아보았다.

복대가 저 아래 서 있었다.

자신이 그토록 내려서고 싶었던 저 단단한 땅바닥에서 복대는 한없는 동경과 놀람으로 자신을 올려다보고 있었다.

'너와 난 서로 무엇을 보고 있는 걸까?'

이제 그 해답을 영춘객잔의 저 꿈 많은 오줌싸개 점소이 녀석과 함께 찾아나서야 할 때가 된 것이다.

우이가 복대를 향해 환하게 웃었다.

그리고 달을 향해 고개를 돌리며 말했다.

"같이 따러 갈까?"

꽈당!

말을 꺼내기가 무섭게 우이가 땅바닥으로 추락했다.

우이는 방금 전의 멋있는 모습에 비해 너무 엉성한 꼴로 추락했다.

"오랜만에 하니까 잘 안 되네? 한창때는 몇 마디 정도는 했는데……."

다시 머리를 긁적이며 얼렁뚱땅한 겁쟁이로 돌아온 우이는 알지 못할 말을 지껄였다.

그런 우이를 보며 복대가 이빨까지 덜덜 떨며 물었다.

"방금 제가, 제가 본 게 뭐였죠?"

허공답보(虛空踏步)니 능공허도(凌空虛渡)니 하는 말이 지금의 복대에게 무슨 의미가 있을까?

"달 따기."

"저도, 저도 할 수 있나요?"

"노력한다면."

"…가르쳐 주실 수 있나요?"

"배우고 싶니?"

"네!"

"이유는?"

"울지 않기 위해서입니다."

복대의 얼굴을 우이가 빤히 들여다봤다.

잠시 후 말없이 우이가 고개를 끄덕였다.

열정에 들뜬 복대의 두 눈에 환한 달이 한가득 들어왔다.

다음날 아침 방문을 열고 나오던 우이는 문지방에 걸려 앞으로 꼬꾸라질 뻔했다.

밤새 누가 문지방에 기관 장치(機關裝置)를 해놓았을 리도 없고 객잔에서 일하면서 영양실조(營養失調)에 걸렸을 리도 만무한 그였지만 우이는 귀신이라도 본 것처럼 놀라 두 손을 휘휘 저으며 간신히 몸의 균형을 잡았던 것이다.

그것은 새벽부터 우이의 방문 앞마당에 귀신처럼 무릎을 꿇고 앉아 있는 복대 **때문이었다.**

그러나 우이가 놀란 것은 단지 그것 때문만이 아니었다.

바로 복대의 비장한 표정이었다.

결사 항전을 앞둔 무인이 죽음의 계곡으로 떠나기 전 사랑하는 여인을 바라보는, 뭐, 그런 종류의 눈빛으로 자신을 쳐다보고 있었던 것이다.

"이게 뭐 하는 짓이냐?"

"기침하셨습니까, 사부님?"

복대의 입에서는 평소의 찢어진 목소리와는 전혀 다른 비장한 저음(低音)이 흘러나왔다.

그 말에 우이의 입에서 '헛' 하는 헛바람이 새어 나오자 어이없어 고개를 젓던 우이의 입이 다시 쩍 벌어졌다.

그러고 보니 어젯밤까지만 해도 수북이 쌓여 있던 마당의 눈이 마치 봄이라고 해도 믿을 수 있을 만큼 깨끗이 치워져 있었던 것이다.

마룻바닥은 얼굴이 비칠 정도로 반짝이고 있었고 그 한 옆으로 아침상까지 차려져 있었다.

"우선 세안(洗眼)부터 하시지요, 사부님."

복대가 가리킨 곳에는 김이 모락모락 올라오는 물이 물통 가득 담겨 있었다.

웃지도, 울지도 못하겠다는 표정으로 우이가 말했다.

"이게 도대체 무슨 일이냐?"

"이제부터 사부님은 제가 모시겠습니다."

"이건 사부와 제자가 아니라 주인과 하인 같구나."

"그건 사부님이 잘 모르시는 말씀입니다. 자고로 예로부터 스승의 그림자도 밟지 않는 것이라 했습니다. 또한 스승은 아버지와……."

우이는 웃음이 터져 나오는 것을 억지로 참았다.

본 것 많고 들은 것 많은 우리의 점소이 복대는 과연 밥 짓기 삼 년에 나무 하기 삼 년을 거쳐 비로소 절세신공(絶世神功)을 전수받는 상상의 나래를 밤새 펼쳤던 것이다.

"난 널 제자로 받을 생각이 없다."

우이의 말에 복대의 두 눈이 동그랗게 치켜떠졌다. 그와 동시에 긴장을 유지하던 비장한 목소리가 원래대로 찢어졌다.

"엉? 그게 무슨 말이에요? 어제 분명히……."

"무공을 가르쳐 준다고 했지 제자로 받아들인다고는 하지 않았지."

"그게 그거 아닌가요?"

"하하, 이리 올라오너라."

우이와 복대는 나란히 마루에 걸터앉았다.

상쾌한 아침 공기 사이로 새들의 아침을 여는 지저귐이 들려왔다.

"난 이제 겨우 서른 살이란다. 아직 제자를 받기에는 너무 이른 나이지. 게다가 앞으로 강호인으로 살아갈 생각도 없고."

우이의 말에 복대는 이해하지 못하겠다는 표정을 지었다.

"네게 무공은 가르쳐 주겠지만 그 이후의 네 운명은 오로지 네 스스로 개척해 나가야 한다는 말이다."

말은 그렇게 하고 있지만 정작 우이 스스로는 '그게 과연 가능한 일일까' 라는 생각을 하고 있었다.

하지만 그것은 그나마 그의 숨통을 열어줄 유일한 약속이었다.

강호를 떠나고 싶어 무림맹을 떠난 그 아닌가? 그러나 결국 이곳에서도 완전히 강호를 벗어나지 못하고 있다.

이럴 것 같았으면 왜 떠났겠는가?

그러나 한편 이 새로운 운명의 끌림 역시 그가 거부할 수 없는 힘으로 다가왔다. 결국 이율배반적인 상황을 조금이라도 위로해 보려는 우이 스스로의 자구책(自救策)이었던 것이다.

과연 제대로 그 뜻을 이해했는지 못했는지 어쨌든 복대는 고개를 끄덕였다.

"무공을 배우면 너는 무엇을 하고 싶으냐?"

"크핫! 거야 할 게 많지요!"

복대의 목소리가 마당에 쩌렁쩌렁 울려 퍼졌다. 생각만 해도 신이 나는 모양이었다.

"우선… 광동성(廣東省)에 있다는 그 신선루(神仙樓)부터 갈 거예요. 요즘 제일 잘 나가는 객잔이 바로 거기거든요. 그리고 이렇게 말하는 거죠. '이 집에서 가장 잘하는 거 다 내와라' 라구요. 멋있잖아요? 멋있죠?"

"하하, 고작 음식점에서 멋있게 주문하려고 무공을 배우겠다는 거냐?"

우이의 말에 복대가 약간 의기소침해졌다.

"물론 그건 아니죠. 하지만 우리 객잔에 오는 무림인들 가운데 이렇게 말하는 사람들이 가끔 있어요. 그 모습을 볼 때마다 언젠가는 나도 꼭 저렇게 해야지라는 생각을 했었죠."

복대의 그런 심정을 우이는 조금 이해할 수 있을 것 같았다.

"사실… 무공을 배우면 전 점소이부터 때려치울 거예요."

"왜? 점소이가……."

복대가 사정없이 말을 끊었다.

"점소이가 어때서? 직업에 귀천이 어딨냐? 뭐, 이런 말이라면 듣지 않겠어요."

"흐음."

"점소이의 가장 좋지 않은 점이 무엇인지 알아요?"

"무엇이지?"

"점소이가 일하는 곳이 바로 주점(酒店)이란 점이죠."

복대의 말에 우이가 고개를 갸웃했다.

"그건 당연한 일이지 않느냐?"

"그렇죠. 모두들 술을 마시러 오지요. 고수도 오고 하수도 오고, 거지도 오고 부자도 오고, 착한 놈도 오고 나쁜 놈도 오고, 살인자도 오고 그 살인자를 잡으려는 놈도 오고, 똥 치우는 놈도 오지요."

복대가 작은 한숨을 내쉬었다.

"점소이는 그 모두의 심부름꾼이지요. 손님으로 온 이상 그들 중 누구도 저를 존중해 주는 사람은 없어요. 잘난 놈은 잘나서, 못난 놈은 못난 대로 누구도 자신이 점소이보다 못한 삶을 산다고 생각하지는 않거든요. 그들은 이미 손님이니까요."

복대의 두 눈에는 눈물이 그렁거렸다.

"세상 사람들이 죽기 전에 꼭 한 번은 주점에 들른다면 점소이는 모든 세상 사람들의 뒤치닥꺼리를 하는 존재에 불과해요."

기어코 복대는 눈물을 보이고 말았다.

우이는 아무런 말도 하지 않았다.

복대가 그런 생각을 하고 있을 줄은 생각도 못한 일이었다.

복대는 어려서부터 점소이를 하면서 아직은 보지 않아도 될 너무나 많은 것들을 봐버린 것이다.

한참을 혼자 훌쩍인 복대는 눈가의 눈물 자국도 채 닦아내지 못한 채 쾌활한 척 다시 말을 늘어놓았다.

"비무행을 떠나보는 건 어떨까요? '그대에게 비무를 청하오!' 우아! 생각만 해도 죽이네요. 음, 아니면 강호를 유람하면서 악당들을 해치우는 정의의 협객은 어때요? 아니면……."

언젠가 복대는 알게 될 것이다.

자신이 그토록 혐오하는 이 작은 객잔이 그가 그토록 열망하는 강호를 피해 잠시나마 쉴 수 있는 몇 안 되는 아늑한 공간이라는 것을.

하지만 그것을 알게 될 때쯤이면 이미 모든 게 늦어버렸을지도 모를 일이다. 언제나 인생이 그렇듯이 말이다.

달빛제자(2)

객잔 문을 닫고 숙소로 돌아와 방문을 열고 들어서던 우이는 다시 한 번 무엇인가에 걸려 꼬꾸라질 뻔했다.

어두컴컴한 방 안에 뭔가가 있었던 것이다.

순간 우이는 비명을 지르며 뒷걸음질치다 벽에 뒤통수를 부딪쳤으며 동시에 '누구냐?'라고 고함을 지르며 엉거주춤한 자세로 기어가 등잔의 불을 밝혔다.

이 모든 것은 천하제일쾌검(天下第一快劒)이라 불리는 교단생(喬端生)의 일검보다도 빠르게 이루어졌다.

불빛 아래 드러나는 얼굴은 바로 아연과 아평이었다.

"휴, 놀랐잖아! 도대체 무슨……."

그러나 우이는 말을 끝까지 할 수 없었다.

아연과 아평이 마치 연습이라도 한 것처럼 동시에 이렇게 말했던 것이다.

"우리에게도 무공을 가르쳐 주세요."
우이의 입이 쩍 벌어졌다.
"우리에게도 무공을 가르쳐 주세요."
잘못 들은 게 아니었다.
둘은 또박또박하게 다시 말하며 두 눈을 무섭게 반짝이고 있었다.
그 순간 우이의 머리 속을 스치는 한마디!
'입 싼 복대!'
그렇게 비밀을 지키라고 했건만 결국 복대는 아평에게 입을 나불댄 것이 틀림없었다. 분명 '이건 비밀인데, 너만 알고 있어라' 라는 말과 함께 은근히 자랑까지 했을 것이다.
비밀이란 은밀히 함께하는 사람이 있어야 제맛인 법!
아평의 입 역시 아연 앞에서는 바닷물에 던져진 나뭇잎처럼 동동 떠다녔을 것이다.
둘이 다시 한 번 무공을 가르쳐 달라고 합창하자 우이는 머리가 지끈거려 옴을 느꼈다.
"시끄러워! 일단 조용히 해!"
'복대 이 녀석!'
그때 복대가 고개를 푹 숙인 채 방 안으로 들어왔다.
한나절을 못 버틴 비장함이었다.
"혼자 강호를 여행하자니 너무 심심할 것 같아서요……."
"어이쿠!"
절로 비명이 나왔다.
열일곱이란 나이는 똥구멍으로 먹은 복대였다.
아평은 아직 어리니까 그렇다 치더라도 아연의 저 모습은 도대체 뭐란 말인가?

"저도 가르쳐 줘요."

우이의 그러한 마음을 짐작하겠다는 듯 아연이 진지하게 말했다.

아연은 장난이 아닌 듯 보였다.

무엇인가를 결심했을 때의 그녀의 눈은 유난히 빛이 났다. 지금이 바로 그랬다.

우이의 표정이 다시 진지해졌다.

"왜지?"

우이가 물었다.

"무인이 되고자 하는 건 아니에요. 잘은 모르지만 이미 늦은 것 같기도 하고요."

아연의 말에 우이가 고개를 끄덕였다.

사실 아연은 말할 것도 없고 복대도, 아평도 정식으로 무공을 시작하기에는 다들 늦은 나이였다.

"그런데 왜?"

"얘들아, 잠시 나가 있을래?"

아연이 웃으며 말하자 복대와 아평은 두말없이 방문을 나섰다.

평소에도 아연의 말이라면 두 번 말이 필요없는 아평이었다. 아연이 알아서 잘 말해 줄 것이다.

복대 역시 있어봐야 돌아오는 것은 야단뿐이었다. 더 앉아 있을 이유가 없었다.

둘이 나가자 아연이 우이를 똑바로 응시했다.

장난기가 사라진 진지한 얼굴이었다.

"놀라게 해서 미안해요."

사실 놀라기도 했지만 재밌기도 했다.

불도 안 켜진 방에서 스물넷이나 먹은 아연이 어린 아평과 함께 그런 짓을 하다니.

"괜찮아."

"솔직히 말씀드리면… 전 당신을 잘 모르겠어요."

아연의 목소리가 살짝 떨렸다.

우이는 아무 말도 하지 않았다.

"당신의 과거도, 지금 어떤 생각을 하고 있는지도, 그리고 앞으로 어떻게 할 것인지도… 아는 게 아무것도 없어요."

아연이 긴 한숨을 내쉬었다.

아무래도 떨리는 모양이었다. 그러나 이왕 내친걸음 중단할 마음은 없어 보였다.

"…저를 어떻게 생각하는지도… 그리고……."

마음을 진정하려고 노력했지만 쉽게 말을 잇지 못했다.

"저는, 저는 당신을……."

아연의 얼굴이 빨갛게 달아올랐다.

그리고는 두 눈을 질끈 감고 다음 말을 뱉어냈다.

"좋아하는 것 같아요!"

감은 두 눈을 뜨지 못한 채 아연은 부들부들 떨고 있었다.

막상 말하고 보니 너무 부끄러워 고개조차 들 수 없었다.

사실 이런 고백을 하러 온 것이 아니었다.

아평에게 우이가 무림의 고수라는 이야기를 들었을 때 사실 그녀는 별 달리 놀라지 않았다. 이미 어느 정도 예상했던 바였다.

아평이 자신도 무공을 가르쳐 달라고 부탁할 거란 말에 아연이 따라 붙은 것은 반은 진심이었고 반은 장난기가 발동했던 것이다.

그러나 막상 우이 앞에서 이야기를 하다 보니 감정이 북받쳐 우발적으로 자신의 마음을 내비치게 된 것이었다.

"바보."

우이가 나지막하게 말했다. 그 말에 아연이 입술을 꽉 깨물었다.

거절당할 것을 예상하지 못한 게 아니었는데 너무 경솔했다는 후회가 눈물과 함께 밀려왔다.

"전 당신에게 부담을 주려고 한 게 아니라… 하지만……."

아연의 말이 이리저리 꼬이기 시작했다.

목이 메어와 혼신의 힘을 다해 눈물을 보이지 않으려고 노력했다.

그녀의 애처롭게 숙여진 고개 위로 우이의 다정한 말이 다시 들렸다.

"이런 건 남자가 먼저 고백하는 거야. 바보! 나도 널 좋아해."

그 말에 긴장이 풀리면서 아연의 눈에서는 참았던 눈물이 쏟아져 내렸다.

그런 아연을 우이가 살짝 감싸 안았다.

자신을 살리기 위해 자신의 머리통보다 더 큰 도끼 날을 막아선 그녀였다. 자신이 잡혀갔다는 소리에 온갖 불한당들이 가득 찬 소굴로 맨발로 내달렸던 그녀였다.

그런 여인을 좋아하지 않는다면 누구를 사랑할 것인가?

우이가 장난스럽게 말했다.

"왜 무공을 배우고 싶은가 물었더니 이상한 소리나 하고 말야."

그의 말에 아연의 얼굴은 다시 빨개졌다.

"그건… 그건……."

"그런데 무공을 배우고 싶다는 말, 진심이야?"

그 말에 아연이 우이의 품에서 잠시 빠져나왔다.

그녀의 눈에서 다시 빛이 났다.

"꼭 배우고 싶어요, 당신을 위해서."

"날 위해서?"

"네, 당신이 무림인인 이상 저도 무공을 할 줄 알아야 한다고 생각해요."

"하지만 난 두 번 다시 강호로 돌아가지 않아."

우이의 말에 아연이 살짝 미소를 지었다.

"그래요. 저도 당신이 다치는 것을 바라지 않아요. 하지만 어차피 복대와 아평을 가르치실 거라면 저도 같이 배워두고 싶어요. 그냥 건강을 위해서라 생각하죠."

말은 그렇게 했지만 아연의 생각은 달랐다.

우이는 떠났다고 했지만 언젠가 자신의 도움이 필요할 때가 올지도 모른다는 생각이 들었다.

누군가를 도와야 할 시점에 아무런 힘이 없다는 것, 그것이 사람에게 얼마나 큰 상처를 남기는지 알고 있는 그녀였다.

하물며 그 대상이 사랑하는 사람이라면?

그녀의 성격은 언제나 적극적이었고 사랑 역시 예외는 아니었던 것이다.

우이가 웃으며 고개를 끄덕였다.

우이의 허락에 아연의 얼굴이 환하게 밝아졌다.

"저보다는 복대랑 아평이 신나 하겠군요."

"입 싼 녀석 같으니라구. 하지만 덕분에 이렇게 아름다운 여인의 고백도 들었으니 한 번쯤 봐줄까?"

우이의 넉살에 아연이 말했다.

"예쁘지, 요리 잘하지, 성격도 좋지."

"뻔뻔하기도 하고."

둘은 같이 웃었다.

이런 게 사랑이고 행복인가 싶었다.

문득 소향의 얼굴이 스쳐 지나갔다.
'소향……'
우이는 순간 머리 속이 복잡해지는 것을 느꼈지만 지금은 아무 생각도 하지 않기로 마음먹었다. 어차피 미리 고민한다고 해결될 문제가 아니었다.
"참, 애들 오라고 해야죠."
아연이 문을 열었다.
"어머나!"
아연이 놀라 비명을 질렀다.
둘이 방문 바로 앞에 마주 보고 앉아 있었던 것이다.
둘의 표정에는 장난기가 가득했다.
"저는… 저는 당신을 좋아하는 것 같아요."
아평의 말에 복대가 말했다.
"바보, 이런 건 남자가 먼저 고백하는 거야. 나도 좋아해."
그리고 둘은 서로를 껴안았다.
아연의 주먹이 녀석들의 머리통을 향해 날아갔다.
모두의 얼굴에 행복한 웃음꽃이 피었다.

무공은 영춘객잔의 일과가 끝난 후 우이의 숙소에서 하루 한 시진씩 배우기로 하였다.
객잔을 그만두고 본격적으로 배우겠다고 설쳐 대는 복대와 아평을 그러면 가르치는 것을 취소하겠다는 협박으로 겨우 진정시켰던 것이다.
그리고는 우이가 그럴듯한 표정을 지으며 말했다.
"무공이 무작정 시간만을 투자한다고 되는 것이라면 강호의 고수들은 모두 나이 순으로 정해졌을 것이다."

복대와 아평이 고개를 끄덕이며 수긍했다. 스스로 생각해도 일리가 있다고 생각한 모양이었다.

하지만 복대와 아평이 모르는 게 하나 있었다. 강호의 고수들은 대부분 나이 순이라는 것을.

어차피 모두들 늦게 시작하는 무공이기에 서두르다가는 부상을 당하거나 주화입마에 빠질 수도 있었다.

일상생활은 그대로 하면서 여유 시간을 이용하는 것이 여러모로 좋다는 것이 우이의 생각이었다.

아연과 복대, 아평이 우이 앞에 나란히 앉았다.

"앞서도 말했듯이 난 제자를 둘 자격도, 그럴 마음도 없다. 그냥 지금까지 불러왔던 대로 편하게 부르도록 해라."

"네."

"그리고 누군가를 해치거나 억압할 생각으로 무공을 배우겠다면 그건 내가 용서하지 않겠다. 절대 불의불협(不義不俠)한 일에는 무공을 사용해서는 안 된다. 알겠느냐?"

모두들 진지한 표정으로 대답했지만 우이는 내심 마음이 어두웠다. 과연 자신은 그 의와 협의 의미를 제대로 알고 있는 것일까?

이들 중 누가 '그렇다면 무엇이 의(義)고 무엇이 불의(不義)입니까?'라고 묻는다면 과연 바른 답을 해줄 수 있을까?

"우선 먼저 배울 것은 바르게 숨 쉬는 법이다."

우이의 말에 복대가 손뼉을 치며 말했다.

"심법(心法)이라고 하지요."

"오호, 어떻게 알았느냐?"

복대가 가슴을 내밀고 어깨를 으쓱대며 말했다.

"제가 모르는 게 어디 있습니까?"

딱!

머리통에서 불이 났고 복대가 억울하다는 듯이 항변했다.

"전에 무림인들끼리 얘기하는 걸 주워들었지요. 뻔한 걸 가지고 왜 때려요!"

"사실 형이 매를 벌었어."

아평의 말에 복대가 눈을 부라리자 아평이 아연 뒤로 숨었다.

자유분방해도 너무나 자유분방한 분위기였지만 우이는 구태여 그것을 제지하지 않았다.

"근데 우리가 배울 무공 이름이 뭐예요?"

복대가 불쑥 물었다.

"이름?"

복대가 벌떡 일어나 두 손을 요리조리 흔들며 외쳤다.

"천마신공(天魔神功)!"

그러자 아평이 기회다 싶어 덩달아 일어났다.

"이 악당, 군자검(君子劍)을 받아라!"

"탄지신통(彈指神通)!"

"복마검법(伏魔劍法)!"

녀석들의 귀엽고 어설픈 몸짓에 비해 입에서 나오는 무공들은 하늘을 뒤집고 땅을 일으켜 세우는 것들이었다. 과연 주워들은 것만큼은 일류고수들이었다.

복대가 뭐가 그리 신나는지 낄낄거리며 다시 물었다.

"타구봉법(打狗棒法)이나 매화검법(梅花劍法), 뭐, 무공마다 다들 이름이 있잖아요? 물론 우리가 배울 무공 이름도 근사하겠지요?"

기대에 찬 복대의 질문에 아평 역시 침을 삼켰다.

"없는데?"

머리를 긁적이는 우이의 대답에 아연까지 놀라 눈을 치켜떴으니 두 아이들의 반응은 안 봐도 뻔한 일이었다.

"설마요?"

"있었겠지. 근데 난 모르겠다."

우이의 대답은 거짓말이 아니었다. 놀랍게도 우이는 정말로 자신의 무공 이름을 모르고 있었다.

'그러고 보니 사부님께서는 무공 이름을 가르쳐 주신 적이 한 번도 없으셨구나. 왜 난 한 번도 그것을 궁금하게 여긴 적이 없었을까?'

그러고 보면 참으로 유별난 사제지간(師弟之間)이었다.

게다가 하산한 이후 우이는 바로 무림맹에 입맹(入盟)했고 누군가 물어왔을 때는 '그저 검을 조금 씁니다' 정도로만 말했다. 게다가 제각각 다양한 사문(師門)을 지닌 무사들이 모인 무림맹이다 보니 상대의 무공 내력에 대해 특별히 신경 쓰지 않았던 것이다.

우이의 말이 끝나기가 무섭게 아연과 아평의 눈이 매서워졌는데, 그 대상은 우이가 아니라 복대였다.

"하늘을 붕붕 날았다는 말, 정말이야?"

'붕붕?'

우이는 웃음이 터져 나오려는 것을 억지로 참았.

복대는 입만 싼 게 아니라 허풍도 일류였던 것이다.

하지만 이들이 하늘을 붕붕 나는 것보다 천천히 걸어 오르는 것이 백 배는 더 어렵다는 것을 언제쯤 알게 될까?

아연의 추궁에 복대조차 헷갈리기 시작했다.

자신이 배운 무공 이름도 모른단. 그런 그가 정말로 하늘을 날았던가? 자신이 생각했던 고수는 이런 게 아니었다.

지금 우이를 보니 달을 배경으로 멋지게 허공에 떠 있던 모습 대신 아연의 품에 안겨 울음을 터뜨리던 모습이 자꾸 생각났다.

'그날 내가 너무 흥분해서 혹시 잘못 본 게 아닐까?'

복대가 머리를 긁적이며 자신의 기억력을 의심하기 시작하자 아연이 실눈을 떴다. 그리고 우이에게 의심 가득한 질문 공세를 시작했다.

"솔직히 말해 줘요. 네?"

"알았어."

"사실 당신… 무공 별로죠?"

"글쎄?"

아연이 더욱 의심의 눈초리를 짓자 우이는 그저 미소만 지었다.

"그럼 알고 있는 무공이 몇 개나 되죠?"

"두 개? 아니, 세 개라고 해야 하나? 검 쓰는 법, 몸 쓰는 법, 숨 쉬는 법까지 치면 세 개지."

"흐음, 두 개라……."

"세 개라니까!"

아평이 복대에게 힘없이 '두 개뿐이래'라고 말하자 복대는 나이에 어울리지 않는 긴 한숨으로 대답을 대신했다. 이미 불신의 늪에 깊숙이 빠져들고 있는 그들이었다.

"혹시 싸워본 적은 있어요?"

"있지."

"누구와요?"

"말해 줘도 너희들은 잘 모를 거야."

"그래도 그중에 알 만한 사람을 한번 말해 봐요."

"천마(天魔)라고 좀 무섭게 생긴 영감이야."

"이름이 천마인가요?"

우이가 고개를 끄덕였다.

아연은 물론 알 리 없었고 복대와 아평 역시 고개를 갸웃거렸다. 어린 아평에 비해 복대는 천마란 이름을 몇 번 들어본 적이 있었지만 지금 우이의 상대로 마교 교주 천마를 떠올리는 것은 불가능했다.

"음, 천마라…… 모르겠네요? 근데 노인이라구요?"

"응, 지금쯤 일흔이 넘었을걸?"

"흐음, 노인이란 말이죠? 노인?"

아연이 노인이란 말에 힘을 주었다.

우이가 웃으며 다시 말했다.

"노인이래도 화나면 무서워. 정말 무섭지."

"으음, 화나면 저도 무서워요."

"그 노인 말고도 환마(幻魔), 요마(妖魔), 귀마(鬼魔)도 있었는데……."

우이의 말에 아연이 손뼉을 치며 말했다.

"아, 마(馬) 자 돌림 형제들이었군요?"

"하하, 그런 셈이지."

"그래서요? 이겼나요?"

"뭐, 겨우."

"당신의 그 이름도 모르는 달랑 두 개의 무공으로 말이죠?"

"이쪽에도 대단한 노인들이 꽤 있었거든. 응? 왜들 그런 눈으로 봐?"

아연과 복대, 아평은 이제는 아예 노골적으로 의심의 눈빛을 보냈다. 듣고 보니 우이는 어디 촌구석 영감들 패싸움에 끼어들어 힘 자랑을 한 것이 틀림없어 보였다.

"이것들 봐. 이름이 그렇게 중요해? 사물의 겉보다는 본질을 깨달아야만 진정한 고수가 될 수 있는 거야. 단지 무공 이름을 모른다는 이유로 이렇게 돌변할 수가 있어? 세상에는 이름이 없어도 가치있는 것들이 얼마든지 있다고."

우이의 말에 아연의 머리 속을 불현듯 스치는 하나의 그림.

그것은 바로 시장에서 약을 팔고 있는 우이의 모습이었다.

그들이 시장터에 판을 벌여놓고는 처음으로 꺼내는 말이 바로 저런 것들이었다.

아연은 우이의 전직(前職)이 약장수가 아니었을까 강력하게 의심했다.

'차라리 그랬었다면……'

아연은 차라리 우이의 과거가 평범했으면 좋겠다는 생각이 들었다. 무공 따위는 배우지 않아도 상관없었고 설령 우이가 오고 가는 불한당 놈들에게 매번 두들겨 맞는 약골이래도 그저 평범한 사람이었으면 좋겠다는 생각이 들었다.

언젠가 불쑥 떠나가 버릴지도 모른다는 불안감. 아직까지 그녀에게 우이는 알 수 없는 사내였다.

그에 비해 복대는 그날 본 것이 과연 착각이었는지 아니었는지에 대해 크나큰 혼란에 빠져 있었다.

아평은 아무 생각 없었다. 그저 다 같이 모여 있는 것만으로도 마냥 즐거웠다.

그런 그들을 보며 우이는 빙긋 미소를 지었다.

'그래, 이 정도가 좋겠지.'

우이는 지금 이들에게 필요한 것은 무공이 아니라 희망일지도 모른다는 생각이 들었다.

그렇게 불신(不信) 가득한 무공 수업 첫째 날이 지나가고 있었다.

그리고 이날은 우이가 무림맹을 떠난 지 딱 한 달째 되는 날이었다.

❿ 출맹 전야

출맹전야

소향이 혁월의 집무실에 들어섰을 때 혁월은 지난 십 년간 한 번도 꺼내 입지 않았던 푸른색 무복(武服)을 입고 있었다.

그 무복은 현무단 호위 무사들의 고유 복식으로 혁월이 지난 젊은 시절 입던 옷이었다. 혁월이 현무단주가 된 이후부터 입지 않게 되었던 옷이다.

그러한 옷을 입고 있었으니 소향은 놀라지 않을 수 없었다.

혁월이 어색하게 웃으며 말했다.

"어떤가? 어울리나?"

혁월의 말에 소향은 엄지손가락을 치켜세우며 웃었지만 내심 무슨 일이 벌어졌다는 것을 직감했다.

"멋지신데요."

"고맙네. 오랜만에 입으니 영 어색하구먼."

"무슨 일이라도?"

자기를 부른 이유와 혁월의 경장은 분명 어떤 관련이 있을 것이라고 소향은 생각했다.

"연화 소저를 모시고 구화산(九華山)에 다녀와야겠네."

"네?"

갑작스런 명령에 소향의 표정이 어리둥절해졌다.

"그곳 복호암(伏虎庵)에 계시는 철관 도인(鐵棺道人)께 연화 소저를 모셔 가면 되네."

"철관 도인이시라면?"

"그렇네. 의선(醫仙)이라고도 칭송받는 그분이시네. 연화 소저는 삼 년에 한 번씩 그분에게 치료를 받아야 하네. 바로 올해가 그 치료를 받는 해지."

소향은 연화 소저에게 병이 있다는 소리를 들은 적이 있었다.

"자네가 가줘야겠네."

혁월은 소향을 보낼 수밖에 없었다.

다른 때 같으면 일반 매화조 대원들을 딸려보내도 되겠지만 지금의 상황은 그러한 방심을 허용하지 않았다.

수많은 무림인들이 맹주의 무림대회를 반대하고 있다. 그들 중에는 마교에 의해 친인들을 잃은 채 복수의 칼날만을 갈고 있는 이들도 많았다.

이런 상황에 무림맹주의 딸이 맹 밖으로 나간다는 것 자체가 모험이었지만 치료를 위해서는 어쩔 수 없었다.

"그럼 맹주님 호위는 어떻게?"

철무는 아직 부상에서 낫지 않았고 현재 소향이 맹주님을 호위하고 있는 중이었다.

이전 암습에서 매화조 요원들이 상당수 부상을 당하는 바람에 지금 현무단의 전력은 많이 약화되어 있는 실정이었다.

그런 상황에서 그녀가 빠져나간다면 맹주의 호위에 큰 구멍이 생기게 될 것이다.

그런 소향의 걱정스런 얼굴을 보며 혁월은 말없이 웃기만 했다.

"아!"

그 순간 소향은 혁월의 의도를 알 수 있었다.

혁월은 자신이 직접 맹주를 호위하겠다고 마음먹은 것이다.

일선에서 물러난 지 십 년이 지난 그였다. 다시는 이 옷을 꺼내 입을 일이 없을 거라 생각했던 그였지만 그만큼 상황은 급박하게 돌아가고 있었던 것이다.

"…힘들겠지만 국화조원들을 데려가게."

국화조라면 신입 대원들을 말하는 것이었다.

혁월은 미안함을 감추지 않았다.

지금 상황에서 신입 대원들을 데리고 임무를 수행하는 것은 너무나 위험한 일이었지만 소향이 나가는 이상 어쩔 수 없었다. 호위의 중심은 어디까지나 무림맹주였으니까.

"좋아들하겠군요."

그러한 혁월의 마음을 이해한다는 듯 소향이 밝은 표정으로 대답했다.

"그런데 이제는 힘드시지 않을까요?"

소향이 웃으며 말했다.

혁월은 무슨 뜻인가 하고 고개를 갸웃거렸다. 그러나 곧 소향의 입가에 묻어나는 미소를 보며 소향이 자신을 놀리고 있다는 것을 알 수 있었다. 이제 늙어서 제대로 맹주 호위를 할 수 있겠냐는 놀림이었던 것이다.

혁월이 팔을 휘휘 저으며 말했다.

"하하, 뼈마디가 굳어 뜻대로 움직여 줄지 사실 나도 걱정돼."

혁월이 의외로 순순히 시인하자 소향은 김이 빠졌다.

'아직 내 검은 살아 있어' 라든가 '난 아직 죽지 않았어' 라고 발악을 해줘야 놀리는 사람도 신이 날 터인데 혁월은 그것을 허용하지 않았다.

혁월과 소향이 마주 보고 크게 웃었다.

위험한 임무를 맡기는 미안함은 그 웃음 속에서 조금이나마 녹아내리고 있었다.

아홉 살의 심한진은 담을 넘어 들어오는 흑의인들이 마치 미꾸라지 같다는 생각이 들었다.

새벽 안개의 흐릿하지만 상쾌한, 그 기분 좋은 차가움 속으로 그들은 마치 헤엄치듯 자연스럽게 날아들고 있었다.

언제나 같은 꿈.

심한진의 꿈은 언제나 어린 시절 그날의 뿌연 안개 속에서 시작했다.

'왜 그날은 그렇게 일찍 일어났을까?'

아무리 떠올려도 기억이 나지 않았다.

여덟 살을 한 달 남긴 일곱 살의 심한진은 마당에 홀로 서 있었다.

담을 넘어 심한진 앞으로 사뿐히 내려앉은 검은 복면인들.

그들의 가슴에 그려진 세 마리의 뱀이 뒤엉킨 문양.

검은 무복을 맞춰 입은 복면인들은 날렵하고 강인해 보였다.

심한진은 그들이 자신의 집 담을 넘어 들어왔음에도 그들이 너무나 멋져 보였다.

그들이 누구인지, 왜 왔는지에 대해서 생각하지 않고 있었다.

심한진의 입에서 고통의 신음이 터져 나왔다.

"크윽! 아니야, 아니야."

온몸이 땀투성이가 된 채 심한진은 꿈에서 깨어나려고 발버둥 치고 있었지만 언제나 그렇듯이 쉽게 깨어날 수 없었다.

고개를 미친 듯이 가로저으며 그날의 악몽에서 벗어나고자 안간힘을 써보지만 꿈속의 복면인은 어린 자신에게로 서서히 다가오고 있었다.

복면인은 그의 머리를 쓰다듬고는 씩 웃었다.

그가 웃자 일곱 살의 심한진도 같이 웃었다.

"크윽! 안 돼!"

심한진의 온몸이 부들부들 떨리기 시작했다.

그들이 집 안으로 소리없이 기어들어 가기 시작했다.

심한진은 그 멋진 뱀 문양을 따라 같이 달렸다.

"와!"

심한진은 신이 났다.

"크윽!"

꿈속의 심한진이 신이 날수록 현실의 심한진은 숨을 죄어오는 고통으로 서서히 질식(窒息)해 가고 있었다.

여기서 깨어나지 못한다면 그는 보아서는 안 될 최악의 상황을 또 보게 될 것이다.

복면인들은 뱀처럼 집요하게 먹잇감을 노렸다. 마치 자신들의 가슴에 새겨진 독사처럼. 그것이 똬리를 틀어 아버지를 먹고, 어머니를 먹고, 누나를 먹고, 동생을 먹고……. 누군가의 등에 업혀 간신히 그곳을 빠져나올 때까지 피눈물을 흘리며 봐야 했던 그 광경들…….

'깨어나야 한다.'

그의 요동이 절정에 달했다.

꽈당!

그가 침상에서 바닥으로 굴러 떨어졌다.

머리가 흔들리는 충격이 그에게 전해졌지만 그는 비명조차 지르지 않았다.

심한진은 이렇게라도 그 견디기 힘든 악몽의 늪에서 빠져나올 수 있다는 것이 오히려 행복하다고 느꼈다.

차가운 바닥에 얼굴을 묻은 채 그는 서서히 눈을 떴다.

이미 그의 눈 가득 눈물이 고여 있었고 살짝만 건드려도 뚝뚝 떨어질 것만 같았다.

심한진과 같은 강인한 사내의 눈물은 또 다른 느낌을 주고 있었다.

"난 고작 일곱 살이었다고."

변명처럼 들리는, 그러나 너무나 힘없이 울려 퍼지는 그 말속에는 자신에 대한 증오와 슬픔이 가득 담겨져 있었다.

한참을 그렇게 쓰러져 있던 그가 서서히 일어났다.

그리고 탁자 위에 놓인 식은 차를 벌컥벌컥 들이켰다.

아무리 마셔도 풀리지 않는 갈증을 한꺼번에 채우려는지 그는 마지막 한 모금까지 마셨다.

똑똑.

그때 문이 열리면서 냉하연이 살짝 고개를 들이밀었다.

"곧 교대 시간이에요."

그녀는 부끄러움을 참으며 어렵게 한마디를 던졌다.

심한진은 그런 그녀를 보며 말없이 고개만 끄덕였다.

신입 대원들은 현재 맹주 집무실이 있는 건물을 담당하고 있었고 주야 이 교대로 근무를 서고 있었다.

오늘의 낮 근무는 냉하연이 그토록 기다려 왔던 바로 심한진과 함께였던 것이다.

구태여 이렇게 와서 알려줄 필요 없는 일이었건만 어린애처럼 초조해하고 있는 냉하연이었다.

심한진의 문앞에 기다리고 있는 냉하연의 가슴이 콩닥콩닥 뛰었다. 자신에게 이런 용기가 있음에 놀랐고 이런 용기를 낼 대상이 있다는 것이 행복했다.

"안색이 안 좋아 보여요."

옷을 갈아입고 나온 그를 향해 냉하연이 한 번 더 용기를 내었다.

그런 그녀의 마음을 아는지 모르는지 심한진은 짤막하게 한마디만 던졌다.

"악몽을 꿨어."

심한진은 모든 동기들에게 반말을 했다. 대신 그는 상대가 자신에게 존대를 하든 반말을 하든 상관하지 않았다.

그러한 그의 행동은 그에게 무척이나 잘 어울렸다.

모두들 그런 심한진에 대해 불쾌하다고 생각하는 이는 없었다. 그것을 특별히 신경 쓰는 이도 없었거니와 정 마음에 들지 않는다면 자신도 반말을 하면 되는 문제였다.

둘은 긴 복도를 지나 건물 밖으로 나갔다.

햇살이 그들을 따뜻하게 비춰주었고 그에 화답(和答)이라도 하듯이 냉하연은 살짝 고개를 들어 환한 미소를 지었다. 그리고는 잠시 눈을 감고 크게 심호흡을 하였다.

이 얼마나 바라던 일이었던가?

그와 함께 아침 햇살을 맞으며 나란히 걷는 이 순간이 그녀에게는 너무나 큰 행복으로 다가왔다.

다시 눈을 뜬 그녀는 성큼성큼 앞서 걸어가는 심한진을 보며 미소를 지었다. 옆 사람의 마음을 조금도 배려해 주지 않는 그였지만 그래서 더욱 외로워 보이는 그였다.

그녀는 그런 그가 좋았다.

쓸쓸해 보이는 그의 어깨를 감싸주고 싶었다. 자신의 사랑에 대한 대가 같은 것은 바라지도 않았다.
 세상에는 그냥 주기만 해도 좋은 그런 사랑도 분명 존재하는 것이다.
 그 사랑에 지금 냉하연이 빠져들고 있었다.
 저 멀리 걸어가는 심한진의 빠른 걸음에 맞춰 냉하연의 발걸음도 빨라졌다.

 유난히 발그스레한 얼굴로 나타난 냉하연과 여전히 무뚝뚝한 심한진이었다.
 "수고하셨어요, 두 분."
 냉하연이 오늘따라 유난히 밝게 인사를 건넸다.
 지난밤의 근무자는 바로 제갈혜와 남궁소천이었다.
 왠지 들떠 있는 모습의 냉하연을 보며 제갈혜가 미소를 지었다.
 "아침 볕이 유난히 따뜻해."
 제갈혜는 심한진에 대한 냉하연의 마음을 눈치 채고 있었다. 같은 여자이기 때문에 느낄 수 있는 부분이기도 했다.
 제갈혜는 냉하연에게 '수고해' 란 말을 하지 않았다.
 지금부터 밤까지의 시간은 냉하연에 있어 수고로움이 아니라 축복의 시간일 테니까 말이다.
 "잠시 쉬었다 가자."
 숙소로 돌아가던 길에 제갈혜가 연무장 옆 작은 바위에 걸터앉으며 말했다.
 남궁소천이 마다 않고 그녀 옆에 앉았다.
 밤새 뜬눈으로 지샌 탓에 몹시 피곤했지만 해가 뜨는 이 시간에 잠을 청하는 것도 고역이었다.
 그래서 대부분의 대원들은 밤 근무를 싫어했다.

게다가 대낮에 걸어 들어올 간 큰 살수들이 강호에 몇이나 있겠는가? 자연 밤에는 더욱 신경이 날카롭게 설 수밖에 없었다.

"피곤하지?"

남궁소천의 말에 제갈혜는 웃기만 했다.

어렸을 때부터 함께 자란 소천은 그녀의 웃음이 무엇을 의미하는지 잘 알고 있었다.

이런 정도에 피곤함을 드러낼 그녀가 아니었다.

더구나 여자이기에 더 피곤하다는 논리는 그녀가 허용치 않았다.

"집에는 안 돌아갈 거야?"

불쑥 그녀가 물었다.

그녀의 말에 소천의 안색이 어두워졌다.

"언제까지 피할 수만은 없잖아."

"집에서는 이미……."

소천은 말끝을 흐렸다.

"부모와 자식의 관계는 그렇게 쉽게 끊어질 수 있는 게 아니야. 너도 알고 있잖아."

"그건 일반적인 말이지. 일반론이 모두에게 통용되는 것은 아니야."

소천의 말에 제갈혜는 말없이 고개를 끄덕였다.

그 역시 돌아가고 싶을 것이다. 당당하게 남궁가의 큰아들로서 인정받고 싶은 마음이 있을 것이다.

"아진(兒眞)이 잘하고 있을 거야."

소천이 힘없이 말했다.

아진은 바로 남궁소천의 동생인 남궁소진(南宮昭眞)을 말하는 것이었다.

남궁소진은 어려서부터 욕심이 많았다. 특히 형에게 지는 것을 싫어했다. 혹여 둘 사이에 어떤 승부를 지을 일이 생기면 밤을 새워 노력해서라도 기어코 형을 이기려 했다.

그렇다고 소진이 특별히 악한 성품이라거나 일부러 형을 누르려고 그랬던 것은 아니었다. 남궁소천을 특별히 미워한 것도 아니었다.

단지 소진은 부모의 사랑을 독차지하고 싶었던 것이다.

소진은 오로지 사랑받고자 태어난 아이처럼 끝없이 사랑받기를 원했다. 부모에게 받는 칭찬이 어린 그의 삶의 원동력이었다.

남궁소진은 결국 성공했다.

하지만 그에게 한 푼의 사랑이 더해질수록 형인 남궁소천에 대한 한 푼의 믿음이 덜어지고 있었다.

아버지는 야망이 큰 사람이었다.

단지 장자(長子)라는 이유만으로 부족한 능력을 명분으로 대신해 주거나 사랑으로 다독여 주지 않았다.

한평생을 약육강식의 논리에서 살아온 아버지였기에 남궁소천에게 때때로 비춰지는 낭만적 사고에서 나오는 어설픈 정의를 걱정했던 것이다.

결국 아버지는 동생을 택했다.

제갈혜는 남궁소천의 비애를 느낄 수 있었다.

무남독녀로 자라온 그녀는 남궁가의 형제들을 무척이나 부러워했다. 자신도 형제가 있었으면 하는 아쉬움에 울면서 떼를 썼던 적도 있었다.

그러나 아버지는 어머니가 돌아가신 이후에 재혼을 하지 않으셨다. 그런 아버지가 한편으로는 자랑스럽기도 했지만 그것이 모성애(母性愛)의 결핍과 형제에 대한 그리움을 달래줄 수는 없었다.

혼자라는 외로움.

그것은 아무리 구박하는 계모라도, 아무리 말썽을 피우는 동생이라도 받아들일 수 있는 각오를 만들어주었다.

그러나 세상일은 마음처럼 그렇게 쉽지 않은 것 같았다.

남궁소천은 모두가 부러워하는 남궁 가문의 장남으로 태어났지만 그가 가진 행복의 크기는 초가삼간(草家三間)의 가난한 형제들 것보다 작았다.

이러한 생각에 제갈혜의 아름다운 미간에 작은 주름이 생겼다.

그때 소천의 눈에 누군가 들어왔다.

그러나 그는 이쪽으로 걸어오다가 두 사람이 있는 것을 보고는 흠칫 방향을 바꾸어 되돌아갔다.

바로 담린이었다.

"방금 또 오해의 폭이 깊어졌군."

소천이 피식 웃자 무슨 뜻인지 모르겠다는 제갈혜의 시선이 멀어져 가는 담린과 소천을 오고 갔다.

"내가 가서 '혜아와 난 친구일 뿐이야'라고 말하면 더 이상하겠지?"

소천의 말에 그때서야 무슨 뜻인지 짐작한 제갈혜가 살짝 얼굴이 붉어지며 황급히 말했다.

"바보, 무슨 소릴 하는 거야?"

"부끄러워하고 있군."

"이상한 소리 하지 마!"

"그가 왜 날 싫어하는지 이제 확실해졌군."

소천이 진지하게 고개를 끄덕이자 제갈혜의 얼굴은 더욱 붉어졌다.

담린의 자신에 대한 호감은 제갈혜도 이미 느끼고 있었다.

가끔 자신을 바라보는 담린의 시선을 느낄 수 있었다. 그의 눈빛은 맑고 깨끗했으며 수줍었다. 그런 눈빛을 받고 싫어할 여인은 없을 것이다.

그러나 제갈혜의 안색은 밝지 않았다.

그녀는 자라면서 수많은 시선을 받아왔다. 자신의 외모를 동경한 사내들의 수많은 시선에는 이제 익숙해질 만큼 익숙해져 있었다.

개중에는 진심으로 자신을 흠모했던 사내들도 있었고 욕망이 이글거리는 탐욕스런 눈빛들도 있었다.

그러나 언제나 결과는 같았다.

제갈 가문의 무남독녀와 강남제일미라는 벽은 너무나 높고 단단했다.

대부분의 사내들은 스스로 포기했다.

그 누구도 그 벽을 넘어볼 생각을 하지 않았다.

그들은 자격지심(自激之心)을 가졌고 혹여 제갈가라는 배경을 원하는 게 아니냐는 오명을 뒤집어쓸까 두려워했다.

누군가 사랑을 시작하면 또 다른 누군가가 방해를 하기도 했다.

엉뚱한 시도로 제갈가의 보복을 받게 될까 미리 겁을 먹기도 했다.

그리고 그들은 한때나마 그런 대단한 여자를 짝사랑이나마 했다는 추억만을 간직한 채 등을 돌렸다.

그러나 제갈혜는 지극히 평범한 생각을 가진 여인이었다.

한 번도 자신의 미모를 뽐내거나 자신이 특별하다고 생각해 본 적이 없었다. 강남제일미는 자신이 만든 것이 아니라 세상이 만든 것일 뿐이었다.

제갈혜의 아버지인 제갈현(諸葛玹) 역시 딸을 정략결혼(政略結婚)시킬 생각은 추호도 없는 사람이었다.

당금의 천하제일지(天下第一智)는 자신의 딸이 행복할 수만 있다면 모든 선택을 딸에게 맡기는 그런 인물이었던 것이다.

그러나 대부분의 사람들은 숨은 진실보다는 '당연히 그러하지 않을까?' 하는 추측만으로 결론을 내렸던 것이다.

그러한 모든 것을 잘 아는 소천이었다. 어려서부터 수없이 보아온 일들이 아니었던가?

그녀는 이제 남자들에게 어떤 기대도 하지 않았다.
그녀는 담린 역시 제풀에 떨어지게 될 것이라고 생각하고 있었다.
지금까지의 모든 남자들이 그래 왔듯이…….

누군가 면회를 왔다는 기별을 받은 건 오령이 맹주 집무실 뒤편에 심어진 천리향에 흠뻑 빠져 있을 때였다. 원래 이곳을 관리하는 사람이 따로 있었지만 오령이 이곳 관리를 자청했던 것이다.
이곳에 오면 오령은 마음이 차분해지고 기분이 좋아졌다.
앞으로 봄이 되면 벌과 나비들도 날아들 것이다. 그러면 오령의 친구는 더욱 늘어날 것이다.
그간 다들 바쁘기도 했지만 특히 동료들과 잘 어울리지 못하고 있는 사람은 바로 오령이었다.
타인들 앞에만 서면 떨려서 실수를 저지르고 만다고 한 것은 냉하연이었지만 실제 그녀는 잘 적응하고 있었다.
정작 오령이 겉돌고 있었고 그의 삐죽 튀어나온 큰 키는 그를 더욱 초라하고 외롭게 보이게 했다.
그러나 정작 자신은 크게 고민하지 않았다.
어려서부터 외로움에 익숙해져 있는 그였다. 오히려 누군가 먼저 자신에게 다가서면 겁부터 나는 오령이었다.
'무슨 말을 해야 할까? 혹시 나 때문에 지루해하지 않을까?'
요즘 근무를 마치면 이곳으로 바로 달려오는 오령이었다.
전대 맹주가 심었다는 천리향이 소담하게 피어 있는 이곳에 들어서면 온몸을 감싸오는 알싸한 향이 그리 좋을 수 없었다.
'누가 찾아왔을까?'
오령은 고개를 갸웃거리며 외부 손님들을 접대하는 객청으로 들어섰다.

"헛!"

자신을 찾아온 사람들을 본 오령은 헛바람을 들이켰다.

바로 아버지인 강남오가장의 가주 오연국(誤淵菊)과 어머니 하씨(夏氏)였던 것이다.

"아버님? 어머님?"

어리둥절 놀란 오령의 손을 어머니가 달려와서 덥석 잡았다.

"어디 다친 곳은 없느냐?"

어머니의 따뜻한 온기가 오령에게 전해졌다.

어려서부터 온갖 정성을 다했지만 부족하다는 소리를 듣고 자란 아들이었다. 그런 아들이었기에 하씨에게는 더욱 애처롭고 정이 가는 아들이었다.

"무슨 일이라도 생긴 겁니까?"

오령의 말에 하씨가 오령의 얼굴을 쓰다듬으며 말했다.

"아버지께서 낙양에 올 일이 있으셔서 내가 억지로 따라왔다. 네 얼굴이라도 한번 보고 가려고."

하씨의 눈에서는 벌써 눈물이 그렁그렁 맺히고 있었다.

그 모습에 오령의 마음도 뭉클해졌다.

"얼굴 봤으니 이만 가세."

오연국이 단호하게 말했다.

"벌써 가다니요? 가시려면 먼저 가세요."

"어허."

평소 남편의 말이라면 한마디 대꾸도 하지 않는 하씨였다. 그러나 아들 문제만큼은 달랐다. 그것을 잘 아는 오연국이었기에 헛기침만 하고 멀뚱히 서 있었다.

사실 그 역시도 아들이 보고 싶었다. 뒤늦게 본 막내아들이었다.

사남일녀(四男一女) 중 가장 뒤떨어지는 아이였다. 나가면 항상 울고 돌아오는 아이였다.

강남오가장이라면 비록 사대세가에는 손색이 있지만 강남에서는 그 누구도 함부로 대할 수 없는 무가(武家)였다.

그런 오가장에서 어찌 이런 녀석이 나왔을까 하는 탄식이 끊이지 않게 만드는 녀석이었다.

어느 날 울고 들어온 녀석을 크게 혼내줄 요량으로 불러 앉혔다.

키가 너무 커서 애들이 놀란다는 말에 회초리를 쥔 손에 힘이 풀렸다. 자신의 어린 시절이 생각났기 때문이다.

그 역시도 어린 시절 큰 키 때문에 주위 친구들의 놀림을 많이 받았다. 어떻게 보면 자신을 가장 많이 닮은 녀석이기도 했다.

하지만 이렇게 속절없이 놀림당하고 울고 들어오는 것을 보면 화가 날 수밖에 없었다. 적어도 자신은 이렇게 바보처럼 굴지는 않았던 것이다.

결국 그 성격을 고쳐 볼 요량으로 이곳 무림맹에 입맹시켰다.

집안에 두어서는 도저히 안 되겠다는 생각 때문이었다.

아내 하씨의 닦달을 핑계 삼아 왔지만 사실 자신도 오령이 어떻게 잘 적응하고 있는지 궁금했다. 혹시나 여기서도 동료들에게 따돌림을 받고 있지나 않을까 걱정이 되었다.

그러나 여전히 달라진 게 없어 보였다.

오연국은 마음에도 없는 뚱한 기색으로 고개를 돌렸다. 그 모습에 하씨의 마음이 쓰려왔고 그러한 아버지의 모습이 무엇을 말하는지 잘 아는 오령이었기에 고개를 숙이지 않을 수 없었다.

자신이 활발해지기를 바라는 마음에 이곳까지 보내셨지만 정작 자신은 아무것도 달라진 것이 없었기 때문이다.

"안녕하십니까?"

갑자기 뒤에서 큰 목소리가 들려왔다.

놀라서 고개를 돌려보니 하윤덕이 큰 덩치에 어울리지 않게 날렵하게 인사를 하고 있었다.

"저는 령이랑 동기(同期)이자 친구인 하윤덕이라고 합니다."

시원스런 소개에 오연국과 하씨의 얼굴에 이채가 떠올랐다.

지금껏 친구라고 한 번 데려온 적 없던 오령 아니던가?

아들의 친구라는 말 자체가 낯설게 들렸다.

"반갑네."

오연국이 반갑게 그를 맞았고 하씨 부인의 얼굴에 화색이 감돌았다.

"이 친구야, 부모님이 오셨으면 우리한테도 말을 해줘야지. 자네 부모님이면 우리 부모님이나 마찬가지 아닌가?"

하윤덕의 말에 오령은 당황한 표정으로 말을 더듬었다.

"난, 난 그냥……."

"하하, 걱정 마십시오. 이 싱거운 친구는 저희가 잘 보살피고 있습니다."

하윤덕의 말에 다시 오연국과 하씨의 얼굴에 미소가 감돌았다.

그때 문이 열리면서 담린과 제갈혜, 남궁소천과 심한진, 냉하연이 모두 들어섰다.

"사실 자네 부모님이 오셨다길래 모두 불렀네. 인사라도 드릴까 하고."

하윤덕이 밝게 웃으며 말하자 오연국과 하씨는 아들이 비로소 친구를 사귀기 시작했다는 사실에 흐뭇함을 감출 수 없었다.

들어선 동기들이 부모님에게 인사를 나누는 그사이에도 오령은 왠지 모를 부끄러움과 쑥스러움으로 고개를 들 수가 없었다.

숙여진 그의 눈가에 눈물이 맺혔다. 자신을 위해주는 친구들의 마음

쏨쏨이가 너무나 고마웠다.
 동료들의 몸에서 땀 냄새가 퍼져 나왔다. 그 냄새가 천리향의 향기보다 더 좋다는 생각이 들었다.
 오령은 이제 화단 관리는 원래 하던 이에게 돌려주어야겠다고 생각했다.

 소향이 담린을 본 것은 자시(子時)를 훌쩍 넘긴 달빛조차 피해간 빈 연무장의 어둑한 구석에서였다.
 괜한 울적함에 잠을 이루진 못하던 소향이 결국 숙소를 나섰고 선선한 밤바람 따라 발걸음을 옮기던 그녀는 그곳에서 홀로 검을 휘두르는 담린을 보았던 것이다.
 '이 늦은 시간까지 무공 연마라니?'
 기특한 생각에 한마디 격려라도 해줄까 하고 다가서던 소향의 발걸음이 멈춰 섰다.
 어딘지 모르게 담린의 행동이 자연스럽지 못했기 때문이다. 검로(劍路)와 보법(步法)이 어지러워 마치 술기운에 마구잡이로 검을 휘두르는 모습이었던 것이다.
 '무슨 일이지?'
 소향은 순간 그에게 어떤 문제가 생겼다는 것을 직감했다.
 소향은 잠시 지켜보기로 마음먹고 멀찌감치 자리를 잡고 앉았다.
 그것을 아는지 모르는지 담린의 움직임은 점점 더 격렬해져 갔다. 검에 살기가 묻어나기 시작했고 그의 몸은 가느다란 심지에 의지해 이러저리 흔들리는 한 조각 불꽃처럼 애처롭게 흔들렸다.
 털썩!
 마침내 발악하듯 거친 검무(劍舞)를 추던 담린의 몸뚱이가 땅바닥으로 쓰러졌다.

숨이 목구멍까지 올라 찼다.

그러나 아무리 숨을 내쉬어도 언제부터인가 답답하게 가슴을 짓누르던 응어리는 뱉어지지 않았다.

한참을 그렇게 꼼짝 않고 있던 그가 서서히 돌아누웠다.

그의 눈으로 하늘 가득 박혀 있던 별무리가 쏟아져 내렸다.

"아!"

자신도 모르게 탄성이 터져 나왔다.

구름 한 점 없는 밤하늘에 별이 총총히 박혀 있었다.

어린 시절, 자신의 손을 꼭 잡은 채 밤하늘을 올려다보며 아버지께서 말씀하셨다.

"무인은 죽으면 별이 된단다."
"정말?"
"그래."
"그럼 아빠도 죽으면 별이 되는 거야?"

아버지는 말없이 미소만 지으셨다.

"와, 그럼 저 별들도 모두 다른 애들의 아빠들이겠네?"
"하하, 그렇지."
"그런데 어떤 게 아빠 별인지 어떻게 알 수 있어?"
"때가 되면… 자연히 알게 될 거다."

아버지의 말씀은 옳았다.

시간이 지나 다시 담린이 하늘을 올려보았을 때는 무인이 죽어 별이 된다는 말은 그저 듣기 좋은 비유에 지나지 않는다는 것을 알 나이가 되어버렸기 때문이다.

그러나 담린은 가끔 아버지가 그리울 때면 별을 올려다보았다.

'아버지……'

그리고 보니 요즘 담린은 낮이든 밤이든 하늘을 올려다본 적이 없었다.

'아직 환경이나 사람들이 낯설어서? 일이 힘들어서?'

담린은 고개를 저었다.

지금 자신을 괴롭히는 것은 그러한 것들이 아니었다.

불면의 괴로움과 함께 이렇게 마구잡이로 검이라도 휘둘러야 풀릴 것 같은 답답함은 바로…….

"새로 만든 무공인가?"

어느 틈에 소향이 그의 곁으로 다가와 있었다.

담린이 놀라 벌떡 일어났다.

놀란 그에 비해 소향은 담담한 표정으로 방금 전까지 담린이 누워 있던 곳에 앉았다.

"저, 그냥 잠이 안 와서……."

당황한 표정의 담린을 올려다보며 소향이 말했다.

"언제까지 내려다볼 거야? 앉아."

"아, 죄송합니다, 선배님."

"오늘따라 별빛이 좋네."

소향이 하늘을 올려다보며 감탄했다.

담린 역시 고개를 끄덕였다.

오늘따라 밤하늘이 너무나 맑았다.

"무슨 일이야?"

소향의 말에 담린의 표정이 굳어졌다.

'역시 무슨 일이 있군.'

담린의 어두운 표정을 보며 소향은 생각했다.

객잔에서 술을 한잔 먼저 나눈 것 때문이었던지 소향은 다른 신입 대원들에 비해 담린이 조금 더 편했다. 평소 소향을 가장 잘 따르는 후배 역시 담린이었다.

"전… 잘 모르겠습니다."

그 말에 소향은 고개를 끄덕여 동의하며 무엇을 모르겠다는지에 대한 다음 말을 기다렸다.

그러나 담린은 그 말만 던진 채 아무 말도 하지 않았다.

보통 때 같으면 뒤통수를 후려갈기며 '도대체 무엇을 모르겠다는 거냐?'라고 해야 할 순간이었지만 소향은 그렇게 하지 않았다.

그 한마디만으로도 충분했던 것이다.

잠시 침묵이 흘렀다.

"그래, 세상은 모르는 것 투성이지."

진심에서 나오는 말이었다.

사실 그 말은 소향이 지나가던 늙은이라도 붙들고 앉아 '도대체 이 세상을 어떻게 살아야 잘사는 거냐?'라고 하소연하듯 묻고 싶은 것이기도 했다.

요 근래 그녀 역시 많은 생각을 했다.

그러나 그녀가 안고 있는 모든 문제는 결국 '어떻게 해야 하는가?'라는 결과를 요구했고 그녀는 어떠한 것도 결론을 내리지 못했다.

"호위 무사가 사랑에 빠진다면 그건 사치겠지요?"

갑작스런 담린의 말에 소향의 눈이 커졌다.

그리고 그 순간 그녀는 담린의 고민이 무엇인가를 알 수 있었다.

굳이 여자의 직감을 내세우지 않더라도 그 한마디로 그의 고민이 무엇인지 충분히 알 수 있었던 것이다.

순간 소향은 피식 웃음이 나왔다.

지금 애정 문제로 가장 고민이 많은 사람은 바로 자신 아닌가? 자신의 문제도 풀지 못하고 있는 상태에서 애정 고민의 상담 역할을 맡게 되다니…….

"누굴 좋아하게 된 거야?"

담린은 그걸 어떻게 알았냐는 표정이 되었다.

그러자 소향은 이번에는 주저 않고 담린의 뒤통수를 후려갈겼다.

딱!

"아얏!"

"날 바보로 아는 거야 뭐야? 달밤에 체조하고, 한숨 쉬고, 고민하고, 게다가 '호위 무사가 사랑에 빠지면 그건 사친가요?' 따위의 유치한 대사를 읊어놓고 그걸 모르길 바라니?"

소향의 말에 담린은 자신의 속내를 들킨 것에 내심 부끄러움이 일었다. 그러나 사실 누군가에게 속시원히 자신의 마음을 내보이고 싶었다.

"누구지? 여자 대원들이야 몇 명 안 되잖아? 동기야?"

담린의 고개가 살짝 끄덕여졌다.

"아, 그럼 제갈혜나 냉하연 중 한 명이겠네? 혹시 제갈혜?"

아무 말도 하지 못하는 담린이었다.

소향은 그 모습에 제갈혜가 맞다는 확신을 할 수 있었다.

'제갈혜라면 제갈가문의 천금, 게다가 강남제일화라 불리는 미모… 무엇 때문인지 알 것 같군.'

소향은 담린의 고민이 무엇인지 단박에 짐작할 수 있었다.

"고백했어?"

소향의 단도직입적인 물음에 담린은 고개를 저었다.

"왜?"

이런 문제는 둘러갈 필요가 없는 문제이다.

"전 최고의 보표가 되고자 이곳에 들어왔습니다. 그런 제가 마음이 약해져서 이런 고민에 빠지게 될 줄은 몰랐습니다."

그 말에 소향이 미소 지었다.

"마음이 약해져야만 누군가를 좋아할 수 있나?"

"그런 것은 아니지만… 하지만……."

"그럼 뭣 때문에 괴로워하지?"

"……."

"좀 더 솔직해질 필요가 있어."

"무슨 말씀이시죠?"

"일에만 빠져들고자 하는 마음이 흔들린 것이 괴로운 거야, 아니면 그녀와 이루어지지 못할 것이라는 두려움 때문이야?"

소향의 말에 담린은 고개를 가로저었다.

"전… 잘 모르겠습니다."

"사실… 나도 남녀 간의 문제는 잘 몰라. 그러나 한 가지는 알지. 사랑에는 언제나 시기라는 게 있고 그 시기를 놓치면 사랑도 영원히 놓치게 된다는 것."

소향이 긴 한숨을 내쉬었다.

소향은 담린이 어떤 마음인지 이해할 수 있었다. 그의 마음은 바로 과거 우이를 향한 자신의 마음과 다를 게 없었던 것이다.

"불안감 따위를 안고 싸워서 이길 수 있는 싸움은 없어."

"하지만 그녀는……."

"제갈세가? 강호사대미인? 그게 두려운 거야?"

"……."

"아닐 거야. 네가 그녀에게 다가가지 못하는 것은 그녀의 배경이나 명성 때문이 아니야. 네겐 분명 그녀와 함께라면 어떤 고난도 이겨낼 자신감이 있을 테니까."

담린의 눈빛이 흔들리고 있었다.

"…넌 거절당할까 봐 두려운 거야."

소향이 자리에서 일어났다.

그리고 천천히 발걸음을 옮기며 말했다.

"이봐, 후회나 걱정은 모든 것이 끝난 다음에 하는 거야. 하기 전에 그러는 것은 바보들이나 하는 짓이야. 정말… 그건 바보들이나 하는 짓이라구……."

소향의 쓸쓸한 말이 빈 연무장에 조용히 울려 퍼졌다.

그날의 모든 일들은 그들이 연화 소저를 모시고 구화산으로 떠나야 할 바로 하루 전의 일들이었다.

『보표무적』 2권에 계속…

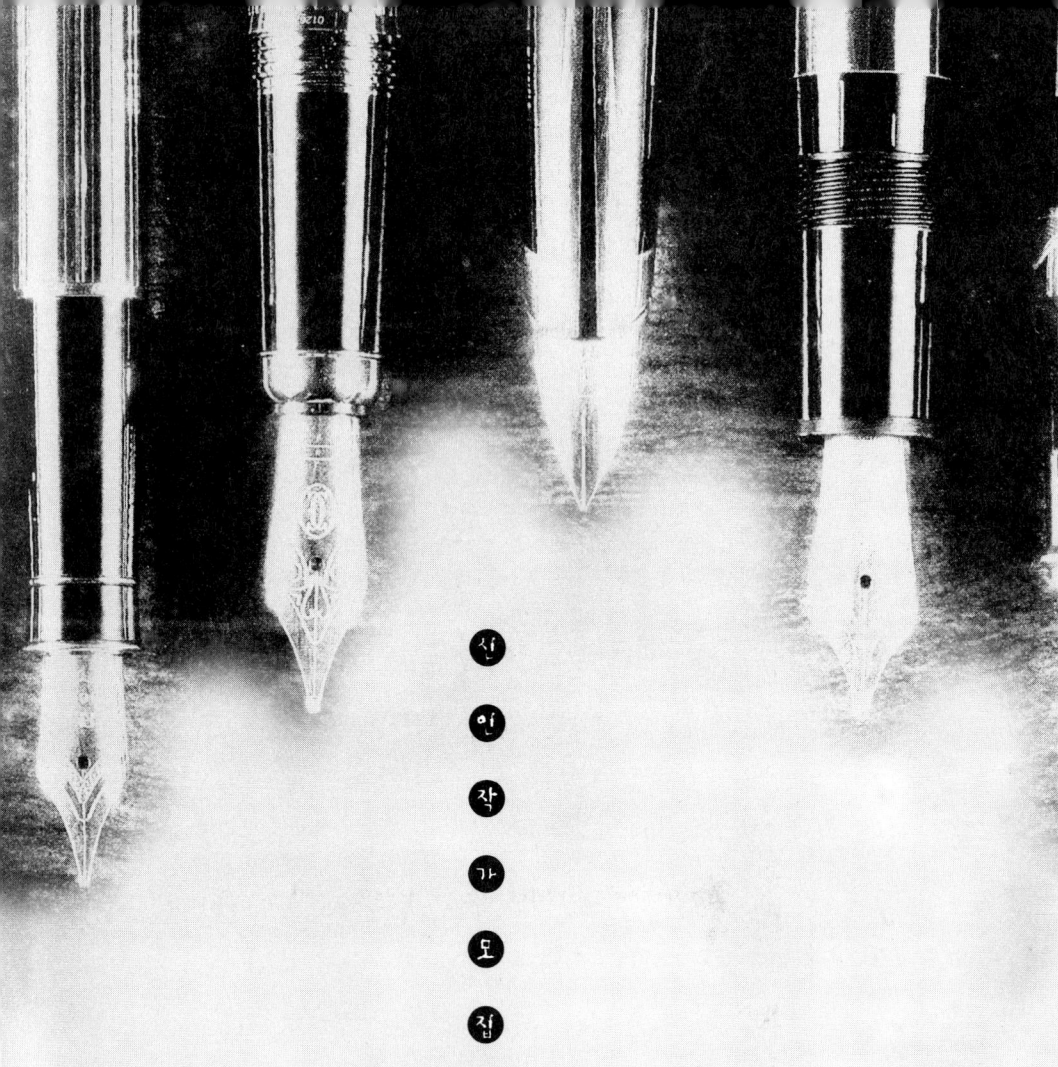

신인작가모집

**시작이 반이라고 했습니다.
작가의 길에 대한 보이지 않는 벽을 과감히 깨뜨리십시오!
청어람은 작가 지망생 여러분들의
멋진 방향타가 되어드리겠습니다.**

저희 도서출판 청어람에서는
소설 신인 작가분들을 모집합니다.
판타지와 무협을 사랑하시는 분들의 많은 참여를 바랍니다.
소정의 원고(A4용지 150매)를 메일이나 우편으로 보내주시면
검토 후 출판 여부를 알려드리겠습니다.

주소:경기도 부천시 원미구 심곡1동 350-1 남성B/D 3F 우편번호420-011
TEL:032-656-4452 · **FAX**:032-656-4453
http://www.chungeoram.com
e-mail:chungeoram@chungeoram.com